동백꽃 핀 자리

3

동백꽃 핀 자리 3

ⓒ 서은수 2024

1판 1쇄 인쇄	2024년 4월 12일
1판 1쇄 발행	2024년 4월 23일

지은이	서은수

펴낸이	박대일
교정	김미영
편집	이문영 · 임유리 · 이지영 · 김하랑 · 임지원
마케팅	임유미 · 윤수양

디자인	이매진
조판	송새연

펴낸곳	파란미디어
출판등록	2004년 9월 14일 제313-2004-00214호

주소	03992 서울시 마포구 동교로23길 14 국제빌딩 6층
전화	02.3141.5589 영업부 070.4616.2012 편집부
팩스	02.3141.5590
전자우편	paranbook@gmail.com
카페	http://cafe.naver.com/paranmedia
인스타그램	@paranmedia

ISBN	979-11-93185-88-9(04810)
	979-11-93185-85-8(전3권)

동백꽃 핀 자리

3

서은수 장편소설

파란

목차

16장	춘한의 감우	7
17장	도피	65
18장	변형된 불행	121
19장	붉은 꽃잎	176
20장	무명의 위패	259
21장	안온하고 행복한	303
외전	아무도 모르는 이야기	342

춘한의 감우

꼭두새벽부터 일어난 김사흔은 서안 앞에 좌정하고 어제 오후 퇴청할 때 가져온 전도(全圖)를 유유자적 들여다보았다. 콧노래만 부르지 않았을 뿐이지 얼굴 가득 만족감이 흘렀다. 한 장 한 장 문서를 넘기는 손동작도 매우 가벼웠다.

곁에서 먹을 갈던 겸인 백 씨는 덩달아 미소하며 살갑게 말을 붙였다.

"기분이 좋아 보이십니다, 대감마님."

"기대감이 만발하여 그런가, 썩 나쁘지는 않다."

"한데 무얼 그리 보고 계십니까? 연락이 올 때까지 편히 쉬시지 않고요."

충심 어린 걱정에 호판의 입술이 실룩, 야릇하게 틀어졌다.

조금 뒤면 기별의 배포 여부가 판가름 날 것이다. 채재헌 일당이 감금되어 있으니 결과는 보나 마나일 테지만 어쨌든 절차를 밟아야 하므로 꼬박 이틀을 기다렸다.

지루했던 시간이 끝나고 앞으로 벌어질 일들이 흥미진진해 새벽부터 눈이 저절로 떠졌다. 몇 번의 실패가 있었지만, 이번만은 일이 제대로 돌아가는 느낌이라 벌써 흥분되어 짜릿함이 흘렀다.

"곧 있으면 채 정언이 하옥되고 심문이 이루어지겠지."

"직접 나서시려는 겁니까?"

"사위 될 놈한테 그리 야박하게 굴어서야 쓰나."

김사흔이 정색하자 백 서방이 아부 섞인 웃음을 흘렸다.

"소인이 어리석었습니다. 아무렴, 대감마님께서 그러실 리가요."

"처벌 수위를 놓고 조정이 시끄러워질 것이다. 삭직하여 귀양 보내는 정도가 적당할 테니, 어디로 보내면 좋을지 유배지를 미리 정해 두어야 하지 않겠느냐. 내 앞으로의 관계를 생각해 도성에서 가까운 곳으로 눈여겨보고 있다."

"채 정언은 참 복도 많습니다. 산송장이 될 줄 알았는데 멀쩡히 살아 돌아와 결국 대감마님의 사위로 낙점되었으니 말입니다. 그러고 보면 그날 채 정언을 놓친 것이 하늘의 뜻이었나 싶기도 하고……."

"어험!"

호판이 눈치를 주자 백 서방은 곧장 입을 다물었다. 아무 일도 없었던 듯 그가 먹을 가는 일에 집중하니 김사흔의 눈가에 언뜻 침울함이 걸렸다.

그날의 실패를 돌이키면 아직도 속이 쓰렸다. 오랜 시간 심혈을 기울여 적정 수준으로 희석한 독이었다. 임금을 치는 척 독이 묻은 검으로 채재헌의 몸에 상창을 내는 것까지 성공하였건만 마지막에 그를 놓쳤다.

원하는 만큼의 독성이 발현되기 전 누군가에게 발견돼 해독제라도 취할까 봐 미친 듯이 산을 뒤지게 했다. 그동안의 노력이 물거품이 되지 않을까 초조하게 소식을 기다렸는데, 애석하게도 거지 같은 두 남매가 이른 시각에 그를 발견해 판도를 뒤집었다.

그 덕에 팔자를 고친 민씨 남매를 떠올리며 호판은 양미간을 팍 찌푸렸다.

"채재헌 그놈 말이야. 건강에는 이상이 없어 보이지?"

"위험 수위를 넘기기 전 해독제를 취했으니 아무 이상 없을 겁니다. 초반에야 여러 증상으로 괴로웠을 테지만 시간이 흐를수록 이전의 상태로 돌아가겠지요. 예성 채문에서 온갖 귀한 약재를 구해 먹이고 있다니, 어쩌면 전보다 더욱 건강해졌을 수도 있겠습니다. 이전의 실패는 안타까우나 아가씨를 생각한다면 잘된 일이 아니겠습니까."

"그래. 그렇게라도 생각해야지……."

호판은 아쉬움을 누르지 못하고 씁쓸히 맞장구쳤다.

처음부터 그를 죽일 마음은 없었다. 원래대로라면 그대로 방치했다가 다음 날 오후 늦게 그를 발견한 척 해독제를 먹일 생각이었다. 그래야만 채재헌이 사람 구실도 못 하고 느릿느릿 죽어 갈 테니까. 손자가, 아들이 그러고 있는 꼴을 직접 눈으로 봐야 채여준과 채승우가 복수심에 눈이 멀어 미쳐 날뛰게 될 테니까.

이는 탐욕이 아닌 정당한 대우를 받지 못한 것에 대한 노여움이었다. 후궁의 아들로 태어나 평생 비굴하게 살다가 죽을 운명이었던 자형을 위해, 하나뿐인 누님을 위해 그는 위험을 감수하고 선선대왕과 왕후를 제거했다. 일등 공신이라고 떠받들어져도 모자랄 판에 선왕과 대비는 저를 천덕꾸러기 취급했다. 조카인 금상마저 이 외숙을 보는 눈빛이 곱지 않았다.

'내가 아니었으면 초라한 왕족에 지나지 않았을 위인들이⋯⋯.'

매번 그 사실을 상기할 때마다 김사흔은 억울했다. 가족이 정당한 대우를 해 주지 않으니 윤이환이 저를 깔보는 것 아니냐는 울화도 더해졌다. 쌓이고 쌓인 불만은 스스로 권리를 찾겠다는 다짐으로 귀결되었다. 한데 그러한 결의의 가장 큰 방해물은 왕도 대비도 아닌 도성을 대표하는 두 가문이었다.

현실적으로 둘 중 하나를 상대하기도 까마득했기에 두 가문을 동시에 처리하겠다는 건 어리석은 포부였다. 까딱 잘못했다간 역풍을 맞고 뼈도 추리지 못할 것이 불 보듯 뻔했다. 그렇다면 둘 중 하나가 다른 쪽을 제거하게 해야 했고, 그는 고민할 것도 없이 그 역할을 예성 채문 측에 부여했다.

윤이환을 조종해 예성 채문을 친다면 양분되었던 권력이 혜명 윤문으로만 쏠릴 것은 자명했다. 윤이환은 더욱 강해질 것이고 자신은 평생 그놈의 그늘에서 벗어나지 못할 터였다.

반면 예성 채문을 움직여 혜명 윤문을 친다면 현재의 균형 잡힌 권력 분배는 유지될 것이다. 저들은 명원 대군을 포기하지 못할 테니, 적어도 윤이환이 가졌던 권력만큼은 온전히 자신의 차지가 될 거라고 예상했다.

물론 그 정도로 만족스럽지 않았다.

혜명 윤문이 무너지고 자신의 위치가 공고해진다면 예성 채문은 쉽게 무너뜨릴 수 있다고 자신했다. 채여준은 늙었고 채승우는 성정이 여렸다. 조부의 기질을 닮은 채재헌만 제거한다면 아비를 닮아 얌전한 채재윤 따위는 자신의 적수가 되지 못하리라고 판단했다.

하여 은밀한 수소문 끝에 가까스로 공수한 게 남번(南蕃)에서 넘어온 독이었다. 여러 달이 넘는 연구 끝에 적절한 배합도 찾아냈다. 이걸 언제 어떻게 써먹을까 고민하던 차에 전하께서 사냥터로 채재헌을 불렀다는 소식을 듣고 쾌재를 불렀다.

그에겐 오래전에 매수한, 제법 쓸모 있는 작자와 그가 부리는 무뢰배가 있었다. 그들을 보내 채재헌을 산송장으로 만들고, 두 채 대감을 복수의 화신으로 변모시켜 윤이환과 세 아들을 죽이면 금상첨화라고 계산했다. 실제로도 거의 성공하는 줄 알았는데 하필 마지막에 일어난 변수로 절묘했던 한 수를 잃었으니 너무나도 뼈아팠다.

"그보다 더 완벽한 계책은 없었건만……."

미련이 뚝뚝 떨어지는 혼잣말에 백 서방이 빙그레 웃었다.

"채 정언의 기를 죽여 대감마님의 영향력 아래 두는 것도 또 다른 묘미 아니겠습니까. 선왕께도 굽히지 않던 예성 채문의 콧대가 단번에 꺾이는 꼴을 보시게 될 겁니다."

노골적인 알랑거림이지만 듣기에 나쁘지 않았다. 호판은 위엄을 잃지 않으면서도 입꼬리가 슬쩍 위로 치솟았다.

계획이 실패로 돌아간 뒤 차선으로 마련한 대책이 예성 채문과 사돈을 맺는 것이었다. 자존심도 버리고 허허거리며 몇 번이나 찾아가 통혼을 넣었음에도 저들은 끝까지 도도하게 굴었다.

부아가 들끓어 뒤엎고 싶은 적도 여러 번이었지만 아무리 숙고해도 윤이환을 비롯해 조정에서 단단히 뿌리내린 그의 세 아들이 부담스러웠다. 성욱이가 윤도경을 못 알아보고 사고 쳤을 때 그 댁 둘째가 찾아와 행패 부렸던 걸 생각하면 아직도 치가 떨렸다. 그에 반해 채재헌과 채재윤은 촉망받는 젊은 관리라 하나 아직은 애송이에 불과해 어느 모로 보나 예성 채문과 손을 잡는 편이 이득이었다.

"대외적인 권위나 명성을 따져 봐도 예성 채문만 한 가문이 없기는 하지……."

"대감마님!"

파란미디어의
책들

mail paranbook@gmail.com
fe cafe.naver.com/paranmedia
cebook facebook.com/paranbook
l 02. 3141. 5589 **fax** 02. 3141. 5590

새파란상상

우주에서 펼쳐지는 낭만적 경이로움
김보영의 Stellar Odyssey Trilogy

**지금까지 없었던 아름다운 사랑 이야기가
우주 공간에 펼쳐진다.**

— 제1회 'SF어워드' 최우상수상 수상
— 하퍼콜린스 번역 영미 동시 출판작
— '한국연극평론가협회 2021년 올해의 연극' 베스트3
— '월간 한국연극 2021년 공연' 베스트7
— 영화화 예정

당신을 기다리고 있어 김보영 지음 | 값 10,000원

지구만큼 고독한 남자의 기다림

《당신을 기다리고 있어》는 김보영 작가의 팬이었던 남자가 자 애인에게 청혼하기 위해 김보영 작가에게 부탁하여 쓰인 작품 다. 사람의 사랑 덕분에 현실과 맞물려진 청혼 SF 소설이 탄 하였다.

당신에게 가고 있어 김보영 지음 | 값 10,000원

빛의 속도보다 간절한 여자의 그리움

《당신에게 가고 있어》의 주인공은 남자에게 가기 위해 끝나지 을 것 같은 고통의 시간을 헤쳐 나간다. 전편에서 가볍게 언급 사건들이 이 작품 속에서는 생생하게 살아나 어떤 일이 벌어졌 지 상세히 보여주게 된다. 그 안에서 절망과 희망이 별빛처럼 나는 것을 알 수 있게 된다.

미래로 가는 사람들 김보영 지음 | 값 10,000원

우주의 파우스트 혹은 파우스트의 우주

이 소설은 항법사 셀레네가 괴테의 《파우스트》를 읽는 장면 시작하여 파우스트와 불멸성의 문제를 SF의 차원에서 다루고 다. 개인적인 이야기를 하고 있는 전작들과는 달리 《미래로 가 사람들》은 우주의 운명과 인간의 본질에 대한 거대한 이야기를 한다.

브레인 임플란트 이혜원 지음 | 값 10,000원

백두산 폭발로 벌어진 아비규환!
거대한 음모 속에 숨겨진 살인극

"이젠 학습법이 아니라 뇌를 바꿔야 합니다!"
우리의 삶을 바꾸는 브레인 임플란트의 세계에 오신 것을 환영합니다.

초인은 지금 김이환 지음 | 값 10,000원

제4회 SF어워드 우수상 수상!
우리 시대의 모순을 안은 초인이 온다!

하늘을 날고 모든 것을 듣고 모든 것을 보는 초인이
시민들을 지켜준다.
초인은 무엇 때문에 사람들을 위해 봉사하는 것일까?
그를 믿어도 되는 것일까? 초인은 선한 사람인가?

킬러에게 키스를 김상현 지음 | 값 11,000원

그동안 고마웠어. 그 말을 끝으로 이메일 주소 하나 남기지 않고
깨끗이 사라졌던 여자 친구가 실은 킬러였다!

그녀에게 묻고 싶은 말이 있어 국가정보부의 작전에 동참한
평범한 한 남자의 슬프고도 웃긴 이야기.

고스트 에이전트 김상현 지음 | 값 12,000원

《킬러에게 키스를》 두 번째 작품.

당안리 화력발전소를 노린 폭탄 테러, 서울 전역에서
테러리스트가 출몰하고 급기야 국가정보부가 공격당한다!
그 누구도 절대 막을 수 없다!

이순신의 나라 임영대 지음 | 각 권 12,000원 (전2권)

이순신이 살아남은 조선!
새로운 바람이 분다. 새로운 나라가 온다!

임진왜란이라는 절체절명의 국난에서 우리 민족을 구원한
이순신 장군. 그런 이순신 장군이 만일 죽지 않고 살아남았다면
과연 무슨 일이 벌어졌을까?

살해하는 운명 카드 윤현승 지음 | 값 11,000원

다섯 장의 카드, 다섯 개의 운명.
모두가 승리할 수도 있고, 모두가 패배할 수도 있다.

인생 막다른 골목에서 받아들인 위험한 초대.
오직 운명을 거역한 사람만이 승자가 된다!

체탐인 – 조선스파이 정명섭 지음 | 값 11,000원

얼굴도 이름도 바뀐 복수의 화신이 돌아오다

아무 것도 할 줄 모르는 백면서생에서 난데없이 야생의 현장에
떨어진 병조판서의 아들 조유경. 하지만 이대로 죽을 수는 없
다. 자신의 모든 것과 사랑하는 약혼녀까지 앗아가버린 원수들
에게 복수를 해야만 한다.

붉은 말 백성민 이야기그림집 | 값 22,000원

네이버 한국만화 거장전 제1호 작가 백성민의 새로운 만화 모음집.

〈장길산〉, 〈싸울아비〉, 〈광대의 노래〉 등 역사만화의 거장 백성
민이 새롭게 선보이는 이야기그림 〈붉은 말〉. 우리나라의 신화
와 전설, 전래동화 등에서 폭넓게 소재를 취하여 새로운 해석을
내보이는 만화들에서 삶의 위안을 찾아낼 수 있을 것이다.

태릉좀비촌 임태운 지음 | 각 권 13,000원 (전3권)

대한민국 최강 좀비 군단이 몰려온다!
네이버 화제의 연재작 – 영화화 결정

올림픽을 대비로 맹훈련 중인 태릉선수촌에 좀비 바이러스가 발
생했다. 운동으로 단련된 역대 최강의 좀비들이 몰려온다. 사랑
하던 동료들에 맞서 사랑하는 사람들을 지켜야 하는 이야기!

화이트리스트–파국의 날 박철현 지음 | 값 11,000원

2019년 8월 2일 일본의 화이트리스트 발표
누구에게 닥친 파국의 날인가!!

2019년 3월 15일 대한민국을 화이트리스트에 삭제하라는 지시
가 경제산업성 동아시아 무역관리관 히라오 아쓰시에게 내려
온다. 북한 쪽으로부터 정보를 확보하라는 지시에 의해 히라오
는 총련 산하의 평화통일연합의 송석진을 만나는데……

호판은 떨떠름해도 자신의 선택이 옳았음을 재차 확신하는데, 밖에서 굵직한 음성이 들렸다. 기다리던 소식이 도착한 게틀림없어 게슴츠레 퍼졌던 두 눈이 크게 떠졌다.

"들어와서 고하거라!"

백 서방이 목청 높여 응답하자 명을 받아 아침 일찍 저자로나갔던 수청방의 하인이 안으로 들어왔다. 그는 매우 난처한기색이었다. 특히나 눈에 띈 것은 그의 손에 들려 있는 종이였다. 불길함이 스친 김사흔은 사내의 무릎이 바닥에 닿기도 전에 대뜸 캐물었다.

"그게 무엇이냐? 설마 기별이 배포된 건 아니겠지?"

"송구합니다, 대감마님."

이번에는 절대 실패하지 않으리라 장담했던 호판이 하, 하고탄식을 흘렸다. 짧은 숨 한 번으로 순식간에 긴장이 조성되자백 서방은 가장 중요한 부분을 콕 집어 확인했다.

"기별이 어떻게 배포되었는지 정확히 설명해야지! 아무리그래도 채 정언의 필체가 풀리지는 않았을 것 아니냐?"

성급하게 실망감을 드러냈던 호판이 다시 눈을 가늘게 뜨고집중했다. 주인께서 기다리던 소식을 가져오지 못한 사내는 차마 입을 열지 못하고 몸을 낮게 일으켜, 들고 있던 기별을 서안에 얌전히 올려 두었다.

급하게 그것을 펼쳐 본 호판은 서랍에서 또 다른 기별을 꺼냈다. 두 장을 펼쳐 놓고 각각의 서체를 비교하다가 퉁퉁하게말아 쥔 주먹을 탕, 하고 내리쳤다.

"이게 어떻게 된 거야!"

"송구합니다!"

김사흔이 내지른 고함에 백 서방과 사내가 안색이 흙빛이 되어 넙죽 엎드렸다.

"당장 가서 그 새끼부터 잡아 와! 이 필체를 확인해 준 서사의 그 사환 놈 말이다!"

"안 그래도 기별을 확인하고 가장 먼저 그놈을 잡으러 갔었습니다. 그런데……."

사내가 말을 잇지 못하고 더듬거리자 대충 상황을 짐작한 호판이 몇 번이고 서안을 탕, 탕, 쳐 대며 방 안의 분위기를 공포로 물들게 했다. 냅다 서안을 뒤엎고 폭주할 태세였지만 그는 용케도 마지막 이성의 끈을 놓지 않았다. 입술이 삐뚜름하게 틀어져 실소를 연발했다.

"감히 천것 따위가 날 기만하고 도망쳤겠다?"

줄행랑을 친 그놈을 어떻게 잡아 죽일까 벼르던 호판은,

"아니야……."

금세 또 표정이 바뀌어 기별지 두 장을 다시금 비교해 보았다.

"그놈은 내게 거짓말을 하지 않았어. 모든 정황이 전부 들어맞았는데 어찌 이런 일이……."

"사람을 풀어 알아보겠습니다."

"어느 세월에 그걸 확인한단 말이냐!"

수하의 답답한 소리에 그가 버럭, 호통을 내질렀다. 송구하단 말조차도 듣고 싶지 않아 사내가 입술을 떼자마자 짜증스럽

14

게 팔을 휘저었다. 그는 이미 망친 판을 버리고 다음 수로 넘어가고 있었다.

"어찌 하올까요, 대감마님?"

눈치 빠른 백 서방이 주인의 다음 하명을 기다렸다.

"어쩔 수 없지. 손 안 대고 처리하려 했는데, 이렇게 되면 직접 움직이는 수밖에……."

"그자를 말씀하시는 겁니까?"

"그래. 그놈을 이제 그만 내어 주어라. 그자의 복수심이 새파랗게 살아 있는 한, 내게 주어진 기회는 아직 유효하다."

직전에 또 다른 실패를 맛봤다고 할 수 없을 정도로 김사흔은 침착했다. 소소하게 잃긴 했어도 여전히 큰 패를 쥐고 있는 자의 여유였다.

"대감마님!"

숨이 넘어갈 듯 행랑아범이 뛰어 들어온 건 살벌했던 사랑채의 기운이 어느 정도 가신 뒤였다. 늘 무게감 있게 움직였던 그이기에 호판은 무례함을 꾸짖기에 앞서 의문을 띠고 바라보았다.

"무슨 일이냐?"

"잠시…… 잠시 가 보셔야 할 것 같습니다!"

귀신이라도 본 듯 행랑아범은 얼이 빠져 있었다. 그 모양이 심상치 않아 호판은 새하얗게 질린 아범을 응시하며 몸을 일으켰다.

집에는 각종 물품과 곡식, 귀중품 등을 보관하는 곳간이 큰 규모로 줄지어 있었다. 아범은 그곳을 전부 지나쳐 잡품을 보관하는 고방 중에서도 가장 끄트머리에 있는, 곰팡내가 날 것 같은 장소로 호판을 안내했다.

대체 무슨 일이냐, 오면서 몇 번을 물어도 도련님이 기다리고 있다는 말만 반복하니 김사흔은 짜증이 치솟아 걸음이 빨라졌다.

"아버님!"

고방에 다다르자 아들 성욱이 달려 나와 공손히 인사했다.

"이른 시각부터 대관절 무슨 일이냐? 아무리 물어도 아범은 벌벌 떨기만 하고. 너 설마, 또 술 마시고 무슨 실수라도 저지른 거 아니겠지? 넌 다 좋은데 그 술이 문제다!"

"아닙니다, 아버님."

성욱은 더없이 단정하고 무해한 얼굴로 부친의 의심을 부인했다.

"하면?"

"소자가 아니라…… 여은 누님의 일입니다."

"여은이?"

뜻밖의 말이었다. 변변찮은 딸년이라 하나 제 주제를 알고 없는 듯이 살아온 아이였다. 그렇기에 그도 여은이 한 번씩 일으키는 지랄 맞은 패악질을 참아 주었던 거고. 한데 나무토막 같은 그 아이가, 더군다나 현재 감우당에 머물고 있거늘 무슨 일을 저질렀다는 건지 영 가늠하기 어려웠다.

호판이 미적지근하게 반응하자 성욱은 괴로운 기색을 띠었다.

"저도 지난밤에야 이 사실을 알고 고민하였습니다."

"뭐라? 지난밤?"

"예. 모르는 척 넘어가야 하나 밤을 꼴딱 새우며 주저했는데, 자칫하다간 아버님과 가문에 누가 될 뿐 아니라 누님에게도 해가 된다고 판단하였습니다. 다른 이가 아닌 누님 본인을 위해서라도 하루속히 이 일을 바로잡아 주십시오."

"무슨 일인지 말은 않고 이리 호소만 하니 내 답답하구나."

"직접 보셔야 합니다. 들어가 보십시오."

인내심이 극에 달한 호판은 성욱의 말이 끝나기도 전에 발을 떼었다. 뒤에서 아들이 비죽거리고 있는 줄은 꿈에도 모른 채 허겁지겁 고방으로 들어가 안쪽의 사정을 살폈다.

"아니, 저건……?"

첫눈에 의아해하던 호판은 곧 자세한 윤곽을 알아보고 움찔하였다. 얼굴 전체로 퍼진 경악스러움은 이내 불같은 노여움으로 바뀌어 주위가 떠나가라 버럭, 고함쳤다.

"뭐 하느냐! 가서 여은이 년을 끌고 와!"

한차례 심호흡한 서윤이 살며시 장지문을 열고 안으로 들었다. 감우당에 올 때마다 재헌이 사용한다는 방은 다시 봐도 넓고 쾌적했다. 난향과 먹 향이 은은하게 어우러진 실내의 내음도 격조 있는 방의 정취와 어울렸다.

이 방의 주인은 가장 깊숙한 안쪽에 누워 있었다. 창가에 발을 내려 어둑하였으나 그 틈을 비집고 잔잔한 햇살이 깃털처럼 떠다니는 곳이었다. 소리 없이 다가가 그의 곁에 앉았다. 한눈에도 핼쑥한 그가 병약하게 느껴지지 않는 건 반듯하게 떨어진 넓은 어깨와 정교하게 자리한 이목구비 때문일 것이다.

서윤은 안쓰러운 눈길로 내려다보다 그의 이마에 손을 뻗었다. 열 기운이 느껴질 정도로 가까이 내려갔던 손은 홀연히 되살아난 어떤 기억에 끝까지 닿지 못하고 떨어졌다.

언젠가 태호에게 떠밀려 이곳에 발을 들인 적이 있었다. 술에 취한 여은의 아우가 윤도경을 폭행해 감우당을 뒤집은 날이었다. 그날 서윤은 혼인도 하지 않은 처자가 어찌 외간 사내의 거처에 발을 들이겠냐며 오라비의 은밀한 권유를 거부했다.

'서윤아, 채 정언의 몸이 불덩어리다. 머리에 물수건이라도 얹어 줘야 하지 않겠느냐!'

완강했던 고집은 쉽사리 퇴색되었다. 감우당의 일손이 부족해 채재헌 곁에 머물 사람이 없다는 꼬드김에 흔들리고 말았다. 그가 혼절하던 순간을 눈앞에서 생생히 목격해, 상태가 어떤지 두 눈으로 확인하고 싶은 욕심도 얼마쯤은 있었다.

서윤은 못 이기는 척 쭈뼛쭈뼛 들어와 지금 있는 이 자리에 똑같이 앉았다. 처음에는 어색하고 두려웠지만 후각을 스치는 그윽한 향기에 긴장이 풀리고 의식 없는 그의 얼굴에 시선을 빼앗겼다.

가만히 넋을 놓고 바라보다가 사모하는 마음이 한층 타올라 건포에 물을 적셔 그의 몸을 닦아 주었다. 목덜미 안쪽까지 손이 내려갔는데 별안간 덥석, 손목이 잡혔다. 단단하면서도 열이 끓어 뜨거운 사내의 큰 손이었다. 가슴이 요란하게 뛰어 그를 보니 흑석 같은 눈동자가 자신을 올려다보고 있었다.

'나리, 정신이 드십니까?'

반가움이 앞서 그에게 상체를 기울였다. 잡힌 손목이 부끄러우면서도 은근히 기뻐 가슴이 들썩거렸는데 일순 그의 표정이 바뀌었다. 약간의 실망감 같은 게 언뜻 드러났다. 급하게 잡았던 손목도 힘없이 놓아주었다.

'결례하였습니다.'

혼절했다가 막 의식을 되찾은 사람이라고 볼 수 없을 정도로 그가 건넨 사과는 매우 깍듯했다. 우습게도 그래서 더욱 환영받지 못한 느낌이었다. 자존심이 상했다. 모두가 마을로 내려가 감우당에 일손이 부족하다는 핑계로 이곳에 와 있는 이유를 설명했지만, 그는 옆자리를 허락하지 않았다.

'폐를 끼쳤습니다. 이젠 괜찮으니 소저께선 거처로 돌아가 쉬십시오.'

그는 정중하면서도 칼같이 도움의 손길을 거절했다.

오라비의 말에 혹해 내외법을 어긴 것이 후회되었다. 사람이 올 때까지 곁을 지키겠다고 한다면 저를 경박한 여인으로 여길까 봐 다른 말은 보태지도 못했다. 어쩔 수 없이 그에게서 물러나며 서윤은 궁금증을 지우지 못했다.

조금 전 그것은 누구를 향한 애틋함이었을까.

황급히 손목을 낚아챘던 그때, 재헌의 두 눈에 어린 감정은 애틋함 그 자체였다. 반가움과 걱정, 안쓰러움 같은 것들도 복합되어 있었다. 아주 잠깐이었지만 눈썰미 좋은 그녀이기에 똑똑히 알아챌 수 있었다.

가슴이 아릿했다. 매번 그날의 일이 떠오를 때마다 대체 날 누구로 착각했던 것일까, 궁금해하면서도 이미 알고 있는 한 여인이 있어 괴로웠다. 그런데 오늘, 재헌은 생각지도 못한 방법으로 막연했던 그 짐작이 사실이었음을 확인시켜 주었다.

"도련님!"

재헌에게 손도 대지 못하고 착잡함을 드리우고 있자니 드르륵, 문이 열리며 정이 뛰어들었다. 그는 반듯하게 누운 상전과 그 옆에 앉은 서윤을 보곤 얼른 고개를 숙였다.

"진사 나리께 전해 들었습니다. 아가씨께서 저희 도련님을 발견하셨다고요. 정말 감사합니다."

"정언 나리께서 풀려나신 걸 보면 일이 잘 해결된 모양이구나."

서윤은 속상함을 숨기고 차분히 응대했다.

"예. 아침 일찍 모시러 갔는데, 새벽에 이미 방면하라는 어명이 떨어졌다고 합니다. 여기까지 오신 줄은 꿈에도 모르고 엉뚱한 곳을 찾아 헤맸습니다."

서윤은 소리 나지 않게 마른침을 꿀꺽 삼켰다. 엉뚱한 곳이라면 혹시 안국방 윤이환 대감의 사저를 빙빙 돌았느냐고 묻고 싶은 충동이 일어서였다.

갑작스레 벌어진 황망한 일로 한동안 감우당이 뒤숭숭했다. 오늘은 중요한 날이었기에 정부인을 제외한 모두가 가회방 본가로 올라가 대기 중이었다.

서윤도 간밤에 잠을 설치고 일찍 눈을 떠 밖으로 나왔다. 그런데 천천히 거닐다 엉뚱한 곳에서 재헌을 발견했다. 반가움보다 충격이 훨씬 컸지만, 하인들의 눈에 띌세라 오라비를 깨워 그를 이곳에 눕혔다. 가슴을 두드리며 격분하는 태호를 달래 가회방에 직접 소식을 전하게 했다.

"어르신들은?"

"의원과 함께 이곳으로 오고 계십니다. 소인은 말을 달려 일찍 서둘렀고요. 한데 저희 도련님께선 언제부터 의식이 없으신 겁니까? 처음부터 마당에 쓰러져 계셨던 겁니까?"

"바깥마당에 쓰러져 계셨다면 내가 어찌 발견할 수 있었을까."

"하면……?"

서윤은 최대한 아무렇지 않아 보이려고 애쓰며 새벽에 본 그대로를 서술해 주었다.

"잠이 일찍 깨 밖에 나왔다가 윤 규수가 머물던 처소의 문이 열린 것을 보았다. 소식도 없이 그분이 돌아왔나 하여 들어가 보니 나리께서 대청에 눈을 감고 앉아 계시더구나. 알고 보니…… 그래, 의식은 없으셨다."

사람이 없어 썰렁한 곳이었다. 그곳에서 재헌은 대청마루 끝자락에 걸터앉아 있었다. 허리를 곧게 펴고 고개를 약간 숙인 채 눈을 감고 있는 모습이, 안에서 고이 잠든 이가 깨기라도 할까 봐 숨을 죽이고 기다리는 사람 같았다. 충분히 자고 일어난 그녀가 스스로 깨어나 밖으로 나올 때까지 그 자세 그대로 하염없이 앉아 있기라도 할 것처럼…….

눈자위는 붉게 짓물러 있었고 열을 이기지 못해 의식도 거의 없었다. 몸 상태가 그토록 최악이었음도 그 새벽에 기어이 여기까지 내려온 이유는 처소의 주인이 그리워서임을 누구라도 알 수 있었다.

눈이 맵고 코가 시큰거려 한동안 꼼짝하지 못했다. 어느새 저만큼이나 깊어져 있었구나, 가슴 반쪽이 떨어져 나간 듯 통증이 일었다. 서윤은 새벽에 느낀 아픔이 도로 되살아나 목이 메었다. 추태를 보이고 싶지 않아 들끓는 속내를 누르고 자리에서 일어섰다.

"네가 왔으니 난 이만 가 봐야겠다. 정부인께서도 일어나셨을 시각이니 안채에는 내가 말씀 올리마."

"예, 아가씨."

자세한 이야기를 듣고 당황했던 정은 빠르게 감정을 지우고 고개를 숙였다. 표현은 안 하지만 상전의 마음이 그쪽으로 향해 있었음을 그도 아는 눈치였다. 이미 예상했던 일임에도 상처가 되는 것은 어쩔 수 없었다.

울컥 오르는 설움을 굳건히 견디며 서윤은 의연하게 작은 사랑채를 나섰다. 혹여 초라한 뒷모습을 남기게 될까 봐 끝까지 등허리를 세우고 자세의 꼿꼿함을 유지했다.

핏발이 선 두 눈이 흥건히 젖었다. 신열로 인해 몸이 뜨겁다 못해 흙바닥까지 열에 녹아 끈적거렸다. 발을 옮길 때마다 바닥이 엿가락처럼 찐득하게 물고 늘어져 한 걸음을 떼기도 힘에 겨웠다. 금부에서 풀려난 재헌은 쓰러질 듯 말 듯 무거운 걸음으로 어둠 속을 끝도 없이 걸었다.

밤새 악몽을 꾸었다.

이제 잠에서 깨 끔찍했던 흉몽에서도 벗어났으니 숨 한번 내쉬고 떨쳐 버리면 그만인 것을. 정신을 차려야 한다고 고개를 저어 보아도 가슴이 머리를 따라 주지 않았다.

꿈이 아니라고, 네가 겪은 불행이요 돌이킬 수 없어 포기해야 했던 삶이라고 가슴이 호소했다. 심장이 비틀려 아프고 눈물은 멈추지 않았다.

그녀가 죽었고, 자신은 뒤를 따랐다.

어디에 있든 그녀에게 꼭 닿으리라고 다짐하며 그녀가 생을 끊은 호수에 똑같이 몸을 던졌다.

이것이 그 결과인가?

내가 미쳤나 보다고 자조하면서도 그녀를 잃은 고통이 너무나 생생해 무턱대고 꿈으로만 치부하지 못했다. 천상과 천하, 그리고 억겁의 시간 동안 그녀가 존재하는 곳이 과거일 뿐이라면, 그래서 여기까지 돌고 돌아온 것이라면 불가능한 일도 아니었다.

이것이 무엇인지 아직 정의조차 내리지 못하면서 빛을 얻어 환해진 두 눈으로 다시 한번 그녀를 똑바로 보고 싶다는 마음만 간절했다. 그리 외롭게 가게 해 미안하다고, 다시는 혼자서 모든 짐을 짊어지게 하지 않겠다는 무언의 외침이 입안에 맴돌았다.

재헌은 무의식이 이끄는 대로 그녀를 찾아 청학동을 향해 비틀비틀 걸었다. 그곳에서 그녀와 재회할 수 있을 것 같다는 막연한 예감에 사로잡혀, 꺼져 가는 의식을 필사적으로 부여잡고 두 발을 번갈아 움직였다. 가고 또 가고. 가늠도 되지 않을 정도로 까마득한 시간을 걷다가 비몽사몽간에 그녀가 머물던 감우당의 별채에 다다랐다.

공중에 떠도는 그녀만의 동백기름 향기가 희미하게 감지되었다. 가슴이 뭉클해 방으로 뛰어들고 싶은 욕망을 꾹 눌렀다. 단잠에 취해 있을 그녀를 깨우고 싶지 않았다. 정녕 차가운 물 속에서 괴로운 숨으로 이전 생을 끝낸 거라면, 다시 찾은 이번 삶에서라도 그녀가 내쉬는 모든 숨이 달고 편안하기만을 바랐다.

최대한 도경이 누운 곳 가까이에 자리를 잡았다. 혹여 이것이 망상이 만들어 낸 꿈이라면 영원히 깨고 싶지 않았다. 재헌은 기쁜 마음으로 그녀가 나오기를 기다리는데, 몸이 지나치게 처지고 무거웠다. 눈꺼풀도 속절없이 아래로 내려 앉았다. 후드득 떨어지는 눈물방울과 함께 스르르 눈이 감겼다.

그 후로 얼마큼의 시간이 흘렀을까.

이마에 시원한 감촉이 내려앉았다. 언젠가 원림에서 이런 경험을 한 적이 있었다. 부지불식간 혼절했다 눈을 뜨니 갸름하고 새하얀 얼굴의 그녀가 가까이 있었다.

그리움에 사무쳐 무거운 눈꺼풀을 억지로 밀어 올렸다. 뿌연 시야를 극복하고 눈에 들어온 이는 기대했던 그녀가 아니었다.

"도련님, 정신이 드십니까?"

그러나 실망스럽기는커녕 눈시울이 화악 뜨거워졌다. 이틀 전에도 본 얼굴이었지만 새삼스러운 감정이 그를 흔들었다.

"정아……."

"많이 불편하십니까? 곧 의원이 도착할 겁니다."

"널 재윤이보다 더 아꼈다고는 말할 수 없다."

"예?"

"그렇지만…… 재윤이만큼 널 아꼈다. 나한테 넌, 수하가 아닌 아우였어."

불쑥 건넨 그 말에 정은 어리둥절해하더니 점차 의미 없이 뱉은 소리가 아님을 깨닫고 두 눈이 붉게 젖었다. 재헌은 눈꺼풀의 무게를 이기지 못하고 도로 눈을 감았다.

갑자기 얻게 된 이 머릿속의 기억이 꿈이었다고 해도 상관없다. 실제로 겪었던 전생이라면 더더욱 해야 했다. 늘 마음에 품고 있으면서도 한 번도 내색하지 못했던 속마음을 이렇게라도 전하게 되어 다행이었다.

몸을 감싼 이부자리가 편안했다. 수면 밑을 헤매다 어렴풋이 정신이 든 재헌은 조부와 아버지, 그리고 의원의 목소리를 들었다.

"어떠한가. 상태가 악화된 건 아니겠지?"

"그 정도는 아니니 심려하지 마십시오. 며칠 푹 쉬며 조섭하면 금방 회복되실 겁니다."

"그렇다면 다행이지만 혹시 모르는 일 아닌가. 당분간 곁에서 집중적으로 살펴봐 주게."

의원의 소견에도 좀처럼 마음을 놓지 못하는 어른들께 죄송스러웠다. 시름을 덜어 드리기 위해 이만 눈을 떠야지 하면서도 쉽지 않았다.

며칠 내내 계곡물에서 잠수를 반복하던 중 피로해진 몸으로 감금되었다. 그곳에서 재헌은 정신적 압박을 견디며 계속 잠들지 못하다 어떤 끔찍한 기억과 맞닥뜨렸다.

한낱 꿈이라고 치부하기엔 혼백에 새겨진 상처가 깊고도 아팠다. 하루아침에 사라졌던 어머니와의 추억도 어젯밤 이후 한꺼번에 떠올라 더더욱 그랬다. 부정할 수 없는 기적. 고통스럽지만 소중하기도 한 이 생생한 기억을 재헌은 비합리적이라는 이유로 부정하지 않기로 했다.

그러고 나니 머릿속을 헤집던 혼란에선 해방되었으나 눈은 떠지지 않았다. 후유증과 상관없이 몸도 마음도 지칠 대로 지쳐 의식은 다시 흐리멍덩하게 멀어졌다.

잠결에 목으로 흘러 들어오는 탕약을 받아넘겼다. 뜸을 뜨는 냄새도 흐릿하게나마 느껴졌다. 한참이나 수마에 감겨 정신을 차리지 못했던 재헌이 드디어 잠기운을 떨치고 눈을 떴을 땐 새 지저귀는 소리가 한적하게 울리는 평화로운 오후였다.

발을 내려 실내는 어둑했지만, 사이사이로 뽀얗게 스며든 빛이 따사로웠다. 이제야 되찾은 어머니의 기억처럼 포근하기도 했다.

어머니…….

재헌은 이전 생과 합쳐진 기억 속, 소중하게 간직했던 그분과의 추억을 떠올려 보았다. 자애로운 미소가 아름다운 분이었다. 항상 단정했던 그분이 흐트러져 누워 계신 모습을 딱 한 번 보았다. 땀에 젖어 기운 없는 목소리로 어머니는 다정하게 당부하셨다.

'재윤이는 아직 어리고, 갓 태어난 누이는 아주 약하단다. 재헌아…… 저 어린 아우와 누이를 네가 많이 예뻐해 주렴.'

들을 때는 몰랐는데 실은 그것이 어머니의 유언이었음을 어린 재헌은 며칠이 지난 후 알게 되었다.

상을 치르는 동안 다시는 뵐 수 없다는 사실이 무서워 펑펑 울었다. 이전 삶에선 그 상태로 상을 마치고 어머니의 뜻에 따라 듬직한 맏형이자 집안의 장손 역할에 최선을 다했다. 가문이 안전해야 재윤과 자영이 보호받을 수 있고, 그래야만 하늘에서 지켜보고 계시는 어머니가 안심하실 거라고 굳게 믿었다.

그런데 다시 찾은 삶에서는 슬픔을 뚝뚝 흘리다 힘없이 의식을 잃고 쓰러졌다. 꼬박 하루를 앓고 다음 날 일어났을 때, 주위에 존재하는 모든 것이 생소했다. 나고 자란 집, 피와 살을 나눈 가족, 심지어 너무나도 애틋했던 어머니마저 기억하지 못했다.

그 일을 계기로 삶의 궤적도 완전히 달라졌다.

이전에는 어머니의 당부를 지키기 위해 인내했다면 이번 생에서는 주어진 책임감과 기억을 잃은 후에 쌓아 올린 가족애로 긴 시간을 버텼다. 어린 도경도 만나지 못했고, 혼자서 울 일도 없었다. 기억을 잃으며 성격의 일부가 바뀌기라도 한 듯 한층 건조하고 인내심의 강도도 높아졌다.

그렇게 달라진 삶이었지만 중간중간 비슷하게 흘러가는 지점도 분명 있었다.

대표적으로 사냥터에서 맞닥트린 자객의 습격.

하지만 이번엔 그녀가 직접 현장에 나타나 이 목숨을 살렸다. 누구라도 와서 제발 살려 주길 바라며 긴 시간 홀로 방치되었던 과거와 달리, 순순히 생을 포기하려 했던 그때 기적처럼 그녀가 다가와 손을 내밀어 주었다.

거짓말같이 새롭게 그려진 인생. 그리고 다시 이어진 인연.

이 모든 건 하늘의 뜻이었을까.

그녀에게서 나는 동백기름 향기가 그리웠다. 그리 향기로운 사람을 죽음으로 내몬 이가 저였다고 생각하니 도저히 누워 있을 수 없어 몸을 억지로 일으켰다. 건강한 웃음의 그녀를 지금 꼭 보고만 싶은데 반쯤 일으킨 몸이 휘청거렸다.

"아직 움직이시면 안 됩니다!"

마침 물을 갈아 들어오던 정이 아연실색하여 달려왔다. 저를 부축하는 그를 잡고 다급히 물었다.

"그 사람은? 윤 소저가 돌아왔느냐?"

"하, 도련님……. 정말 아가씨 때문에 해도 뜨지 않은 새벽에 먼 길을 걸어오신 겁니까? 이런 몸을 하시고요?"

"그 사람이 돌아왔느냐고 물었다!"

속상해하는 정에게 그는 오직 한 사람의 소식만을 말하라고 다그쳤다.

"아니요. 아가씨는 아직 안국방에 계십니다."

한숨 섞인 그 대답에 힘이 빠져 지친 몸을 털썩 쓰러트렸다. 세상이 빙글빙글 돌아 눈을 감았다. 몸 하나 제대로 가누지 못하는 현실이 과거, 무기력했던 한때를 생각나게 해 더는 무리하지 않았다.

재헌은 어지럼증이 가시고 울렁이던 속이 가라앉은 뒤에야 천천히 눈을 떴다. 한차례 물수건으로 식은땀을 닦아 준 정이 곁에 앉아 걱정스러운 시선을 보내고 있었다.

"진정되셨으면 가서 어른들께 도련님이 깨어나셨다고 고하겠습니다. 모두 걱정하고 계십니다."

"내가 지나치게 흥분했다. 전하의 성은으로 잠시 풀려나긴 했지만 해결해야 할 일이 많아 마음이 급했어."

"기별지와 관련해선 잘 마무리되었습니다."

"뭐?"

돌아가는 사정을 알지 못했던 재헌이 뜻밖의 소식에 정을 올려다보았다.

"기별은 제때 배포되었고, 박 서리와 그 무리도 방면되었습니다."

"무슨 소리냐, 그게?"

"도련님의 필체로 작성된 기별 역시 지금 시중에 돌고 있습니다."

"정아!"

말도 안 되는 소리였다. 도무지 알아들을 수 없어 상체를 벌떡 일으키니 정이 능숙하게 부축해 주었다. 재헌이 바르게 앉을 수 있도록 도와준 그는 제자리로 돌아와 긴박했던 지난 이틀간의 일을 차분히 설명했다.

손자가 금부로 넘겨졌다는 기함할 소식을 들은 건 채여준 대감이 감우당의 서옥에서 의서를 한창 탐독할 때였다. 곧장 채비하여 본가로 올라가니, 상황을 알아보고 돌아온 이들이 대기하고 있었다.

그들의 보고를 종합해 보자면, 갑작스럽게 이루어진 고변과 한성부 관리의 움직임이 짜 맞춘 듯 연속해서 이루어졌다. 공교롭게도 관리는 윤이환을 따르는 사람이었으며, 이 일이 벌어지기 전 안국방 사저를 집중적으로 들락거린 사실까지 확인되었다.

채 대감은 분노하여 주름진 손을 그러쥐었다. 지난 몇 년, 서사에 출입하는 장손의 행적을 모르지 않았다. 국법에 어긋나긴 했지만, 백성들에겐 유용한 일이요, 재헌에게도 꼭 필요한 도피처이자 숨 쉴 공간이었다. 그렇기에 그는 손자의 유일한 일탈을 막는 대신 아무도 모르게 뒤를 봐주며 잠시나마 정신적 고통에서 벗어나게 해 주었다.

그리 어려운 일도 아니었기에 지금까지 잘 통제해 왔는데 어찌 이리 단번에 뒤집힐 수 있단 말인가. 누군가 작정하고 일을 벌이지 않은 이상 불가능한 일이었다.

"아버님, 소자 들어가겠습니다."

"……들어오십시오."

채 대감이 분노에 잠겨 흥분한 상태라 곁에 있던 명원 대군이 대신 대답해 주었다.

문이 열리고 이판 채승우와 재윤이 서실로 들어섰다. 뒤늦게 사념에서 깨어난 채여준은 좌정하는 이판에게 성급히 확인했다.

"준비는 어찌 되어 가고 있느냐?"

"기별지를 작성해, 급히 수배한 필사자들한테 보냈습니다. 쉼 없이 작업하면 때를 맞출 수 있을 겁니다."

"비밀이 새 나가면 절대 안 된다."

"평소 결원이 생길 때 즉흥적으로 수배되는 자들이라, 최종 의뢰자가 누구인지 관심 두지 않는다고 합니다. 비용만 제대로 지불하면 밤을 새우더라도 기한을 맞춰 줄 겁니다."

"기별지의 내용은 평소 재헌이 쓰던 식으로 작성하였겠지?"

"한 번도 빠짐없이 아들놈의 기별을 받아 본 저입니다. 그런 소자가 직접 작성하였으니 심려치 마십시오."

두 대감이 나누는 대화의 내용은 굉장히 위법적이면서도 치밀했다. 재윤과 대군은 어안이 벙벙해 서로 눈을 마주쳤다. 지금껏 재헌이 그런 일을 하고 다녔다는 사실만으로도 기절초풍할 일인데, 존경하는 두 어른께선 거의 공범 수준으로 모든 것을 꿰뚫고 계셨다.

그중에서도 가장 무서운 건 이토록이나 기민한 움직임에도 아직 가장 중요한 문제가 해결되지 않고 있다는 점이었다. 두 대감 역시 그 부분을 근심하여, 일을 진행하면서도 낯빛이 계속 어두웠다.

"이제 재헌이의 필체로 작성된 기별만 남았구나. 모든 것이 완벽해도, 그것이 풀리지 않으면 혐의를 떨칠 수 없거늘……."

"최선을 다해 알아보는 중이나, 짧은 시간에 필체를 똑같이 따라 하기가 쉽지 않습니다."

방 안에 무거운 침묵이 가라앉았다. 뾰족한 수가 없어 침통함이 감도는데, 그렇다고 솜씨 좋은 누군가가 나타나길 마냥 기다리기만 하는 것도 못 할 노릇이었다.

목마른 자가 우물을 판다고, 채 대감이 먼저 움직였다. 재헌이 쓴 기별과 백지를 펼쳐 한 자 한 자 똑같이 써 보았다. 그 모습을 안타깝게 지켜보던 대군과 재윤도 각각 백지를 가져다 필체를 따라 해 보았다. 심혈을 기울여 붓을 놀려 보지만, 그것이 해결책이 될 수 없음을 모두가 알고 있었다.

왜 이런 상황을 앞서 대비하지 못했을까! 이판은 저라도 미리 아들의 필체를 연습해 놓았어야 했다고 자책하는데, 밖에서 최 집사가 용무가 있음을 알리고 안으로 들었다. 다른 세 사람이 글씨 연습에 여념이 없는 동안 채승우가 그를 돌아보았다.

"무슨 일인가?"

"영상 댁의 윤 규수가 찾아왔습니다."

"도경이가?"

"예. 두 어르신을 뵙길 청하는데 어찌하올까요?"

갑작스러운 도경의 등장에 웬만해선 놀라지 않는 채 대감마저 안색이 급변해 고개를 들었다.

서실의 공기는 또 다른 이유로 썰렁해졌다. 증거가 없다고는 하나 이번 일을 벌인 배후로 가장 유력시되는 이가 윤이환이었다. 바깥일을 두고 규방의 처자에게까지 감정적으로 구는 건 구차하지만, 하필 이런 시기에 그런 자의 여식과 마주하는 게 썩 달갑지는 않았다. 더구나 그 아이라면 재헌과 관련된, 영원히 확인하고 싶지 않은 어떤 의심도 자리 잡고 있었다.

"어찌하시겠습니까, 아버님?"

채 대감이 선뜻 대답하지 못하고 머뭇거리자 이판이 의견을 물었다.

"아범 네 생각은 어떠냐?"

"모르는 사이도 아닌데 무슨 용건인지 들어 보긴 해야 하지 않겠습니까."

"……좋다. 너의 뜻에 따르마."

어쩔 수 없다는 듯 채 대감이 고개를 끄덕였다. 재윤이 눈치껏 일어나 흩어져 있는 기별과 글씨를 연습한 종이를 전부 수거해 안 보이는 곳에 집어넣었다.

얼마 뒤, 안내를 받은 도경이 서실로 들었다. 모두의 시선이 그녀에게 쏠리자 도경은 나붓이 인사를 올리고 자리했다.

"오랜만에 보는구나."

채승우가 먼저 반겨 주었다.

"몸은 어떠하냐?"

"걱정해 주신 덕분에 금방 완쾌되었습니다."

"감우당에서 병을 얻어 마음이 좋지 않았는데, 다행이구나."

성정이 유하기로 소문난 사람답게 이판의 미소는 인자했다.

표정 없이 그 모습을 지켜보던 채 대감은 인사말을 생략하고 바로 본론으로 넘어갔다.

"혼인도 하지 않은 다른 가문의 처자를 이 서실에 들인 건 네가 처음이다. 하니 용건만 간단히 말해 보아라. 감우당도 아니요 가회방까지, 무슨 일로 나를 찾아왔느냐?"

"정언 나리에 관한 소식을 들었습니다."

고분고분 올린 그 상답에 도경을 제외한 모두가 경직되었다. 설마 그 일로 찾아왔을까. 만일 그렇다고 해도 함부로 입에 담기는 어렵겠지 했는데 저리 당당하게 밝히니 채 대감도 역정이 솟았다.

"전하께서 직접 입단속 하신 그 일을 네가 어떻게 알았는지 따져 묻진 않겠다."

"우연이었습니다. 상단에 물건을 보러 갔다가 그곳을 찾은 어느 고관 댁 마님의 대화를 들었습니다."

"그렇다면 듣고 그냥 넘겼어야지! 기어이 예까지 찾아와 이러는 이유가 무엇이냐? 당신들 몰래 정언과 정을 나누는 사이다, 그리 티를 내고 싶었더냐? 입술에 났던 상처만으로는 부족하였더냐!"

쩌렁쩌렁 울리는 질책이 지나고 어디선가 허억, 하고 급히 숨 들이켜는 소리가 뒤를 따랐다.

날벼락을 맞은 양 안색이 새하얗게 질린 이는 이판. 방금 들은 그 말을 믿을 수가 없어 가슴께를 부여잡고 있는데, 하물며 재윤과 대군조차 이미 알고 있다는 듯 동요하지 않으니 당장에라도 폭삭 무너질 판이었다. 그나마 몸의 중심을 잃지 않고 그를 버티게 했던 건 조곤조곤 이어진 도경의 부인 때문이었다.

"오해십니다. 정언 나리와 저는 그런 사이가 아닙니다."

"그럼 왜 그 소식을 듣고 예까지 찾아온 것이냐?"

"이번 일을 해결하는 데 어떤 식으로든 도움이 되고 싶었습니다."

채 대감은 도경의 주장을 전혀 믿지 않았다. 도움이 되고 싶다는 말도 가당찮게 느껴졌다.

도대체 저 아이가 무엇을 할 수 있단 말인가.

안 그래도 속이 시끄럽거늘, 한시가 급한 이 순간 나타나 시간을 허비하게 하는 것이 못마땅했다. 해서, 이러면 안 된다는 것을 알면서도 도경의 갸륵한 성의를 차갑게 조소했다.

"도움이 되고 싶다? 하면 말해 보아라. 대체 네가 무엇을 할 수 있다는 게냐?"

"소녀에게 지필묵을 내주십시오."

결코 곱지 않은 반문에도 도경은 주눅 들지 않았다. 저토록 자신만만해하다 알고 보니 별게 아니면 그 뒷감당을 어찌하려고 저러나, 지켜보던 이들이 되레 조마조마했다.

심지어 이판은 조금 전의 충격도 잊고, 저 아이가 원하는 걸 빨리 가져다주라며 팔꿈치로 재윤을 쿡쿡 찔렀다. 아들과의 일은 차치하고, 도경에게 불호령이라도 떨어지면 얼른 개입하여 막아 줄 태세였다.

살벌한 분위기 속에서 빠릿빠릿하게 움직인 재윤 덕에 지필
묵이 마련되었다. 붓을 쥔 도경이 새하얀 백지에 손을 내리니
모두의 이목이 그쪽으로 집중되었다.

일부 못마땅한 시선도 없지 않았으나 그런 기류는 금세 사라
졌다. 흰 종이에 까만 글씨가 채워질수록 방에 있는 모두가 차
례차례 입을 벌리며 경탄을 금치 못했다.

도성 근처 별저에서 교령을 통해 처음으로 민간 기별을 받
아 보았다. 별생각 없이 그것을 손에 쥐었을 때 제일 먼저 눈
에 들어온 게 깔끔한 서체였다. 흘림으로 빠르게 써 내린 여
타의 기별과 달리, 해서(楷書)로 작성된 글씨가 정갈하고 유
려했다.

첫눈에 시선을 빼앗긴 도경은 교령에게 말해 그것을 정기
적으로 조달받았다. 기별을 읽으며 낯설었던 시류를 파악하
는 한편, 취미 겸 글씨를 교정하고자 꾸준히 공들여 모사를
해 왔다. 그것이 채재헌의 손끝에서 탄생했을 거라곤 꿈에도
모른 채.

저자의 거리, 어느 점포 옆에 나 있는 공터에 서서 도경은 맞
은편에 보이는 서사를 주시하고 있었다.

'와, 정말 똑같습니다. 하루하루 일취월장하십니다, 아가
씨.'

'고맙다. 이게 다 팔 빠지게 먹을 갈아 준 너의 덕이다.'

열비와 그런 우스갯소리를 주고받으며 부단히 행한 습자가 이번 일을 해결하는 데 주요한 역할을 하였다. 이로써 예성 채문의 어른들께 본의 아니게 눈도장을 찍었으니 혜명 윤문의 핏줄로서 기뻐해야 할 일이나, 도경의 낯빛은 밝지 않았다.

이런 식의 행운이 과연 언제까지 이어질 수 있을지…….

위태로웠던 목숨을 살렸더니 또 다른 위험이 그를 덮쳤다. 혹 주어진 운명을 피했기 때문에 그에 준하는 난관이 계속해서 그 사람 앞에 도사리는 것은 아닌지 걱정되었다. 어떤 식으로든 그가 고난을 겪을 때까지 이 불운이 지속될 것 같아서.

생각만으로도 음울해 장옷을 푹 뒤집어쓴 채 고개를 떨어뜨렸다. 그 사내의 안부가 궁금해 나와 본 것이었다. 방면되었다는 소식은 들었지만, 후유증으로 고생하는 몸이 상하기라도 했을까 봐 그냥 앉아 있을 수 없었다.

되도록 빨리 감우당으로 돌아가야 하나, 그런 생각마저 드는데 돌연 흑혜를 신은 사내의 발이 눈에 들어왔다. 아주 오래전 그 어느 날의 오후와 비슷한 느낌이라 손에 힘이 빠졌다. 장옷이 스르르 내려와 어깨에 걸쳐지고, 천천히 고개를 드니 해쓱해진 외관의 재헌이 눈앞에 있었다.

산들산들, 정면에서 불어오는 바람을 타고 익숙한 체향이 전해졌다. 눈시울이 뜨거워진 도경은 동요하는 마음을 들키지 않으려고 그에게서 매정히 고개를 돌렸다. 안부조차 묻지 못할 정도로 감정이 통제되지 않는다면 차라리 자리를 떠나는 게 나을 것도 같은데…….

그가 성큼 다가섰다.

전신을 휘감듯 밀려든 사내의 난향에 아득해지면서도 도경의 시선은 고집스레 저자로 향해 있었다. 모두가 바쁘게 오가는 거리. 귀를 찌르는 소음은 앞으로 늘어진 땋은 머리에 그의 손길이 닿으며 씻긴 듯 사라졌다.

커진 눈으로 고개를 바로 하니 댕기를 드린 머리의 끝자락이 그의 손가락 사이에 잡혀 있었다. 그것을 응시하는 사내의 시선엔 뜻 모를 감격 비슷한 것이 넘실거렸다.

머리카락 끝에도 신경이 살아 있는 듯 그것을 어루만지는 손길이 생생히 느껴져 목덜미가 발그레 달아올랐다. 저자를 가득 메운 행인이 바쁜 걸음을 멈추고 일제히 이쪽을 바라보는 착각도 일었다.

끊어질 것같이 날이 선 긴장에 도경은 그의 손을 밀어냈다. 자리를 뜨려고 황급히 걸음을 옮기자 그에게 손목이 잡혔다. 그 상태로 재헌이 어딘가로 가려 했다. 끌려가지 않으려고 힘을 주고 버티니 돌아선 그가 애원했다.

"한 번만……."

간절하면서도 약간의 몽롱함이 배어 있는 음성이었다. 붉은 기를 띤 눈자위와 왼쪽 손목에서 전해지는 비정상적인 신열도 그제야 알아챘다.

그의 상태가 정상 범주에서 한참이나 벗어나 있음을 알게 된 도경은 끝까지 매정하지 못했다. 사르르 몸에서 힘이 풀리자 그것을 허락의 뜻으로 받아들인 재헌이 손을 잡아 이끌었다.

여인의 손을 단단히 잡고 걷는 수려한 외모의 사내. 심상치 않은 두 사람의 모습은 저자에서 눈요깃감이 되기에 충분했다. 장옷 아래 숨어 얼굴을 가린 도경과 달리 재헌은 아무래도 상관없다는 태도였다. 곳곳에서 들리는 수군거림과 여인들의 낮은 웃음에도 당당히 고개를 들고 인파 한가운데를 걸었다.

도경은 불안해하며 뒤를 따르다 복잡한 실골목에 들어서며 어지럽던 잡념이 깨끗이 지워졌다. 머리에 썼던 장옷을 어깨로 내리고 과거와 똑같은 모습으로 늘어선 뒷골목의 풍경을 둘러보았다. 더 이상 낯설지 않은 주위를 구석구석 둘러보던 눈동자는 마지막으로 반걸음 앞에서 저를 이끄는 재헌에게 이르러 고정되었다.

지금 보이는 저 뒷모습이 지난봄 이곳에 왔을 때가 아닌 이전 생에서의 그때와 겹쳐 보인다면 지나친 망상일까. 말도 안 된다며 근거 없는 가정을 떨치면서도 재헌에게 잡힌 손이 오래전의 향수를 자극해 코끝이 찡했다.

먼지가 날리는 골목골목을 돌아 한낮에도 어두컴컴한 책고에 들어섰다. 길게 늘어진 서가를 지나쳐 드디어 걸음을 멈춘 곳은 창을 통해 스며든 볕이 나무 벽에 부딪혀 아지랑이처럼 가물거리는 자리였다. 도경은 빛에 반사된 나뭇잎의 그림자를 멍하니 바라보았다.

저 벽에 등을 기대고 앉은 과거의 두 남녀가 떠올랐다. 그의 어깨에 머리를 기울이고 나른하게 가을볕을 쬐는 그 시간을 도경은 좋아했다. 혹시나 방해가 될까 봐 소리 없이 책장을 넘기던 길고 섬세한 그의 손가락까지도.

새록새록 떠오르는 덧없는 옛 기억이 가슴 아파 시선을 돌렸다. 왜 여기까지 왔냐고 그에게 따져 물으려다가 흠칫하였다. 그가 머리에 쓴 갓을 벗고 있었다.

"뭐 하시는 겁니까?"

"기왕 살린 이 목숨, 한 번만 더 살려 주시오."

"그게 무슨 말씀입니까?"

극단적인 소리에 기가 차는데 재헌이 갓을 바닥에 떨어뜨렸다. 그의 손길 아래 도경은 순식간에 장옷을 빼앗기고 볕이 가장 잘 드는 자리에 주저앉았다.

도대체 왜 이러냐고 화낼 새도 없이 사내의 머리가 허벅지에 닿았다. 도경은 곧장 반발했다.

"비키세요. 돌아가야 합니다."

"며칠이나 잠을 자지 못했소."

재빨리 그를 밀어내도 꿈쩍하지 않았다. 반듯하게 몸을 뉜 재헌은 우두커니 어두운 천장만 응시했다.

"숙면에 도움이 된다는 탕약을 아무리 들이켜도 소용없었소. 몸은 무겁고 처지는데 머릿속만 맑고 또렷해 미치겠더군."

눈의 초점이 흐리고 목소리엔 느른한 감이 묻어 있었다. 반수면 상태로 뛰쳐나온 사람처럼 보이기도 하였다.

"생각해 보았소. 내가 근래 가장 편히 잠들었던 게 언제였는지. 두 번…… 확실하게 떠오르는 기억이 있더군. 감우당의 원림에서 당신의 무릎을 베었을 때. 한 번은 깊이 잠들고 또 한 번은 거의 잠들 뻔했지."

아주 먼 옛날을 추억하기라도 하듯 허공을 향한 그의 흐린 두 눈에 슬픔이 자욱했다.

"내가 궁금하지도 않았소?"

그리고 이어진 물음은 결코 낯설지 않았다.

'제가 궁금하지도 않으셨습니까?'

목멱산의 중턱에서 소식이 끊겼던 그와 우연히 마주쳤을 때 도경은 그런 원망을 했었다. 콧마루가 시큰하게 젖는 것을 느끼며 부러 덤덤히 굴었다.

"무사히 나오시어 다행입니다."

"그대가 꺼내 주지 않았소?"

허공으로 향해 있던 재헌의 시선이 도경에게로 옮겨졌다.

"손목을 그 지경으로 만들면서까지."

그의 눈이 닿은 곳은 옷소매 사이로 언뜻 보이는, 오른쪽 손목에 감긴 광목천이었다.

시한에 맞춰 기별의 분량을 작성하느라 잠도 자지 못하고 손목을 혹사했다. 당시에는 몰랐는데, 무사히 마치고 쓰러지듯 잠들었다 깨어나 보니 손을 쓸 때마다 찌릿찌릿 통증이 일었다.

사내의 긴 손가락이 손목을 감싼 광목을 조심스레 쓰다듬었다.

"가회방에 왔었다는 이야기를 들었소."

"할 수 있는 일이 있어 어른들을 찾아뵈었을 뿐입니다."

"그래서 난 기대하고 있었지. 곧 그대가 별채로 돌아오지 않을까 하고."

무명을 통해 전해지는 그의 온기가 불필요한 감정까지 끄집어내었다. 더 이상 이런 사소한 감정에 질질 끌려다니고 싶지 않아 냉정히 그를 밀쳤다.

"때가 되면 돌아갈 것이니 이제 그만 비켜 주십시오."

"잠시만……!"

그의 머리를 떨치고 일어서려 하니 재헌이 허리에 덥석 매달려 간청했다.

"제발, 잠시만……."

번뜩이는 안광과 흰자위로 드러난 붉은 실핏줄이 소중한 무언가를 잃기라도 할까 봐 두려움에 질린 기색이었다.

격한 그의 반응이 기이해 도경은 억지로 그를 떼어 내지 못했다. 무리해서 밀어내기라도 했다간 어딘가 잘못될 것 같아 무서웠다. 도대체 무엇이 이토록 그를 조급하게 하는지 짐작조차 안 되는데, 더듬더듬 손을 움직인 그가 무언가를 빼내어 도경의 손목에 채워 주었다.

그것을 확인한 도경은 말문이 막혔다.

"이건……?"

"그걸 찾느라 한동안 정신을 놓고 있었소. 나한테 무슨 일이 벌어지는 줄도 모르고 계곡의 물속에서 헤매고 헤맸지."

"그런 몸으로 계속 물속에 들어갔었단 말입니까? 그러다 혼절이라도 하면 어쩌시려고요!"

"결국 찾진 못했소. 알고 보니 누군가 주워 보관하고 있었더군. 우습게도 금부에 갇혔을 때 돌려받았소."

"나리!"

"내가…… 내가 다 잘못했소."

울컥하여 목소리를 높이니 재헌은 도경에게 파고들어 아랫배에 얼굴을 비볐다. 몇 번이고 잘못했다는 말을 반복했다.

"앞으로 절대 그러지 않을 것이오. 무슨 일이 있어도 당신이 원하는 대로 따르겠소. 그대가 가고자 하는 곳에, 있고자 하는 곳에 내가 항상 함께할 것이오. 다시는 등을 보이지 않겠소. 손을 놓지 않겠소. 내 세상의 정답은 오직 그대이니, 부디 돌아오시오."

무엇 때문에 그가 저렇게까지 사과하는지 모를 일이었다. 그런데도 도경은 서운한 동시에 위로를 얻었다.

간절히 매달렸을 때 한 번만 돌아봐 주지.

매정했던 재헌의 뒷모습이 이제 와 새삼 설움이 되어 눈물을 자극했다. 그 의미가 무엇이든 이제라도 그에게서 저런 말을 듣게 되어 그나마 아픔이 덜했다.

도경은 눈이 시리고 목이 메어 차마 그를 내려다보지 못했다. 손이 잡히고 허리와 다리를 내준 채 어둑한 허공에 시선을 두었다. 그가 얼굴을 묻은 아랫배 부근도 축축하게 젖어 가고 있었다.

"그게 무슨 소리냐?"

감우당의 큰 사랑채에 기이한 소식이 날아든 건 지난 며칠, 통 잠들지 못했던 재헌이 말도 없이 사라져 애를 태울 때였다. 근처에 산보를 나갔겠지 하며 아무리 기다려도 감감무소식. 곧 있으면 노을이 질 시각이라 하인들을 풀어라, 재촉하는 도중에 황급히 나타난 대복의 보고가 참으로 희한했다.

큰아들의 일로 노심초사했던 이판은 잠시 다른 문제를 미루고 요점 파악에 나섰다.

"지난번 계곡에서 화살을 날린 자를 찾긴 찾았는데, 그자가 우리와 대면하길 원한다?"

"요는 그렇습니다."

"부득이 그자를 찾은 건 화살을 날린 경위를 확실히 해 두기 위해서였다. 그 자리에 전하께서 계셨으니 당연한 절차지. 한데 그자는 어찌하여 우리와 만나길 청하고, 또 너는 어찌하여 그자를 여기까지 끌고 와 가둬 둔 것이냐?"

"보셔야 할 것이 있습니다."

두 어른 앞에 무릎 꿇은 대복이 가슴팍에서 무언가를 꺼내 서안에 올렸다. 사내의 중지만 한 길이와 굵기의 대나무 통이었다. 흔히 볼 수 있는 평범한 것일지라도, 두 대감에겐 다른 의미로 다가올 물건이었다.

대번에 낯빛이 굳은 채 대감이 그것을 자세히 들여다보았다.

"흔하디흔한 것을 가져왔을 리 없고. 설마, 이 안에 든 것이……?"

"앵속(罌粟, 양귀비)입니다."

놀라운 그 발언에 있는 듯 없는 듯 존재감을 지운 최 집사마저 안색이 창백하게 질렸다.

작년 봄, 젊은 왕을 겨냥한 기습 사건은 아무런 단서도 찾지 못하고 흐지부지되었다. 당시 채 대감은 자객의 시신조차 찾지 못한 것을 인정하지 못했고, 따로 수하들을 보내 그 근방을 전부 수색하라고 명했다.

핏자국만 낭자한 그곳에서 허탕을 치다가, 자리를 뜨기 전 우연히 발견한 게 이 중지만 한 길이의 대나무 통이었다. 그 안에는 암갈색 가루가 들어 있었는데, 알아보니 앵속이라고 했다. 약재 중 하나로, 이질을 비롯해 담이 막혀 속이 답답할 때 특효라는 전언이었다.

산을 넘던 나그네가 비상 약으로 지녔던 것을 떨어뜨렸을 가능성도 있어 채 대감은 그것을 금부에 넘기는 대신 따로 보관해 두고 있었다. 그런데 그것과 꼭 닮은 것이 나타났다.

타지를 떠도는 객들이 흔하게 지니는 거 아니냐고 반문할 수 있지만 말도 안 되는 소리였다. 어느 누가 국경 넘어 들여온 귀한 약재를 이런 통에 넣어 다닌단 말인가. 한 번은 우연이라고 해도 두 번이나 이럴 수는 없었다.

더구나 이 암갈색 가루는 양고미(양귀비) 열매가 익기 전 표면을 찔러 액을 취하고 그것을 말리는 등의 과정을 거쳐야 하므로 앵속각(양귀비 열매 껍질)이나 앵속자(양귀비 씨앗)보다 훨씬 구하기 어려웠다.

채 대감은 작년 봄의 악몽이 되살아나 서슬 푸른 눈빛을 빛냈다.

"그자가 정녕 이걸 지니고 있었단 말이냐?"

"무작정 도망치려 하기에 실랑이를 벌이다 그가 흘린 겁니다."

"반드시 우릴 봐야 하는 이유는 무엇이라고 하느냐?"

"저희가 예성 채문에서 나왔다고 하니 그자가 갑자기 태도를 바꾸었습니다. 진실이 알고 싶다면 포청이 아닌 대감마님께 데려다 달라고요. 말하는 게 심상치 않아 일단 잡아 오긴 했는데, 두 어른을 제외한 누구에게도 입을 열지 않겠다고 버티는 중입니다."

"다짜고짜 진실이라……."

아무리 생각해도 보통 일이 아니었다. 이판 역시 의혹이 짙어져 이번 일에 앞장섰다.

"아버님, 소자가 만나 보겠습니다."

"아니다. 이런 일은 할 일 없는 늙은이가 처리해야지. 나를 그자에게 안내하거라."

채 대감은 자리에서 즉각 일어섰다.

두 대감을 둘러싼 일행은 대복을 따라 연무장으로 이동했다. 걸음은 급했고 안색은 어두웠다.

작년에 이 일이 발생했을 때 채 대감은 두 가지 가능성을 염두에 두었다. 왕실을 노리는 음지의 세력이 실제로 존재하거나, 대군과 예성 채문을 궁지로 몰아넣기 위한 누군가의 모략이거나.

불행히도 자객은 완벽히 자취를 감추었고 사건은 오리무중에 빠졌다. 이렇게 또 진범을 찾아내지 못하고 넘어가는구나, 속으로 탄식을 흘리곤 했는데 별일이 아닌 줄 알았던 뜻밖의 사건에서 우연찮은 접점이 발견되었다. 달리 말하자면 이번 일을 계기로 미궁에 빠진 사건의 실마리가 풀릴 수도 있다는 뜻이었다.

걸음을 재촉한 일행은 연무장의 잡다한 물건을 보관하는 고방 앞에 이르렀다. 사랑의 주인들이 모습을 드러내자 밖을 지키고 있던 자들이 서둘러 문을 열었다. 안으로 성큼 들어서니 어둑하고 시원한 기운이 몸을 감쌌다. 채 대감은 첫눈에 들어온, 구석진 자리의 광경을 보고는 미간에 주름을 잡았다.

화살을 날렸다는 사내는 흉악한 칼잡이라기보다 중병에 걸려 시름시름 앓고 있는 병자의 모습이었다. 길게 그늘진 눈 밑과 흐리멍덩한 눈빛, 비쩍 말라 늘어진 자세가 어딘가 중독된 상태로 보였다. 느릿느릿 시선을 움직인 그는 채여준을 멍하니 올려다보더니 언제 흐트러져 있었냐는 듯 재빨리 자세를 고치고 무릎을 꿇었다.

"대, 대감마님!"

"나를 아느냐?"

"머, 먼발치서 뵌 적이 있습니다."

싸늘하게 그를 주시한 채 대감이 손에 쥐고 있던 대나무 통을 앞으로 내밀었다.

"이게 무엇이냐?"

"앵속입니다."

"왜 이걸 지니고 있었지?"

"큰 상처를 입거나 삭신이 쑤실 때 그것을 술에 타서 마셨습니다. 통증이 사라지고 기분도 좋아지지요."

"이걸 어디서 얻었느냐?"

"쇤네를…… 부리던 자에게서 받았습니다."

"그렇다면 작년 봄, 전하를 급습했던 네 동료들도 이와 똑같은 것을 지니고 있었겠군."

너무나도 심상해 되레 좌중을 긴장시키는 말이었다. 움찔한 사내도 불안해하며 눈알을 굴리다 마지못해 고개를 끄덕였다.

"그…… 예……. 그렇습니다."

모두가 경악하여 안면이 일그러졌다. 분노한 채 대감은 동짓달에 부는 북풍처럼 차갑게 하명했다.

"더 이상 들을 말이 없다. 이자를 포청에 넘겨라."

"안 됩니다! 이대로 쇤네를 보내면 후회하십니다, 대감마님!"

사내는 발작하듯 비명을 내질렀다.

"이놈의 말을 들어 주십시오! 반드시 들으셔야 합니다!"

"내 손자를 그리 만들었던 것도 모자라 또다시 화살을 날려 놓고 네 말을 들어 달라?"

"아닙니다. 정언 나리를 노렸던 게 절대 아닙니다! 예, 쇤네가 기습 사건 때 가담한 건 사실이지만 이번에는 맹세코 아니었습니다!"

"하면 실수로 날렸다는 것이냐?"

"이놈은······."

미친 듯이 고개를 내젓던 사내는 급기야 눈물을 뚝뚝 흘리며 충격적인 변명을 토해 냈다.

"윤이환의 딸년을 죽이고 싶었던 것입니다!"

"어디서 수작을 부리는 것이야!"

어처구니없는 해명에 온순한 이판마저 왈칵 성을 냈다.

"뭣들 하고 있느냐. 당장 저자를 끌어내거라!"

"어차피 이놈은 곧 죽습니다!"

대복이 움직이자 사내는 경기를 일으키듯 사지를 발발 떨며 소리쳤다.

"하나 이대로 잡혀가면 심문이 시작되기도 전에 좀 더 빨리 옥에서 죽임을 당하겠지요. 망가질 대로 망가져 어차피 얼마 남지 않은 목숨이지만 적어도 제 아우와 벗들처럼 허무한 개죽음을 당하고 싶진 않습니다!"

"웃기는군."

사내의 절절한 애원을 채 대감은 조소했다.

"남의 집 귀한 핏줄에게 서슴없이 검을 휘두른 너희 아니냐. 운 좋게 귀인을 만나 도움을 받지 못했다면 내 손자 또한 산속에서 개죽음을 당했겠지. 남을 해치는 건 괜찮고, 네가 당하는 건 억울하단 말이냐!"

"어떤 벌이라도 달게 받겠습니다. 받은 만큼 돌려줄 수 있다면, 쇤네는 어떻게 되든 상관없습니다!"

사내는 자세를 바르게 고치고 두 손을 모아 싹싹 빌었다.

"쇤네와 죽은 제 아우는 먹고살기 위해 어떤 무리에 들어갔습니다. 검을 곧잘 쓴다는 이유로 먹여 주고 재워 주니 얼마나 고마웠겠습니까! 윗선이 누구인지도 모르고 내려오는 명이라면 무슨 짓이든 마다하지 않았습니다. 마지막으로 행한 것이 그 기습이었습니다. 유백색 도포 입은 자를 노리는 척, 그 뒤를 따르는 물색 답호 입은 자에게 검을 휘둘러라! 살아 있으되 살아 있지 않은 놈으로 천천히 말려 죽여야 하니 즉살하진 마라!"

사내는 두 눈이 시뻘게져 떠들었고 주위는 충격에 빠져 입도 벙긋하지 못했다. 전하께서 소박한 유백색 도포를 입고 잠행을 즐기신다는 건 가회방에 사는 사람이라면 모르지 않았다. 그리고 작년 봄, 엉망이 되어 따로 전해진 재헌의 답호는 물색이었다.

어디선가 하, 하는 탄식이 흘러나왔다.

"일을 끝내고 돌아가니 술상이 기다리고 있었습니다. 늘 있던 일이라 아무도 의심하지 않았습니다. 그런데 뒷간을 다녀와 뒤늦게 합류해 보니 제 아우와 벗들이 모두 죽어 있었습니다. ……윤이환, 그 늙은이의 짓이었습니다. 우리를 역도로 만들고 정언 나리에게 해를 가하라고 명한 것도 그 잔악무도한 늙은 놈의 소행이었습니다!"

목이 터져라 소리친 사내가 분하다며 거칠게 흐느꼈다. 그럼에도 채 대감은 인정사정없었다.

"네가 그렇다고 한다면 우리가 믿어 줘야 하느냐?"

냉담한 반문에 눈물 콧물로 범벅된 사내가 멍멍히 노대감을 올려다보았다.

"그걸 증명할 수 없다면 너한텐 이 나라의 재상을 모욕한 죄목이 추가될 것이다."

"있습니다! 명확한 증거가 있습니다!"

자신 있게 소리친 사내는 팔을 들어 눈물을 훔치고 소중히 보관했던 물건을 꺼내 내밀었다.

"윗선의 명에 따라 우리를 직접 부리던 자의 호패입니다. 마지막으로 기습을 준비할 때 그자가 떨어뜨린 걸 주웠습니다. 일이 끝나면 돌려주려고 했는데……."

끅끅거리는 사내를 무심히 지켜보다 채 대감이 그것을 직접 받아 보았다. 잡목에 새겨진 잡다한 내용 중 호패 주인의 성명을 입에 올렸다.

"고계성?"

"······혜명 윤문의 막내 겸인입니다!"

조용히 뒤로 빠져 있던 최 서방이 소스라치게 놀라 아뢰었다. 보통 일이 아니기에 이판이 거듭 확인했다.

"그것이 사실인가? 다른 이와 착각하고 있는 것은 아니겠지?"

"동명이인일 순 있으나, 혜명 윤문에 고계성이란 겸인이 있는 건 사실입니다. 지난번 도경 아가씨가 감우당에 처음 당도했던 날 그자가 일꾼을 거느리고 동행해 소인과 몇 마디 대화도 나누었습니다."

"동명이인이 아닙니다!"

사내는 복수심에 타올라 끼어들었다.

"호패에 고가 놈이 사는 곳이 나와 있지 않습니까! 다친 몸을 추스르고 제일 먼저 호패의 내용을 파악해 안국방에서 그놈의 면상을 이 눈으로 똑똑히 확인했습니다. 당장에라도 죽여 버리고 싶었지만, 쇤네의 몸이 이 지경인지라 그 새끼와 윤가 놈의 사내들에겐 접근이 어려웠습니다. 그러다가 듣게 된 게 윤이환의 딸년 소식이었습니다. 원수 놈을 죽일 수 없다면 그 새끼의 딸년이라도 망치고 싶었습니다."

사내는 몇 번이고 증언하고 어떤 벌이라도 달게 받을 테니 예성 채문에서 직접 나서 그 일의 진상을 밝혀 달라며 목 놓아 울었다.

곡소리가 높아질수록 채 대감의 노여움도 극에 달했다. 차라리 그쪽에서 자신을 노렸다면 이토록이나 분개하지 않았을 것이다.

한데 재헌이라니…….

어린 시절 지켜 주지 못해 안타까웠던 그 가여운 아이를 산송장으로 만들려 했다니!

인간의 도의마저 저버린 흉악무도함은 채 대감의 이성을 날려 버리기에 충분했다.

"윤이환, 이놈이 기어이……!"

참고 참았던 그간의 분노가 한꺼번에 폭발해 터져 나왔다. 지금껏 의심이 짙어도 증거가 없다는 이유로 억울하게 묻어야 했던 일이 몇 번이던가. 그만큼 했으면 저쪽에서도 자중할 줄 알았는데 기어코 불쌍한 손자까지 건드렸으니 더는 참아 줄 이유가 없었다.

기필코 대가를 치르게 해 주겠다며 걸음을 뗀 채여준은 사납게 돌아서자마자 움칠하여 몸이 굳어졌다.

'도와드릴게요, 어르신!'

어이없게도 화창했던 어느 날 해사하게 웃던 고운 얼굴 하나가 머릿속에 번뜩 떠올랐다. 소탈하게 수레를 밀어 주던 그 아이는 재헌이 위험에 처했을 당시도 따가운 눈초리를 견디며 제 앞에 앉았다.

'소녀에게 지필묵을 내주십시오.'

결국 그 아이의 도움이 결정적 역할을 하여 손자가 위기를 무사히 넘길 수 있었다.

원수 놈의 딸이라곤 하나 언제나 봄가물의 감우처럼 찾아왔던 그 아이.

한번 시작하면 끝장을 봐야 하는데, 그 아이에게 미칠 여파를 생각하니 너무나도 가혹했다.

채 대감은 중요한 이 순간, 고작 이런 문제로 머뭇거리는 자신이 당혹스러운데 끼익, 바람에 고방 문이 밀리는 소리가 들렸다. 퍼뜩 상념에서 깨어나 앞을 보니 활짝 열린 문 앞에 안색이 새파래진 대군과 재윤, 그리고 뜻 모를 표정의 재헌이 있었다.

해가 지고 어둠이 깔렸다. 사랑채에 아직 석반을 들이지 못해 밖에서는 야단법석인데 큰 대감의 서실에 모인 사내들은 조금의 미동도 없었다.

검에 묻은 독이 무엇인지는 고방의 사내도 알지 못했다. 일을 치기 전 실력이 제일로 꼽히는 이에게 다른 검을 주었고, 그 자에게만 귓속말을 남겨 무슨 말을 했는지 알 수 없었다고 하였다.

사내는 운 좋게 도망칠 수 있었으나 뒤쫓아 온 이들에게 여러 차례 공격당해 돌이킬 수 없을 만큼 몸이 망가져 있었다. 통증이 심해 앵속을 계속 복용했는지 거의 중독 상태에 가까웠다.

'통증에 그만한 것이 없었습니다. 가지고 있던 것을 아껴 먹다 바닥이 보일 때쯤, 아우랑 몰래 빼돌려 땅에 묻어 둔 것이 생각났습죠. 죽음을 각오하고 산채에 갔다가 깜짝 놀랐습니다. 세워져 있던 집들이 전부 철거돼 아무것도 남아 있

지 않았습니다. 황당하기도 하고 화가 나기도 하고…… 다
행히 땅속에 묻어 둔 것까지는 그놈들도 알아채지 못했나 봅
니다.'

사내는 자신이 공격한 이들이 나라님과 조정의 관리인지도
몰랐다고 하소연했다. 공격 당시 전하 어쩌고 하는 말을 얼핏
듣긴 했는데 당연히 잘못 들은 말이겠거니, 지나쳤다고 했다.
얼마 전 도성에 돌아와서야 그 일이 역적 짓이었음을 알고 분
통이 터졌다며 윤이환을 비난했다.

마음에 걸리는 세세한 부분까지 전부 확인한 지금, 서실에
모인 모두는 채 대감의 입이 열리기만 기다리고 있었다. 고요
히 침잠해 있던 채여준은 한참이 흐른 뒤에야 대복에게 하명
했다.

"고계성을 몰래 잡아들여라."

"안 됩니다."

그런데 기다렸다는 듯 합당한 결정에 반대하는 이가 나타났
다. 방 안의 모두가 아연해 재헌을 바라보았다.

사실 이마저도 굉장히 늦은 결정이었다. 애초에 고민할 일도
아니었는데 채 대감은 고방을 나와 이상하리만치 장고를 거듭
했다. 그 까닭은 알 수 없지만 마침내 옳은 결정이 내려져 모두
가 고개를 끄덕였다. 그런데 이번엔 기습 사건의 직접적인 피
해자인 재헌이 반대를 표했으니 선뜻 받아들이기 어려운 흐름
이었다.

"안 된다니? 무슨 뜻으로 그런 소릴 하는 것이냐?"

"할아버님, 이번 일은 소손에게 맡겨 주십시오."

채여준은 손자를 가만히 주시했다. 오늘 오전까지만 해도 그를 뒤덮고 있던 무거운 기운이 가시고 어디선가 단잠이라도 취하고 온 듯 개운해 보였다. 말도 없이 사라져 모두를 애태우게 하더니, 어디를 다녀왔는지 듣지 않아도 뻔했다.

"연정에 눈이 멀어 일을 그르치려 하는구나. 윤이환의 목표가 너였다곤 하나 그 자리엔 엄연히 전하께서 계셨다. 이건 역모란 말이다!"

격노한 채 대감이 서안을 내리치며 추상과도 같은 호통을 질렀다.

"대복, 뭐 하고 있느냐. 어서 가서 그놈을 내 앞으로 잡아와!"

"저를 믿어 주십시오! 제가 처리하겠습니다!"

"지금 이 시각부터 네게 근신을 명한다. 다음 등청 때까지 작은 사랑채에서 한 발짝도 나오지 말아야 할 것이야. 이 녀석부터 끌고 가거라!"

"윤 소저가 소손을 살렸습니다!"

대복이 달려들려 하자 재헌은 영악하게도 채 대감을 오랜 시간 숙고하게 했던 부분을 끄집어내었다. 서실에 있는 모두가 며칠 전 여기까지 찾아온 도경을 떠올리며 씁쓸해했다. 그러나 긴 고민 끝에 마음을 정리한 채 대감은 흔들리지 않았다.

"윤이환은 널 망가트리려 했다. 결정적인 증거가 없을 뿐이지, 네가 기별지로 곤란을 겪은 일의 배후에도 그자가 있었을 공산이 크다! 아비가 저질렀던 일을 그 여식이 처리하였으니, 차후 내막이 밝혀진다면 그 부분에 한해서는 감면해 주마."

"그와 같은 논리라면 이번 일도 똑같은 기준으로 처분하셔야 합니다."

"그게 무슨 소리냐?"

"말씀드리지 않았습니까, 윤 소저가 소손을 살렸다고. 작년 봄 민 진사와 민 규수가 산에서 저를 발견하기 전, 소손에게 해독제를 먹이고 몸에 난 상처를 처치해 준 이는 따로 있었습니다."

"뭐, 뭐라!"

채 대감이 눈썹을 꿈틀했고 이판이 놀라 소리쳤다. 재헌은 그들이 생각할 여지도 주지 않고 믿을 수 없는 이야기를 줄줄 꺼내 놓았다.

망태기를 두른 소박한 차림의 윤도경.

그 아이가 재헌에게 해독제를 먹인 뒤 지니고 있던 약초를 빻아 지혈해 주고 상처를 싸매 준 이야기를 숨도 쉬지 못하고 들었다. 다른 이들 같으면 규방의 규수가 어떻게 그 아침에 그런 차림으로 약초를 캐러 다니겠냐고 의심하였겠지만, 이곳에 있는 이들은 그런 트집도 잡지 못했다. 두 눈으로 본 것이 있어 재헌이 하는 말이 실제로 본 광경인 양 눈앞에 생생히 그려졌다.

울컥한 이판이 벌게진 두 눈을 숨기려 고개를 숙였다. 강경했던 채 대감도 시시각각 낯빛이 일변했다. 이미 한번 약해졌던 마음, 간신히 다잡고 밀고 나간 것인데 저런 말을 듣고서 어떻게 더 모질어진단 말인가.

"하니 이번 일은 소손에게 맡겨 주십시오. 절대 그냥 넘어가지 않겠습니다."

자신을 똑바로 응시하는 손자에게 채 대감은 차마 안 된다고 말하지 못했다. 너무 늦게 알고 말았다. 윤도경이 마음에 걸려 그 아비에 대한 처분을 고민하는 동안 재헌 역시 묵묵히 앉아 치열하게 고민하고 있었음을.

결과적으로 손자의 약아빠진 수법에 말려든 꼴이었지만 속수무책이었다. 재헌이 꺼내 든 패가 예상 범위를 훌쩍 뛰어넘어 이쪽에서는 거절할 명분도 없었다.

위기를 넘기고 밖으로 나온 재헌은 소리 없이 안도했다. 휘몰아친 폭풍을 최대한 유리하게 돌리느라 열심히 머리를 굴렸더니 진이 다 빠졌다.

이번에 붙잡힌 자의 이름은 원길. 과거 그자는 도경에게 해를 가하기 위해 감우당에 직접적인 침입을 시도하다 발각되었다. 주위를 빙빙 돌며 염탐하는 모습을 수상하게 여긴 대복이 남몰래 주목하다 낌새를 보이자마자 제압한 것이다.

이후 그자의 증언을 토대로 고계성을 빠르게 잡아들였다. 처음엔 호패를 잃어버리지 않았다며, 원길이 내민 것을 가짜라고 주장했던 고가는 지니고 있던 앵속이 발견돼 자포자기했다. 그는 기습의 배후가 윤이환 일가였음을 순순히 실토하고, 시키는 대로 할 수밖에 없었던 자신의 고달픈 처지를 핑계로 선처를 호소했다.

도경을 만나고 돌아오며 재헌은 자리보전만 하고 있을 때가 아님을 상기했다. 누구보다 먼저 원길의 행처를 파악하려 했는데, 화살을 날린 이가 바로 그였을 줄이야. 이전에는 원림에서 자신에게만 집중했던 도경이 이번 생엔 감우당 밖으로 활동 범위를 넓혀 일어난 변화였다.

"재헌아!"

"……자가."

숨을 길게 내쉰 재헌이 힘든 표정을 갈무리하고 공손하게 돌아보았다. 수심을 띤 명원 대군과 재윤이 급하게 쫓아와 그의 앞에 섰다.

"윤 규수가 너의 은인이었다니, 어떻게 일이 이렇게 돌아가는지 정신이 없다."

"미리 고하지 못해 송구합니다."

"네가 사죄할 일은 아니지. 근데 어쩌려고 그러느냐? 무슨 계획이라도 있는 게야?"

"진상부터 파악해야지요."

"하면 고계성이란 자를 잡아 오는 것이 가장 빠르지 않나?"

"아니요."

그것만은 절대로 안 될 일이었다. 이전 생에서 죄를 자백한 그가 이번 삶에서라고 하지 않을 이유가 없다. 그리되면 진정 돌이킬 수 없기에 재헌은 발품을 팔아서라도 돌아가기로 했다.

"아니라니? 그럼 어떡할 작정이냐?"

"당사자들한테 직접 물을 생각입니다."

"뭐? 그러니까 지금, 윤 대감한테 직접 확인하겠다는 것이냐?"

"그러기엔 너무 껄끄러울 테니 조금이라도 우회해야지요."

재헌은 대군 뒤에 서서 근심을 띠고 있는 아우를 보았다.

"윤 소저의 오라버니들에 대해 얼마나 알고 있느냐?"

"그쪽으로 접근하실 겁니까?"

"윤 대감은 이제 연로하시다. 정녕 그리 큰일을 단행했다면 아들들의 협조 없이는 불가능하지."

일리 있는 말이라며 대군과 재윤이 고개를 끄덕였다. 과거의 고계성 또한 윤이환이 아닌 '윤이환의 일가'라고 증언해 삼 형제가 같이 화를 입었다. 하니 그쪽으로 먼저 접근해 실상을 알아보는 것이 순서일 터였다.

재헌은 삼 형제에 관해 아는 대로 읊어 보았다.

"좌승지 영감은 점잖으시고, 집의께선 괄괄하시다고? 응교 나리는 어떠하시냐? 예민하신 편이라고 듣긴 하였다."

"승리욕이 엄청나십니다."

재윤은 자신의 상관인 윤희원에 대해 아는 대로 말했다.

"얌전한 선비의 얼굴로 윤 대감 못지않은 야망을 품은 분이

시지요. 완벽함에 집착하는 만큼 실력도 출중해, 만만한 분이
절대 아닙니다."

"둘째의 성정은 불같다고 하던데."

흥미롭게 듣고 있던 대군이 확인하듯 둘째 윤주원에게로 화
제를 옮겼다.

"예. 지난번 김성욱이 윤 소저에게 해코지했을 때 말술을 들
이켜고 호판 댁에 쳐들어가기도 했었습니다."

"사헌부의 집의가 술에 취해 대비마마의 친정에 쳐들어갔다
고?"

대군은 경악하여 되물었다.

"작정하고 퍼마셨답니다. 어차피 덮기로 한 거, 술에 취해
쳐들어갔다고 한들 그쪽에서 찍소리도 못 할 테니까요. 호판
댁에서 값비싼 물건만 골라 모조리 때려 부수고, 앞으로 김성
욱이 눈에 띄면 누이를 친 손모가지를 분질러 버릴 테니 잘 숨
어 다니라고 고래고래 욕설을 퍼부었답니다. 행여 아들이 그자
의 손에 맞아 죽기라도 할까 봐 호판 대감은 입에 거품을 물면
서도 끝까지 김성욱을 내놓지 않았답니다."

"넌 어찌 그리 소상히 아느냐?"

대군은 감탄을 터트리면서도 신기해했다.

"좌승지 영감이 홍문관에 찾아와 응교 나리와 대화하는 것을
우연히 들었습니다. 집의 나리가 흥분해 사고를 크게 칠까 봐
응교 나리가 말리는 척 따라갔다고 하더군요."

"하면 두 형제가 짜고 그런 일을 저질렀단 말이냐?"

"그날 좌승지 영감을 홍문관에 보낸 게 윤 대감이었답니다. 아버님께서 궁금해하신다고 한 걸 보면, 처음부터 온 가족이 함께 모의한 게 아닌가 싶습니다. 어쩐지, 고명딸이 당했는데 정치적 이득만 챙겨 너무한 게 아닌가 했더니 뒤에서 그런 짓을 하고 있었습니다."

재헌에게서 옅은 헛웃음이 터졌다. 그 일이 있고 난 뒤 정에게서 비슷한 이야기를 들은 적이 있었다. 도경의 두 오라비가 호판 댁을 찾았는데 꽤 떠들썩했다고. 그래도 누이를 위해 항의는 하였구나, 지레짐작하고 넘겼는데 그 정도였을 줄은 몰랐다.

"한데 형님, 혹 진범이 따로 있다고 생각하십니까?"

"그야 모르지."

재헌은 어느 쪽으로도 치우치지 않았다. 만에 하나 오해가 있다면 최선을 다해 전모를 알아낼 것이다. 하나 그렇지 않다면 진상을 밝힌 뒤 그것을 무기로 윤이환과 협상할 계획이다.

그는 이쪽에서 내미는 협박 아닌 협박을 받아들일 수밖에 없을 것이고, 그것이 마무리되는 대로 재헌은 최선을 다해 이번 일을 무마하는 데 집중할 것이다. 도경에게 해가 되는 모든 위험 요소를 가만히 내버려 두지 않을 작정이었다. 그것이 설령 그녀의 가족일지라도.

"도대체 어쩌려고 그러십니까?"

"일단 도움이 필요합니다. 재윤이 너는 물론 대군 자가도요."

"우리?"

대군은 화들짝 놀라 재윤과 자신을 번갈아 가리켰다. 하지만 그것도 어설픈 내숭이었을 뿐, 재헌이 계획을 나누기 시작하자 간만에 재미있는 놀이에라도 참여하는 양 얼굴에 화색이 돌아 두 눈을 반짝거렸다.

도피

"예성 채문에서 나와 따로 만났으면 한다고?"

교령을 통해 뜻밖의 소식을 들은 건 대비의 등쌀에 못 이겨 감우당으로 돌아갈 일자를 결정한 날이었다.

"마님 몰래 이런 말을 전해 드려야 하나, 소인도 고민이 많았습니다. 하지만 어쩌겠습니까. 이번 일을 계기로 그쪽과 거래를 틀 수도 있겠는걸요. 소인이 물욕에 지고 말았으니, 그 정도는 이해해 주십시오."

"정확히 그 댁의 누구를 말하는 것인가?"

"자세한 사항은 말해 주지 않았습니다. 그 댁 겸인이 어찌나 깐깐하고 입이 무겁던지……."

교령의 불평에 도경은 본능적으로 재헌을 가장 먼저 떠올렸다. 저자에서 재회한 날 잠시나마 눈을 붙인 그는 같이 책고를 나와 데려다주겠다고 제안했다. 싫다고 거절하니 의외로 고집

피우지 않았다.

'그럼 열 발짝 뒤에서 따라 걷겠소. 당신이 열비와 만나는 걸 확인하고 조용히 사라질 테니 부담 갖지 마시오. 신경 쓰이지 않도록 할 거요.'

실제로 그는 멀찍이 떨어져 걷다가 기척도 없이 사라졌다.

혹시 그때 못다 한 말이 있었던 게 아닐까, 멋대로 짐작했던 도경은 금세 부정했다. 그러면 이런 식으로 만나자고 할 리 없었다. 신기하리만치 저의 위치를 파악해 불쑥불쑥 나타나는 이가 그였다.

그렇다면 채자영인가 싶어, 빛이 물결치는 어느 오후 약속한 장소로 나갔다. 개천 근처, 버들가지가 한들거리는 그곳엔 상앗빛 도포에 흑립을 쓴 채 대감이 기다리고 있었다. 기절할 듯 놀라 그 앞으로 달려가 허리를 굽혔다.

"대감마님, 그간 평안하셨습니까."

"몸을 바로 하고 고개를 들어라."

노대감은 인사도 받지 않고 무뚝뚝하게 주문했다. 시키는 대로 허리를 펴고 시선을 드니 그는 내면까지 꿰뚫어 볼 듯 날카로운 눈길을 보내고 있었다.

"거두절미하고 물으마. 작년 봄, 네가 산에서 재헌이를 살렸느냐?"

무슨 일로 여기까지 오셨을까, 조마조마해하던 도경은 목덜미를 스친 섬뜩한 기운에 팔뚝의 솜털이 쭈뼛 일어났다. 이쪽에서 확답하지 않아 줄곧 침묵했던 재헌이 어른들께 그 사실을

고했다는 건 그럴 수밖에 없는 급박한 사정이 있었다는 뜻이
된다.

도경은 이것이 절체절명의 순간임을 눈치챘다. 진실을 밝히
는 게 혜명 윤문에게 유리하다면, 그 덕으로 멸문의 위기를 모
면할 수 있다면 발뺌할 이유가 전혀 없었다.

"저는……."

"됐다. 표정을 보아하니 사실이었군."

채 대감은 파리해진 도경을 응시하다가 알아서 정리했다.

"해독제를 먹이고 상처를 처치한 뒤 어째서 자리를 떠난 것
이냐?"

"별저로 돌아가 사람을 불러오려 하였습니다. 숲으로 뛰어
들자마자 한 여인이 나타났고, 오라비란 자를 불러 둘러업기에
그냥 지켜보았습니다."

"재헌이에게마저 끝까지 잡아뗀 이유는 무엇이냐?"

"의원의 권유로 산 좋고 물 맑은 곳에서 요양하는 중이었습
니다. 부모님께선 미욱한 여식을 멀리 보내고 싶지 않아 하셨
으나, 세간에 저에 관한 이상한 풍문이 떠돌아 괜한 오해를 살
까 봐 염려가 크셨습니다. 하여 도성 근처 별저에 머물되 대외
적으론 외가에 간 것으로 처리하였기에 그곳에 있었다고 말하
지 못했습니다."

혼기가 찬 규방의 규수가 어른들이 없는 외딴곳의 별저에 머
문다는 건 있을 수 없는 일이었다. 채 대감이 이를 어떻게 받아
들일지 몰라 두려우면서도, 섣불리 거짓말해서는 안 될 시점이

기에 도경은 솔직히 털어놓았다.

다음 질문은 이어지지 않았다. 대답을 듣고도 침묵한 대감은 잠시 후 여러 감정이 복합된 깊은숨을 내쉬었다.

"아느냐. 네가 우리 가족을 살렸다."

그런 다음 건넨 말이 의미심장하였다.

"또한, 네 가족을 살렸다."

등골이 오싹해 눈물이 핑 돌았다. 저도 모르는 새 거대한 폭풍 하나를 피했다는 걸 직감할 수 있었다.

"고마운 이 마음을 어찌 다 말로 전할 수 있을까. 언젠가 보은할 날이 오겠지."

노대감의 얼굴에 진심에서 우러난 인자한 미소가 피어났다. 산길에서 만났던 첫날을 제외하고 저런 따뜻한 기운은 처음이라 도경은 물색없이 눈물만 글썽거렸다. 황급히 눈물을 훔치니 대감은 깨끗한 손수건을 꺼내 선뜻 쥐여 주었다.

"그동안 내가 무심했다. 우리의 첫 만남은 나쁘지 않았거늘."

"아닙니다. 단속을 잘해 주신 덕분에 감우당에서 편히 지낼 수 있었습니다."

진심이었다. 혜명 윤문 사람이라고 하인들이 몰래 텃세를 부렸다면 이쪽에서도 난감했을 것이다. 하나 예천댁 이하 모두가 큰 사랑채의 명에 따라 선을 넘지 않고 예로써 대해 주었다.

"며칠 뒤면 감우당에 돌아온다고?"

"예."

"나머지 이야기는 그때 다시 하자꾸나. 조심해서 오너라."

채 대감은 미세하게 떨고 있는 가는 어깨를 토닥토닥 다독여 주고는 그곳을 떠났다. 주름진 손으로 쥐어 준 손수건이 감격스러워 도경은 멀어지는 노인의 기품 있는 뒷모습을 젖은 눈으로 지켜보았다.

청학동으로 떠나는 날은 금방 돌아왔다. 애초에 감우당에서 몸만 옮겨 온 터라 그냥 가기만 하면 됐지만 안국방의 안채는 떠날 채비로 시끌벅적하였다. 정경부인과 큰올케에다가 근처에 사는 둘째와 셋째 올케까지 몰려와 유난을 떨었다. 유모와 열비도 합세해 모두가 바쁘게 뛰어다니는 동안, 도경은 방에서 홀로 단주만 만지작거리고 있었다.

미래에서 과거로, 나를 내 전생으로 이끌어 준 물건.

며칠 내리 머리를 싸매도 이것을 손목에 차야 할지, 아니면 따로 보관해야 할지 아직 결정하지 못했다. 단주를 차고 있다가 처음에 올 때처럼 하루아침에 이곳에서 사라지게 된다면, 그리하여 영영 사랑하는 사람들과 작별하게 된다면, 생각만으로도 가슴 아파 눈물이 앞을 가렸다.

하지만 그렇다고 이것을 몸에서 떼어 놓자니 하늘의 뜻을 거스르는 듯해 두려웠다. 저로 인해 힘든 삶을 살고 있는 먼 미래의 가족이 걱정되기도 했고…….

도경이 이러지도 저러지도 못하고 고심에 빠져 있는데 밖에서 요란한 공음이 나더니 열비가 팔랑팔랑 뛰어 들어왔다.

"아가씨!"

무슨 일이냐는 듯 고개를 드니 들려온 소식이 뜬금없었다.

"자영 아가씨요. 지금 이리로 오고 계신답니다."

"뭐?"

"거의 도착하셨답니다. 지금 전갈이 와서 안채가 발칵 뒤집어졌습니다. 아가씨도 나가 보셔야 하지 않을까요?"

황당함에 눈을 끔벅거리던 도경은 자영의 의중을 몰라 얼떨떨하면서도 자리를 털고 일어섰다. 급히 밖으로 향하며 손에 들고 있던, 거치적거리는 단주를 도로 손목에 찼다. 며칠간의 고뇌를 무색게 할 만큼 한순간에 일어난, 무의식적인 행동이었다.

언제부터인가 도성의 대표적인 정적 가문이라고 알려진 예성 채문과 혜명 윤문. 소문과 달리 두 가문은 서로를 못 죽여서 물고 뜯는 관계는 아니었다. 그보다는 외려 조정에서의 팽팽한 대립을 제외하고 바깥에서는 거의 서로 본체만체하는 사이였다.

선왕께서 막 등극하시어 혜명 윤문의 입지가 하루가 다르게 뛰어올랐던 시절, 윤이환이 몇 번의 도발을 시도한 바 있었으나 예성 채문에서 일절 대응하지 않아 실패로 돌아갔다. 사람들은 그것을 명문가와 벼락출세한 집안의 차이라고 떠들었고, 윤 대감은 제법 약아빠진 정치꾼이었다. 세간의 인색한 평판에 발끈하기보다 도발을 자제하고 차근차근 연륜을 쌓았다.

두 집안은 웬만해선 사적인 자리에서조차 만날 일이 없었다. 각 가문의 하인들마저 저자에서 우연히 마주치면 서로 멀찍이 피해 다닌다는 우스갯소리가 나돌 정도였다. 직접적인 싸움질은 피하되, 잘 지낼 이유도 없기 때문이 아니겠냐고 여염에선 멋대로 떠들었다.

따라서 이날 오전, 자영이 청한 방문 의사는 언제 다시 접할지 모를 매우 희귀한 일이었다. 그러한 호기심을 반영하듯 안채의 여인들은 상하 구분 없이 죄다 밖으로 나와 수런거리고 있었다.

도경은 바깥의 상황을 보자마자 머리가 어질했다. 만약 자영의 입장이라면 숨이 막힐 듯했다. 혜명 윤문의 여인들로 득시글거리는 곳에서 나 홀로 예성 채문의 사람이라니. 감우당에서 잔치가 열렸던 날 마주하기 껄끄러워 그쪽으로 한번 나가 보지 않은 것도 같은 맥락이었다.

"이쪽이에요, 아가씨!"

정경부인을 둘러싼 세 올케 중 둘째 올케가 먼저 보고 알은체했다. 일단 사람들을 어떻게든 들여보내야 할 것 같아 그들에게 다가갔다.

"어머니."

"어, 그래. 이게 다 무슨 일이라니! 예성 채문의 외동딸이라면 채여준 대감의 손녀이자 이판 대감의 막내 아니냐. 짐 챙기느라 집이 엉망인데 오지 말라고 할 수도 없고, 차담상을 차리라곤 했는데 그쪽이랑 맞을지는 모르겠다. 너도 알다시피 입맛이라는 게 집집마다 다 달라서…….”

“어머니!”

“응?”

나이는 어리지만, 상대가 예성 채문의 직계인 만큼 정경부인도 당황한 눈치였다. 평소와 달리 허둥대는 기운이 강하게 느껴졌다.

“차담상이야 격식만 맞으면 되는 거고요.”

“그런가?”

“예. 그보다 우선 여기 나와 있는 이들을 좀 들여보내면 어떨까요?”

“아니, 왜?”

정경부인이 순진하게 물으니 곁에 있던 셋째 올케가 불쑥 참견했다.

“채 규슈가 까다롭나 봐요?”

“뭐어?”

아직 가타부타 대답도 안 했는데 정경부인은 며느리의 예단에 얼굴이 굳었다.

“고결한 기상과 대쪽 같은 성품. 사람들이 하도 그렇게 떠받들어 주니까 지들이 정말 그런 줄 알고 착각에 빠져 있는 건 아니겠죠?”

"아니요, 그런 게 아니라⋯⋯!"

"마님, 손님 오셨습니다!"

오해를 풀 틈은 없었다. 자영이 도착했다는 전언에 정경부인이 허리를 펴고, 턱을 당당히 세우고, 미소는 적당히, 두 눈엔 온기와 냉기를 반반씩 섞어 정면을 주시했다. 세 올케도 시모를 따라 마찬가지로 자세를 잡았다. 초장부터 기를 눌러 절대 무시당하지 않겠다는 결연한 의기가 전해졌다.

적국의 외교 사절단을 맞이하듯 안채의 마당엔 급격하게 살얼음이 끼었다. 으스스한 추위마저 느껴지는데, 어디선가 따뜻한 기운이 감지되더니 행랑어멈의 안내를 받은 자영이 등장했다. 봄바람을 몰고 온 나비처럼 그쪽은 처음부터 생글생글 웃는 얼굴이었다.

한껏 경계했던 정경부인은 호의로 가득한, 선한 인상의 자영을 보고 지조 없이 흔들렸다. 세상에 존재하는 아리땁고 반짝이는 것을 좋아하는 취향답게 '예쁘게도 생겼네' 하는 듯한 표정이 언뜻 스쳐 갔다.

자영은 어른 앞으로 다가와 두 손을 모으고 공손히 허리 굽혀 인사했다.

"처음 인사 올립니다. 소녀, 채가 자영이라고 합니다. 갑작스레 연락드려 경황이 없으셨을 텐데 흔쾌히 방문을 허락해 주시어 감사합니다."

"어서 와요. 안 그래도 우리 도경이가 감우당에 내려갈 채비를 하고 있었답니다."

"예. 저도 그래서 온 것입니다. 어제 본가에 왔다가 내려가는 길에 도경 언니와 동행할까 해서요."

……언니?

처음 듣는 그 호칭에 도경은 눈이 휘둥그레져 자영을 보았다. 옆에 있던 열비도 뭘 잘못 들었나 하는 표정으로 귀를 후비적거렸다.

저 아이가 왜 또 저러나, 도경은 괜스레 민망해지는데 정경부인은 보일 듯 말 듯 눈가가 촉촉해졌다. 동무도 없이 혼자였던 딸을 비슷한 또래의 아이가 친근하게 부르니 감동한 모습이었다. 그럼에도 끝까지 경계를 늦추지 않았던 정경부인은 뒤늦게 발견한, 자영의 머리에서 반짝이는 장신구를 목격하고는 무장했던 표정이 와르르 무너졌다.

"어머, 머리에 그건……?"

"예, 도경 언니한테 받은 귀한 답례품입니다. 정경부인 마님께서 특별히 신경 써서 마련해 주셨다고 들었습니다. 정말 감사합니다."

자신이 무엇을 착용하고 있는지 알아봐 주길 기다렸던 사람처럼 자영은 청산유수였다.

"내 너무 과한 걸 준비해 혹 불편하게 한 게 아닌가, 걱정하고 있었는데……."

"그럴 리가요! 너무 예뻐 함부로 건드리지도 못하다, 다른 규수가 붉은색 장신구를 냉큼 집기에 저도 얼른 이걸로 집었습니다."

"저런, 갖고 싶은 걸 놓친 건 아니고?"

"아니요. 소녀는 처음부터 이 색이 마음에 쏙 들었습니다."

자영은 한낮의 태양처럼 환히 웃으며 정경부인과 세 올케의 마음을 단번에 사로잡았다. 감우당의 정부인 앞에서 여전히 작아지는 도경과는 현저하게 대비되는 모습이었다.

자영은 나이 많은 정경부인 옆에 찰싹 붙어 손녀딸처럼 사근사근하게 굴었다. 아들만 줄줄이 낳은 도경의 올케들에게도 '붙임성 있는 딸이란 바로 이런 것이다' 하는 표본과도 같은 모습을 제대로 보였다.

기분이 좋아진 혜명 윤문의 여인들은 자영이 맛있다거나 예쁘다고 하는 것을 싸 주지 못해 안달이었다. 졸지에 관심 밖으로 밀려난 도경은 조정에서도 이루지 못한 대화합의 순간을 어리둥절하여 지켜보았다.

예정보다 길어진 화기애애한 다과가 끝나고 드디어 출발하기 전. 정경부인과 올케들이 직접 나서 짐을 확인하는 동안 슬그머니 옆으로 다가온 자영이 말을 붙였다.

"놀라셨나요?"

"예. 사람을 놀라게 하는 재주가 있으셨네요."

"언니라고 불러도 될까요?"

"이미 계속 그러고 계십니다."

해탈을 거듭한 대답에 자영은 하하, 밝은 웃음을 지었다.

"제가 왜 이러는지 이유도 묻지 않으시네요."

"정언 나리의 이야기를 들으셨을 테지요. 큰 대감마님께 고맙다는 인사는 충분히 들었습니다. 교령을 통해 이판 대감께서도 서신을 따로 보내셨고요. 소저까지 이럴 필요는 없으십니다."

"오해하시는군요."

자영의 대꾸가 씁쓸하게 느껴져 흘긋 옆을 보았다.

"감우당을 떠나시던 그날, 제가 그랬잖아요. 좀 더 잘해 드릴 걸 후회한다고. 다시 만나면 꼭 친한 척하고 싶었습니다. 그런데 알고 보니 언니가 우리 집안의 진짜 귀인이었던 거죠. 그것도 두 번씩이나……."

자영은 눈가가 붉어져 훌쩍거렸다. 당황한 도경이 주위를 살피며 안절부절못했다.

"소저……."

"예, 압니다. 비밀로 해야 한다는 거."

자영은 재빨리 두 눈을 깜박여 눈물을 거두었다. 시린 코를 한번 훌쩍이고는 의연해져 말했다.

"그래서 전 이제 결심했습니다."

"무엇을요?"

불안해진 도경이 신경을 세우자 자영은 의미심장한 눈길로 똑똑히 응시했다.

"언니가 원하시는 모든 일에 제가 뜻을 함께할 겁니다. 마음이 가는 대로 움직이세요. 전 언니 편입니다."

난감해진 도경이 그녀에게서 눈을 떼 고개를 바로 했다. 자영이 무슨 의도로 저런 말을 하는지 대충 짐작되었다. 감우당을 떠나기 전 재헌이 걱정한다는 말을 알려 줄 때부터 심상치가 않았다.

그녀에게 뭐라고 대꾸해야 할지 대책도 서지 않는데 옆에서 자영이 배시시 웃었다. 이쪽의 붉어진 귓불을 힐끔거리다 눈치껏 화제를 돌렸다.

"아무튼, 감우당에 같이 가게 되어 다행입니다. 얼마 전엔 김 소저도 집으로 돌아가 요즘엔 진도도 못 나가고 복습만 하고 있었거든요."

"여은 낭자가 떠나셨다고요?"

이건 또 무슨 소리인가 싶어 정면을 향해 있던 고개가 다시금 자영에게로 돌아갔다.

"완전히 가신 건 아니고요. 집에 일이 있다며 잠시 가셨는데 아직 소식이 없으십니다. 원림에 관한 이상한 소문만 무성하고……."

"소문이요?"

"그게……!"

"오래 기다리셨죠? 채비 끝났습니다!"

자영은 그간 있었던 일을 전부 말할 태세였지만 상황이 녹록지 않았다. 갑작스레 들려온 큰올케의 씩씩한 목소리에 두 사람은 대화를 중단하고 그쪽에다 미소를 지어 보였다.

자세한 사정은 추후 다시 나누기로 하고 두 사람은 준비된 사인교에 각각 올랐다. 처음 감우당으로 떠났던 날처럼 가족의 따뜻한 배웅을 받으며 청학동으로 출발했다. 감회가 새로웠다.

얼렁뚱땅 위기를 면하고 채자영과 동행해 다시 예전의 그곳으로 돌아가게 되다니…….

꿈을 꾸듯 과거의 기억을 되찾은 뒤 감우당의 별채는 도경에게 공포의 장소였다. 벗어나고 싶었고 죽을 것만 같았다. 결국 스스로 몸을 해쳐 도망치듯 그곳을 떠났다. 그사이, 알 수 없는 일이 발생해 지금은 직접적인 위험 요소가 사라진 듯 보였다.

대체 무슨 일이 있었는지 궁금해 지난 며칠 잠도 이루지 못했다. 이토록 쉽게 가문의 운명이 바뀌었다는 것도 믿어지지 않았다. 너무도 갑자기 아무렇지 않게 다가온 평화가 어쩐지 어설프게 느껴져 불안감만 가중되었다. 도경은 꼬리에 꼬리를 무는 생각이 끊이질 않아 머리가 아픈데 출렁, 가마가 요동치며 전진을 멈췄다. 밖에서 열비가 다급히 확인했다.

"괜찮으세요, 아가씨?"

"무슨 일이니?"

내벽에 손을 짚었던 도경이 자세를 바로 하고 창을 열었다.

"웬 아낙이 뛰어들었습니다. 무슨 일인지 알아보고 오겠습니다."

열비는 곧장 걸음을 떼려다 머춤하였다. 아낙과 대화하던 하인이 때마침 방향을 돌려 이쪽으로 다가왔다.

"무슨 일이냐?"

"길을 막은 아낙이 아가씨를 뵙길 청하고 있습니다."

"나를?"

"본인이 누구인지 밝힐 수는 없지만 이걸 보여 드리면 만나 주실 거라고요."

하인은 열비에게 무언가를 건넸고, 그것을 본 열비는 깜짝 놀라 쪼르르 다가왔다.

"아가씨, 이것 좀 보십시오!"

건네받은 물건은 붉은빛의 황옥이 박힌, 머리에 꽂는 장신구였다. 답례품을 내놓았을 때 여은이 처음으로 집었던 그 머리꽂이가 분명하였다.

도경은 즉시 아낙을 데려오라고 명했다. 그런데 그녀는 짧은 대화를 나누다 작은 꾸러미 하나만 남기고 후다닥 사라졌다. 아낙을 놓친 하인이 머리를 긁적이며 꾸러미를 가져왔다.

"자기도 이걸 전해 달라는 부탁만 받았을 뿐 아무것도 모른다며 가 버렸는데 어찌하올까요?"

"괜찮으니 이리 주어라. 자영 낭자와 거리 차가 나지 않게 속도를 높이고."

"예, 아가씨."

도경은 열비를 통해 꾸러미를 건네받고 창을 닫았다.

본가로 돌아간 여은은 함흥차사라고 했다. 그런 그녀가 이런 식으로 연락을 해 왔다는 건 집에 일이 있는 게 아니라 감금된 상태라고 봐도 무방하지 않을까.

움직이기 시작한 가마꾼들이 속도를 높이는 걸 느끼며 꾸러미의 매듭을 풀었다. 그 안엔 서찰과 수주머니가 들어 있었다. 주머니를 먼저 열어 보니 안에 든 것은 열쇠.

뭐지?

통 감이 잡히지 않아 서둘러 글월을 펼쳐 보았다. 내용을 읽어 내리는 도경의 표정은 점점 심각해졌다.

영의정의 삼남 윤가 희원은 홍문관의 서고에 처박혀 눈에 불을 켜고 갖가지 문헌을 살피고 있었다.

얼마 전 추숭(追崇) 문제를 놓고 예조에서 복색을 아뢨고, 금상께선 홍문관에 널리 상고해 보라고 하교했다. 이에 대제학은 일의 효율적인 처리를 위해 응교인 희원이 그 문제를 우선 고찰해 보는 것이 어떻겠냐고 다시 고하여 전하의 윤허를 얻었다.

그 과정에서 희원의 유능함이 왕의 구중에 직접 오르내리기까지 하였으니 그야말로 가문의 영광이었다. 짜릿한 희열을 경험한 희원은 이번 일을 홀로 완벽히 처리해, 집안 좋고 똑똑한 것들로 가득한 이곳에서 진정한 낭중지추로 거듭나기로 했다.

그는 업무와 병행해 그제부터 이 문제에 본격적으로 파고들었다. 오늘은 밤이라도 새울 기세로 고도의 집중력을 발휘하는 중인데, 누군가 똑똑 탁상을 두드렸다. 예성 채문의 어린놈이었다.

"뭔가?"

재윤을 일별한 희원은 시선을 문서로 내리며 무뚝뚝하게 응대했다. 평소 사적인 대화를 나누는 사이가 아니니 공적인 용무가 있을 터. 간략히 할 말만 하고 나가라는 뜻이었는데 그가 스윽 내민 시탁엔 왕족에게나 올릴 법한, 얼음이 동동 떠 있는 화채와 매작과가 놓여 있었다.

무슨 수작인가 싶어 눈살을 구기고 재윤을 올려다보니 돌아오는 대답이 가히 놀라웠다.

"대전에서 내리신 겁니다."

"대전에서? 전하께서 내리셨단 말인가?"

"예."

"갑자기 무슨 일로?"

"조강이 끝나고 부학(副學, 홍문관 부제학) 영감과 사담을 나누셨답니다. 그 자리에서 복색 문제로 수고가 많다는 전언을 들으시고, 출출할 시각에 다과라도 내리라는 분부가 있으셨답니다."

홍문관 전체가 아니라 나한테만 따로 내리셨다고?

희원은 입꼬리가 실룩 솟구치는 것을 애써 참았다. 이게 웬 하해와 같은 성은인가 싶으면서도 일부 내키지 않는 부분이 있어 재윤을 추궁했다.

"정말인가? 근데 왜 자네가 들고 왔지?"

"생것방 궁녀가 사간원 쪽에도 가야 한다고 해서 대신 받아 왔습니다. 혹여 의심스러우시면 제가 다시 가서……."

"됐네. 알았으니까 나가 보게."

희원은 흔들림 없이 무표정을 유지하며 대화를 종결했다.

재윤이 꾸벅, 허리 굽혀 인사하고 사라지자 혼자가 된 그는 근엄했던 표정을 풀고 한쪽 입꼬리를 씩 말아 올렸다. 얼음을 띄운 화채 정도야 혜명 윤문의 일원으로서 원한다면 언제든지 먹을 수 있었다. 하나 제 앞에 있는 저건 단순한 음청이 아니었다. 노력의 산물이자 빠른 시일 내에 당상관으로 올라설 수 있는 또 다른 발돋움이었다.

무엇이든 얻을 수 있으나 혼자만의 순수한 능력으로 쟁취하는 것을 가장 좋아하는 희원은 화채를 들어 달콤한 결실을 단번에 들이켰다.

"나리! ……나리!"

"흐음……."

누군가의 목소리가 수면 아래 푹 잠겨 있던 의식의 머리채를 잡고 흔들었다. 몽롱함을 이기지 못하고 도로 가라앉으려 하자 그것은 잠수를 허락하지 않고 순식간에 머리채를 확 끌어당겼다.

번쩍, 잠에서 깨어난 희원이 소스라치게 놀라 허리를 곧추세웠다. 열린 창 너머로 일몰이 시작된 하늘이 펼쳐져 있었다. ……마지막 기억은 미시(오후 1시~3시). 그런데 지금은 바깥의 상황으로 보았을 때 족히 유시(오후 5시~7시)는 되어 보였다.

시간을 도둑맞은 그는 이게 어떻게 된 일이지 당최 정신을 차리지 못하고 있는데, 시야에 또다시 예성 채문의 어린놈이 잡혔다. 어이없게도 한껏 걱정스러운 표정이었다.

"괜찮으십니까?"

"나한테 무슨 일이 있었던 겐가?"

"서고에 와 보니 주무시고 계셨습니다."

"내가?"

희원은 잠기운이 가시지 않아 멍하니 되물었다.

"한데 이제 보니 혼절하셨던 게 아닌가 싶습니다."

"내가!"

말도 안 되는 소리였다. 호리호리한 체격이긴 하지만 강단이 있어 고뿔조차 피해 가는 몸이었다. 쓸데없는 소리 하지 말고 나가라고 면박하니 채재윤은 진정하라며 상관인 그를 애 다루 듯 달랬다.

"자네 지금 뭐 하자는 것인가?"

"면경이 없어 보여 드리지 못하지만, 나리의 얼굴에 붉은 반점이 피었습니다."

"뭐?"

"건드리지 마십시오!"

본능적으로 손이 먼저 움직이자 재윤이 벌컥 소리쳤다.

"아무래도 마진(痲疹, 홍역) 같으신데, 덧날 수 있습니다."

"마, 마진?"

"요즘 도성 밖에 마진이 돌고 있다더니, 하필 궐에서도 이런 일이⋯⋯."

처음 듣는 소식이었지만 희원은 의심조차 못 하고 동요했다. 조금 전 불식간에 혼절했던 것이 예삿일이 아니었고, 여기가 대궐이라는 점 또한 그를 겁먹게 했다. 저로 인해 마진이 퍼져 왕족 중 한 분이 큰일을 치르기라도 하신다면…….

청요직에서 밀려나 지금까지의 노력이 물거품 되는 것은 시간문제였다. 생각만으로도 아찔해 사지가 떨렸다.

"이보게, 날 좀 도와주게!"

체면이고 뭐고 내던지고 어린놈한테 매달렸다.

"걱정하지 마십시오. 전 어려서 마진을 앓았습니다."

"우리 형님들도 그러하다네. 하니 두 분 중 아무나 눈에 먼저 띄는 분을 이쪽으로 조용히 모셔 와 주게!"

"예. 그러겠습니다."

재윤은 등에 불을 붙이고 서고의 창을 전부 닫았다.

"금방 다녀올 테니 여기 꼼짝 말고 계십시오. 마진이 아닐 수도 있으나 혹시 모르니 얼굴에 절대, 저얼대 손대지 마시고요."

희원은 말 잘 듣는 아이처럼 고개를 끄덕였다.

재윤이 나가고 어둑한 곳에 홀로 남자 지독하게 외롭고 무서웠다. 형님들이 벌써 퇴청하셨으면 어떡하나 걱정되는 한편, 부인도 보고 싶고 애들 얼굴도 머릿속에 휙휙 지나가고…….

제발 이것이 마진이 아니기를. 그것만 아니라면 무슨 짓이든 하겠다며 천지신명님께 싹싹 빌었다.

무덤같이 적막했던 서고는 얼마 못 가 시끌벅적해졌다. 거의 동시에 나타난 첫째 무원과 둘째 주원은 이게 대체 무슨 일이냐며 야단법석이었다. 어떻게 둘을 이토록 빨리 한꺼번에 데려왔냐고 희원이 물으려고 하면 재윤은 얼굴의 반점을 건드리지 말라며 잔소리하기에 바빴다.

"너무 시끄러운 거 아닙니까? 이러다 누가 들어오기라도 하면 어쩌려고요!"

주위가 지나치게 부산스러워 한마디를 했을 땐 거의 기절할 뻔하였다.

"걱정하지 말게. 내가 바깥 단속을 단단히 해 두었다네."

"대군 자가! 이, 이게 대체……?"

"날 걱정하는 거라면 그럴 필요 없네. 난 어려서 재윤이랑 같이 마진을 앓았으니까."

"그…… 그러십니까."

하고 싶은 말은 그게 아니었으나 희원은 그답지 않게 더듬더듬 얼버무렸다. 약점이 잡힌 마당에 대군께서 왜 여기 계시며, 서고에 모인 구성원들의 조합이 좀 껄끄럽지 않냐고 따져 물을 순 없었다. 현재 가장 시급한 건 누구에게도 들키지 않고 궐을 나가는 것인데, 뚫어져라 희원을 살피던 둘째 주원이 고개를 갸웃했다.

"마진이 맞나?"

"붉은 반점이 피지 않았느냐."

"모양이 좀…… 이상하지 않습니까, 형님?"

"흠……."

첫째 무원이 신중하게 셋째의 얼굴을 들여다보았다. 사헌부에서 잔뼈가 굵은 주원은 의심의 눈빛을 지우지 못했다.

"보아하니 열도 없고, 콧물도 나지 않고, 두 눈의 빛깔도 괜찮고……. 기침은?"

"아니요. 하지만 한 시진 정도 정신을 잃었습니다."

"그래?"

범같이 단단하고 풍채 좋은 주원이 마지막 대답에 약간 헷갈리는 표정이었다. 숨죽이고 그를 경계하던 재윤은 이때를 놓치지 않고 주의를 돌렸다.

"저희 형님이 곧 약을 가지고 올 겁니다."

"뭐?"

삼 형제가 일제히 눈이 커져 그를 보았다. 특히 주원은 인상을 팍 쓰며 불쾌해했다.

"이봐, 너! 내 아우를 도와준 건 고맙지만 너무 여기저기 떠벌리고 다닌 거 아니야?"

"어쩔 수 없었습니다. 빨리 움직이려면 도움이 필요했으니까요."

재윤은 호랑이 앞의 토끼처럼 긴장하면서도 또박또박 할 말을 다 했다.

"그리고 전, 품계가 낮다 하나 홍문관의 관리입니다. 존중해 주십시오."

"널 존중하지 않는 게 아니잖아! 원래 비밀이란……!"

"어, 형님!"

눈동자가 심히 흔들리던 재윤은 마침 딱 맞춰 나타난 재헌을 향해 한쪽 손을 번쩍 들었다. 덫에 빠진 새끼 짐승처럼 간절하게 팔을 치켜든 모양새가 주원의 추궁에서 어떻게든 벗어나고 싶어 하는 자세였다.

"이 일을 아는 사람은 제가 마지막이니 고정하십시오."

문을 닫고 들어온 재헌이 주원을 진정시켰다. 손에는 조롱병과 빈 사발을 올린 시탁을 들고 있었다. 뚜벅뚜벅 걸어와 그것을 탁상에 내려놓으니 첫째 무원이 관심을 보였다.

"약을 가져왔다고?"

"알아보니 은진(癮疹, 두드러기)의 일종일 수도 있겠더군요."

"그게 정말인가?"

듣던 중 반가운 소식에 희원이 반색했다.

"예. 제가 가져온 걸 드시고 얼굴의 반점이 가라앉는다면 응교 나리께선 마진에 걸린 게 아닐 겁니다."

성격 급한 주원이 조롱병을 덥석 잡아 기울였다. 그러나 주둥이에서 콸콸콸 쏟아지는 액은 암만 봐도 그냥 물이었다. 움직임을 멈춘 그가 살벌한 기세로 재헌을 노려보았다. 혹여 아우가 사고라도 칠까 봐 옆에 있던 무원이 점잖게 선수를 쳤다.

"이게 무엇인가? 설마 냉수를 마시라는 것은 아니겠지?"

"그럴 리가요."

삼 형제의 시선을 확실하게 잡아끈 재헌은 옷소매 안에서 사내의 중지만 한 굵기와 길이의 대나무 통을 꺼냈다. 마개를 열고 보란 듯이 암갈색 가루를 물에 왕창 털어 넣었다. 의원의 조언에 따르면 치사량이었다. 오래전부터 앵속을 다뤘던 이라면 이러한 사실을 모를 리 없었다.

재헌은 가루를 탄 물을 숟가락으로 휘휘 저으며 곁눈질했다. 삼 형제는 심각한 얼굴로 사발을 응시하고 있었다. 저 무거운 침묵과 시선이 무엇을 의미하는지 도통 짐작되지 않는데, 손동작을 멈추고 숟가락을 내려놓았을 때 주원이 조용히 물었다.

"끝났나?"

"예."

"그럼."

대답이 떨어지기 무섭게 그가 두 손으로 사발을 냉큼 집어 희원에게 내밀었다.

"자, 얼른 마셔라."

"예, 형님."

내심 기다렸던 반응이라 속으로 안도하면서도, 희원이 생각보다 빨리 사발을 입으로 가져가는 바람에 기겁하여 달려들었다.

"안 됩니다!"

다행히 옆에 딱 붙어 있던 재윤이 사발이 희원의 입에 닿기 전 재빠르게 가로챘다. 재헌과 재윤 그리고 대군이 가슴을 쓸어내리는 동안 약을 강탈당한 삼 형제는 단단히 오해하고 사나운 눈빛을 보냈다. 특히 주원은 눈에서 불을 뿜으며 분통을 터트렸다.

"뭐 하는 거야, 너! 우리한테 약 주는 게 그렇게 아까워?"

"진정하십시오. 그게 아니라……."

"이리 안 내놔!"

주원이 막무가내로 달려들었다. 뒷걸음질 친 재윤은 그의 기세가 감당되지 않아 냅다 소리쳤다.

"마진이 아닙니다!"

"뭐?"

삼 형제가 일시에 동작을 멈추고 재윤을 바라보았다.

"그게 무슨 소리인가? 내가 혼절까지 했었네. 자네가 날 흔들어 깨우지 않았는가?"

"송구합니다. 그건 화채 때문이었습니다."

"화채?"

희원이 고개를 갸우뚱거리자 재윤은 손수건을 꺼내 물을 묻혔다.

"잠시 실례하겠습니다."

일방적으로 동의를 구하고 젖은 수건을 대뜸 얼굴로 가져가 반점을 벅벅 문질렀다. 새하얀 수건이 지나간 자리마다 희원의 멀쩡한 얼굴이 드러났다.

그제야 저 어린놈한테 속았음을 깨달은 희원은 어안이 막혀 하얘진 얼굴로 부들부들 떨었다. 기만당해 노엽다기보다는, 희열을 느끼게 해 준 화채가 전하께서 내리신 게 아니었다는 점이 그를 절망으로 이끌었다.

연이어 사태를 파악한 무원은 무서운 표정을 지었고, 주원은 본능대로 움직였다.

"이 새끼가……!"

고삐 풀린 황소처럼 콧김을 뿜으며 전력으로 재윤에게 달려들었다. 순식간에 멱살을 잡고 거대한 주먹을 날리려는데, 냉정을 유지한 재헌이 옆에 있던, 입이 쩍 벌어진 명원 대군의 등을 신속히 떠밀었다.

"주원아!"

"형님!"

눈이 뒤집혀 주먹을 휘두르던 주원은 마지막 찰나 뒤바뀐 상대를 알아보고 대군의 눈앞에서 주먹을 멈췄다. 조정의 관리가, 그것도 백관을 규찰하고 기강과 풍속을 바로잡아야 할 사헌부의 집의가 이 나라의 하나뿐인 대군의 보체에 감히 해를 가할 뻔한 아슬아슬한 순간이었다.

무슨 일이 일어났는지 깨달은 주원은 비틀비틀 물러나다, 다리에 힘이 풀려 철퍼덕 주저앉았다. 몸을 벌떡 일으켰던 무원과 희원도 급히 허리를 굽혔다.

"대군 자가!"

얼떨결에 위기를 넘긴 대군은 퍼뜩 정신을 차리고 식은땀을 닦았다. 무엄한 재헌을 짧게 쏘아보면서도 제 할 일을 잊지 않았다. 생것방에서 다과를 올리게 하는 것과 더불어 폭력이 발생할 경우, 누구도 윤주원을 말릴 수 없으니 왕족으로서 방패막이가 되어 주기로 했던 것이다.

대군은 대의를 위해 억지웃음을 지었다.

"난 괜찮네."

"용서하여 주십시오. 제 아우가 큰 실수를 범하였사옵니다!"

"그래, 위험하긴 하였지. 하나 자네들의 성난 심정도 충분히 이해하네."

"모두 이 사람의 탓입니다."

이제 본론으로 들어가야 할 때였다. 재헌은 앞으로 성큼 나서며 사죄했다.

"오늘 일어난 일은 전부 제가 주도하였습니다. 이유를 막론하고 세 분을 놀라게 해 드려 송구합니다."

재헌이 고개를 숙이자 얼이 빠져 있던 주원이 노기를 띠고 발딱 일어섰다.

"뭐야, 너네? 오늘 아예 작정했어? 형제가 짜고 우리 집안 사람들 골탕 먹이기로 작정했냐고!"

"예, 압니다. 참으로 고약한 처사였지요. 하지만 저희도 세 분을 확실히 검증할 필요가 있었습니다."

"무슨 검증?"

"작년 봄, 왕실 사냥터 근처에서 있었던 기습과 관련해 고변이 들어왔습니다. 거기에 혜명 윤문이 연루되었고요."

"보자 보자 하니까 어디서 개수작이야!"

일순 멈칫했던 주원이 사나운 기세로 다가들었다. 재헌은 피하지 않았으나, 심상찮은 기류를 감지한 두 형제가 둘째를 뜯어말렸다.

대군과 예성 채문 형제에게 거의 아버지뻘인 무원이 주원을 뒤로 밀어 놓고 심각한 어조로 채근했다.

"방금 한 그 말, 사실인가? 기습 사건에 연루되었다면 그건 역모일세! 자네는 지금 우리 가문이 역모에 휘말렸다고 말하는 것이야!"

"내용이 궁금하시다면 일단 좌정하십시오. 우리에겐 시간이 많지 않습니다."

재헌은 탁상으로 척척 다가가 상석의 의자를 빼서 명원 대군을 바라보았다. 눈짓을 받은 대군이 태연히 가서 상석을 차지하자 왼편으로 재헌과 재윤이 나란히 앉았다.

아무리 적대하는 가문의 애송이들이라지만 역모라는 말이 나온 이상 무턱대고 무시할 수는 없었다. 나이는 어려도 신중하다 칭송받는 대군까지 끼어 계시니 보통 일은 아닐 듯했다. 먼저 움직인 무원이 재헌의 맞은편에 앉자 주원과 희원도 조금 전의 소동을 잊고 첫째 옆에 나란히 자리했다.

해가 저물어 고즈넉한 대궐의 저녁, 재헌에게서 쏟아진 이야기는 상상 이상으로 기괴하고 위험천만했다.

칠흑 같은 어둠에 뒤덮여 달조차도 잠든 깊은 밤. 연달아 담을 넘은 세 개의 그림자는 미리 약속한 듯 둘과 하나로 갈라져 움직였다.

둘은 머지않아 목적지에 당도하였으나, 나머지 하나의 움직임은 길게 이어졌다. 기척 없이 전진 중인 검은 인영은 잠입한 곳의 위치를 꿰고 있는 듯 나아가는 방향에 망설임이 없었다.

그리고 마침내 후미진 곳, 그 규모마저 작은 어느 고방에 이르러 두 발을 세웠다. 지키는 이 하나 없는 대신 묵직한 자물쇠가 채워져 있었지만, 문제 되지 않았다. 새까만 무복 차림의 인영은 열쇠를 꺼내 자물쇠를 풀고 안으로 진입했다.

이미 어둠에 익은 눈은 바라지를 통해 스며드는 달빛의 도움으로 길고 여린 몸피 하나를 찾아냈다. 바닥에 쓰러져 있던 몸이 부스스 상체를 일으켰다. 상대의 윤곽이 더욱 확실하게 눈에 들어오자 재헌은 도경에게서 이미 귀띔받고 왔음에도 기분이 오묘했다.

'두이 그 아이, 말을 할 수 있답니다. 목소리가 굵어지고 후골이 나올 것을 대비해, 다친 김에 계속 목에 무명을 두르고 있었다고 하네요.'

도경에게 사정을 들으면서도 어떻게 다 큰 사내가 여인 흉내를 냈고, 그것을 아무도 알아채지 못했는지 이해할 수 없었다. 한데 이리 보니 아직 여물지 않은 체격과 달빛 아래지만 예쁘장한 생김새가 이 혼란스러운 사태에 당위성을 제공했다.

아무 반응 없이 저를 빤히 응시하는 사내에게 재헌이 질문했다.

"왜 경계하지 않지? 날 아느냐?"

"감우당에서 지내며 먼발치서 몇 번 뵈었습니다."

"올해 몇 살이지?"

"열일곱입니다."

"네 본명이 무엇이냐?"

"두영이라고 합니다."

병든 모친과 아우에게 빼앗긴 유모. 어린 소녀에겐 딸아이가 딸린 젊은 과부가 안저지로 주어졌다. 몇 년 후, 모친을 잃은 소녀는 안저지마저 죽자 그녀가 남긴 딸을 동생처럼 싸고돌며 곁에 두었다. 여기까지가 세상이 아는 사실이었고 지금껏 누구도 의심하지 않았는데…… 참으로 아득한 반전이었다.

재헌은 두영의 손과 발을 결박한 밧줄을 단도로 끊으며 질문을 계속했다.

"어쩌다가 이 꼴이 된 것이냐?"

"김성욱입니다. 지난번 일로 앙심을 품고 저를 범하려고 사내들을 보냈습니다."

선을 넘는 무도한 행패에 재헌은 헛웃음조차 나오지 않았다.

"저희 아가씨는 무사하십니까?"

"그러니 내가 여기 있겠지. 윤 소저에게 열쇠를 보냈더구나."

"마님께서 졸하시기 전, 아무도 모르게 이 집의 모든 곳간과 고방의 열쇠를 똑같이 두 개로 맞춰 그중 한 묶음을 아가씨께

남기셨습니다."

딸에게 변변찮은 아비라 모친께서 머리를 쓰셨군.

재헌은 모성의 위대함을 새삼 실감하며 마지막 결박을 끊었다.

"몸이 성치 않아 보이는데, 움직일 수 있겠느냐?"

"예. 아가씨께 가 봐야 합니다."

두영은 손목과 발목의 뻐근한 부위를 한 번씩 주무르고 몸을 일으켰다.

"김 소저는 지금쯤 이 집에서 벗어났을 거다."

"정말입니까? 별당은 누군가 지키고 있을 겁니다."

"정이에게 날렵한 이를 붙여 함께 들여보냈다. 우리의 실력을 의심하는 것은 아니겠지?"

"당치 않으십니다."

"하면 나오너라."

재헌은 지체 없이 앞장섰다.

혜명 윤문의 삼 형제와 대화를 끝낸 어제, 급하게 귀가하니 예고대로 도경이 감우당에 돌아와 있었다. 와락 끌어안고 싶은 충동이 일었으나 행동으로 옮기지는 않았다. 그녀가 어색해하며 거리를 두기에 함부로 다가가지 못하고 바라보기만 했다. 고계성이 배신한 사실을 듣고 충격에 빠졌을 때도 선뜻 손을 뻗지 못했다.

그래서 재헌은 도경이 마음을 추스르는 동안 김여은과 그녀의 정인을 무사히 빼내 오겠다고 장담했다. 그녀가 짊어진 버거운 고민 중 하나라도 빨리 덜어 내 주고 싶었다. 지난 생에서 직접 행하지 못해 불행한 결말을 맞았던 도경과 자신을 대신해, 목숨을 건 누군가의 도피는 성공하길 바라는 마음도 있었다.

글공부를 하면서도 무예 수련을 게을리하지 않아 혼자서는 거리낄 것 없었다. 문제는 몸이 상해 움직임이 자유롭지 못한 두영. 재헌은 속도를 늦추고 한 발 한 발 신중하게 전진하며 그를 배려했다. 사람이 자주 왕래하는 부근에 진입해 신경은 더욱 날카로워지는데, 돌연 두영이 엉뚱한 짓을 저질렀다.

"나리, 잠시만요!"

느닷없이 소곤거리더니 제멋대로 자리를 이탈했다.

"이봐!"

재헌은 아찔해져 뒤를 따랐다. 넓은 마당을 무모하게 가로지른 두영은 황당하게도 비실비실한 개 한 마리를 안아 들었다.

"이게 뭐 하는 짓이냐? 여기서 발각되면 돌이킬 수 없어!"

"송구합니다. 하지만 백구 이 아이도 데려가면 안 됩니까?"

재헌은 실소를 금치 못했다. 이 긴박한 와중에 개까지 챙기려 하다니.

정이 들어 저러는 건 십분 이해하나 당장은 사람이 우선이었다. 안 된다고 딱 잘라 말하려는데 두영의 입에서 도전 정신을 일으키게 하는 한 인물이 지목되었다.

"이대로 놔두면 언젠가 김성욱이 백구를 죽일 겁니다."

"뭐?"

거부감을 일으키는 그 이름에 재헌은 절로 인상을 썼다.

"원래는 건강했던 아이입니다. 그런데 한 번씩 김성욱의 처소에 끌려갔다 풀려나기를 반복하며 이리되었습니다. 화가 나면 분을 참지 못하는 성정이니, 그놈한테 심하게 짓밟히다 어딘가 잘못된 게 틀림없습니다."

말로만 듣는 데도 어찌 그리 막돼먹은 놈이 다 있나, 분노로 치가 떨렸다. 자연스레 생각도 바뀌었다. 다른 것은 몰라도 그런 놈의 발아래 핍박받게 놔둘 수는 없었다. 재헌은 두영의 품에서 백구를 떼어 내 직접 안았다.

"이 녀석은 내가 맡지. 길을 서둘러라. 시간이 없어!"

"감사합니다, 나리!"

감정이 북받친 두영은 눈물을 훔치고 꾸벅 인사했다.

어둠이 깊어 사위가 적막한 야심한 시각, 두 개의 검은 인영은 순식간에 위험 부근을 벗어나 탈출에 성공했다.

동그랗게 틀어 올린 뒷머리에 단아한 초롱잠이 꽂혔다. 머리모양이 달라지니 당사자의 분위기도 바뀌었다. 처음 해 보는 낭자머리가 낯선지 여은이 옥갑 속 석경에 제 모습을 이리저리 비추어 보았다.

"잘 어울리십니다."

옆에서 지켜보던 도경이 용기를 북돋아 주었다.

"정말인가요?"

석경에서 좀처럼 눈을 떼지 못하던 여은이 수줍어하며 거듭 확인했다. 못 본 새 바짝 야윈 얼굴에 한 움큼의 기쁨이 곱게 실렸다.

"믿을 수가 없네요. 소저께서 이미 혼인하셨다는 게……."

"그때나 지금이나, 윤 소저께 감사할 따름입니다."

"그때요?"

언제를 말하는지 몰라 도경이 고개를 비스듬히 기울였다.

"염색하던 날 소저께 폐를 끼치지 않았습니까. 하필 정화수를 떠 놓고 저희끼리 혼인한 다음 날이었습니다. 어설프지만 첫날밤을 치르고 무리했더니 몸에 이상이 오더군요."

"아……."

그래서!

도경은 두 뺨이 발그스름하게 물들었다. 어쩐지 일을 시작할 땐 멀쩡했는데 갈수록 어딘가 불편해 보였다. 무슨 말을 해야 할지 몰라 입술만 자근자근 깨무니 여은이 옅은 웃음을 지었다. 흔히 볼 수 없었던 그녀의 미소가 신기하면서도 어딘지 서글퍼 보였다.

"아버지에게 전, 아우의 운을 절반이나 빼앗아 태어난 재수없는 딸년이었습니다. 차라리 태어나지 말았어야 할 못마땅한 존재였지요."

미소가 사라지고 불시에 흘러나온 이야기는 슬픈 색채로 가득했다.

"저를 성욱이와 연결 짓지 않고 온전한 하나로 봐 준 사람은 거의 없었습니다. 어머니와 새로 들어온 안저지, 그리고 그이가 데려온 어린 딸 정도가 전부였을 겁니다. 얼마 못 가 두이가 남자아이라는 걸 알았지만 상관없었습니다. 두 모자는 먹고살 길이 막막했고, 별당에서 저와 함께 기거하려면 아들이 아닌 딸이어야 했을 테니까요. 무엇보다 저는 그때 이미 두이와 정이 담뿍 든 참이었습니다."

여은의 두 눈은 먼 기억 속의 어딘가를 더듬고 있었다.

"연달아서 어머니를 잃은 그 아이와 저는 서로만을 의지하며 살았습니다. 유일한 가족인 어머니를 잃었다는 동질감, 핏줄보다 더 끈끈하게 재탄생한 유대감, 서로를 향한 연민과 애정. 작은 것에서부터 큰 것까지, 다양한 감정이 차곡차곡 쌓이다 보니 어느 날부터인가 제 눈엔 그 아이밖에 보이지 않았습니다. 제 가슴속에도 오직 그 아이만 남아 있었습니다."

극도로 절제된 음성이었으나 그 속에 내재된, 은애하는 이를 향한 열정은 어떤 위기가 몰아쳐도 감내할 만큼 뜨겁고도 거대했다. 그것은 이전 생의 자신과 비슷한 면이 있어 도경은 목울대가 울렁거렸다.

"다행입니다. 앞으로는 두 분이 아무 근심 없이 함께일 테니까요."

위로도 조언도 필요치 않을 여은에게 도경이 건넬 수 있는 말은 진심 어린 부러움뿐이었다. 다행히 여은 역시 그 정도의 반응에 흡족한 눈치였다.

이제 관심은 두 사람의 도피 자금이 될 패물함으로 옮겨졌다. 저것을 숨긴 위치가 서찰에 적혀 있어 도경이 미리 찾아다 둔 것이었다. 위급한 상황에도 두영은 도망가지 않고 답답하리만치 저것만 사수했다. 당시엔 참 미련하다 싶었는데, 알고 보니 그는 상전의 패물만이 아닌 그들의 미래도 악착같이 지켜 낸 것이었다.

몸을 상하면서까지 사수한 값비싼 패물은 교령을 통해 대신 팔아 주기로 했다. 그렇게 마련된 자금으로 저들은 예쁘고 아담한 집을 사고, 밭이나 논의 주인이 되어 소작을 줄 터다. 풍족하진 않아도 아쉬움 없이 살림을 꾸리며 언젠가 도경이 꿈꿨던 생활을 이어 나갈 것이다.

절박했던 과거의 어느 날이 떠올라 코끝이 찡 울렸다. 결실을 보지 못한 예전의 자신을 대신해 저 둘만이라도 꼭 행복해지기를 바랐다. 시간이 많지 않아, 실없이 북받치는 감정을 흐트러뜨리고 패물함에 관해 상의했다.

"패물을 전부 처분해도 후회하지 않으시겠습니까? 선대부인의 유품이라고 들었는데…….."

"어머니의 진짜 유품은 따로 챙겨 두었습니다. 여기서 제가 필요한 건 하나입니다."

패물함을 연 여은은 내용물을 전부 빼더니 맨 아래서 비단

천으로 꼼꼼하게 말아 묶어 둔 것을 꺼냈다. 그 안에 든 것은 호패. 겉면엔 '박주명'이라는 이름이 새겨져 있었다. 외가 쪽의 먼 친척 중 자식 없이 죽은 이들의 가짜 아들을 만들어 오랫동안 준비했다고 했으니, 저 호패는 두영의 새로운 신분일 것이다.

도경은 감탄하지 않을 수 없었다.

"정말 치밀하게 준비하셨습니다. 비용이 만만치 않았을 텐데……."

"크게 어렵진 않았습니다. 아시다시피 전 집 안의 모든 곳간을 열 수 있었으니까요."

그 정도는 별거 아니라는 듯 태연한 대답이 우스워 도경은 할 말을 잃고 낮게 웃었다.

"참, 서찰을 가져온 아낙은 누구입니까? 그쪽은 챙기지 않아도 되는 건지요?"

"우리 집 찬모입니다. 지금은 기억하는 이가 아무도 없지만, 돌아가신 어머니가 혼인할 때 친정에서 데려온 여인이지요. 두영이의 모친을 저희 어머니께 소개해 준 사람이기도 합니다."

"뒤탈은 없겠습니까?"

"처음부터 서로를 챙기는 관계는 아니었습니다. 돌아가신 상전을 향한 1할의 충성심과 옛 동무에 대한 1할의 책임감, 거기에 금전을 취하고 싶은 8할의 욕망으로 움직인 여인이지요. 평생 만져 보지 못할 은괴를 손에 쥐었으니 나머지는 그녀가 알아서 할 겁니다."

껄끄러웠던 부분까지 훌훌 털어 낸 도경은 가벼워진 마음으로 고개를 끄덕였다.

"그럼 이제 새 출발 할 일만 남으셨군요."

활짝 미소한 두 사람은 자리를 정리하고 사내들이 기다리는 동쪽 문으로 향했다.

어둠은 걷혔으나 아직 해가 뜨지 않은 새벽. 동쪽 문에는 배웅을 나온 재헌과 두 명의 호위, 그리고 더는 여장할 필요가 없어진 두영이 기다리고 있었다.

혼인을 기리는 뜻으로 여은이 특별히 준비했다는 의복이 그에게 맞춤으로 어울렸다. 저기에다 갓만 쓴다면 원림의 버드나무 아래서 보았던 딱 그때의 모습이었다.

여은의 쪽 찐 머리를 본 그는 얼굴이 붉게 상기되어 웃었다. 무명을 감지 않은 목은 오랜 시간 햇빛을 받지 못해 유난히 하얬다. 김성욱으로 인해 어려서 생겼다는 흉터가 여전히 남아 있긴 했지만, 상당히 옅어진 데다가 옷깃에 절반쯤 가려져 흉하지 않았다.

두영은 도경을 향해, 여은은 재헌을 향해 고개 숙여 인사했다. 두 사람은 정과 그의 동료의 호위를 받아 나루터에서 배를 타고 남쪽으로 향할 예정이었다. 교령의 상단에서 준비한 은신처에 머물다 도성이 잠잠해질 때쯤 둘만의 보금자리를 구해 정착하기로 했다.

말에 오르기 전 여은은 소매 속에서 장신구 하나를 꺼내 동그렇게 말아 올린 머리에 꽂았다. 지난번 답례품으로 받은 붉은색의 머리꽂이였다.

"솔직히 고백하면, 도피 자금으로 쓰려고 냉큼 집었던 것입니다."

참으로 그녀다운 발상이었다.

"이제는 중요한 의미가 덧대어졌으니 소중히 간직하겠습니다."

도경은 감사의 뜻으로 고개를 살짝 숙여 보였다.

"그리고…… 대비마마께서 정언 나리와 윤 소저의 관계에 관심이 아주 많으십니다."

그러나 다음으로 건넨 여은의 귀띔에 도경을 비롯한 주위가 순식간에 얼어붙었다.

재헌이 그녀에게 자세한 설명을 요청했다.

"저와 윤 소저의 관계라고 하셨습니까?"

"감우당의 상황과 두 분의 행적을 낱낱이 기록해 정기적으로 대비전에 서찰을 올렸습니다. 자수 모임이 시작되기 전 마마께서 저를 불러 그러시더군요. 채 정언과 윤도경이 함께하는 모습에 특히 주목해라. 그에 대한 대가로 값비싼 패물과 금괴를 하사받았습니다."

"하, 하지만……."

도경은 충격이 커 더듬거리면서도 돌아가는 사정을 정리해 보려고 노력했다.

"소저는 혼담 때문에 와 있던 게 아니었습니까?"

"예. 제 부친께선 그러고 싶어 하셨지요. 하나 대비전의 흉중은 모르겠습니다. 혼담을 돕겠다고 하시곤 뒤에서는 은밀한 제안을 해 오셨으니까요."

"대비전에는 어디까지 보고가 올라간 거죠?"

"전 두 분이 어떤 관계인지 정확히 모릅니다. 그저 짐작할 따름이지요. 보고 들은 것 외엔 서찰에 쓰지 않았습니다. 본의 아니게 중간중간 윤 소저께 신세 진 적이 있어……."

여은은 미안해하며 두 사람을 번갈아 보았다.

재헌에게만 집중했던 과거와 달리 이번에 도경은 오지랖이 상당했다. 이전에는 말 한마디 섞을까 말까 했던 예성 채문의 두 대감과 사적으로 인연을 튼 것이 시작이었다. 염색을 떠맡았을 때나 김성욱이 행패를 부렸을 당시도 도의적으로 참견하고 얼떨결에 휘말렸다. 심지어 여은에게 알쏭달쏭한 조언까지 들었다.

그때는 속뜻을 이해하지 못하고 각자의 입장 차겠거니 하고 넘어갔는데, 대비가 독니를 품은 뱀처럼 그런 식으로 노리고 있었을 줄은 꿈에도 몰랐다. 더군다나 이쪽에서 간자 역할을 성실히 이행하는지도 아닌, 재헌과의 관계에 주목하고 있었다니!

알면 알수록 음흉하기 짝이 없어 대비란 존재가 섬뜩하게 느껴졌다.

"저희가 더 알아야 할 건 없습니까?"

뻣뻣하게 굳어 있는 도경을 대신해 재헌이 대화를 마무리 지었다.

"안타깝게도 제가 아는 건 여기까지입니다. 자수 모임이 끝나기 전 도성을 떠나려고 했기에 깊이 관여하지 않았습니다."

"그럼 서두르시지요. 첫 배를 타려면 지금 출발하셔야 합니다. 참……."

재헌은 두영의 걱정을 덜어 주는 것도 잊지 않았다.

"사복시(司僕寺, 궁중의 가마나 말에 관한 일을 맡아 보던 관아)에서 말을 돌보던 이를 알고 있다. 전견(田犬, 사냥개)도 담당했다고 하니, 그이에게 백구의 치료를 맡기마. 후에 자리를 잡으면 데려가거라."

"예, 나리. 정말 감사합니다!"

진심이 담긴 두영의 인사를 끝으로 두 사람은 각각 정과 그의 동료가 모는 말에 올라탔다. 도경도 불편해진 마음을 잠시 접어 두고 새로운 삶을 향해 출발하는 그들을 배웅했다.

과거에는 저 둘이 어찌 되었는지 모르지만 이렇게라도 좋은 결실을 보게 되어 다행이었다. 더는 고달픈 세파에 휘둘리지 않고 그들만의 낙원에서 행복하길 바라며 도경은 웃는 얼굴로 두 사람을 떠나보냈다.

그러고 나니 파르스름한 새벽 속에 남은 이는 단둘.

말발굽 소리마저 멀어져 사위가 적요한 가운데 두 사람 사이에 어색한 침묵이 흘렀다.

누구도 먼저 발을 떼지 않았다. 거리를 두고 서서 물끄러미 저를 보는 그의 시선이 끈질겼다. 나눠야 할 말이 많다는 걸 알고 있다. 대비와의 거래, 감우당에 돌아온 이유, 고계성과 원길이라는 자에 대해서도.

대책을 세우려면 냉정해질 필요가 있는데도, 희한하게 채재헌을 똑바로 보기가 어려웠다. 감우당에 돌아온 그제, 늦은 시각임에도 곧장 달려온 그를 마주했을 때부터 이런 상태였다.

사적인 부탁을 하면서도 어색하고 불편해 정작 둘이 해야 할 대화는 뒤로 미루었다. 기습의 배후가 혜명 윤문이 아니라서 안도하고, 고계성의 배신에 분노하면서도, 그 앞에서는 최대한 감정을 절제했다.

그러면서도 이율배반적인 건, 여은을 도와줄 조력자가 필요할 때 제일 먼저 떠오른 사람이 재헌이라는 사실이었다. 숱한 곡절을 겪으면서도 그는 여전히 자신에게 있어 가장 믿음직스럽고 기댈 만한 상대라는 뜻일 텐데, 떨칠 수 없는 이 서먹함의 정체는 도대체 무엇일까.

"아직도 내가 불편하오?"

이러지도 저러지도 못하고 있을 때 그에게서 들려온 물음이 정곡을 찔렀다. 티 내지 않는다고 나름대로 노력하고 있었기에 도경은 뜨끔하여 재헌을 돌아보았다. 혹시라도 그가 다른 의미로 오해할까 봐 서둘러 부인했다.

"아니…… 그러니까…… 그런 게 아닙니다."

"애써 부정하지 않아도 되오. 당신이 떠나기 전 계곡에서 우리가 썩 아름답진 않았으니까."

그날의 일이라면 도경도 할 말이 없었다. 떠밀려 온 기억을 감당하지 못해 어설프게 대처했다.

"그땐 내가 미안했소. 몸도 성치 않은 사람을 붙잡고 지나치게 몰아붙였어."

"그런 사과는 별로 달갑지 않습니다. 적반하장식의 억지는 제가 부렸는데 어찌하여 나리께서 사과를 하십니까."

"그래. 당신이 참 못되게도 굴었지."

무뚝뚝한 반박을 재헌은 부정하지 않았다.

"하지만 어쩌겠소. 사과란 원래 아쉬운 쪽에서 먼저 하는 법인데. 난 지금 이대로 기쁘오. 그대가 이렇게 다시 돌아와 줘서 얼마나 다행인지 모르겠소."

이 평화를 유지할 수 있다면 몇 번이고 더 사과할 수 있다는 말을 그는 참 담백하게도 했다.

"하나 또 다른 오해가 생기기 전에 대비마마와의 일은 확실히 짚고 넘어가야겠지. 혹 불쾌하오?"

"아닙니다."

"그럼 묻겠소. 대비전에서 당신에게도 제안 같은 걸 하셨나?"

추궁이 아닌 그저 궁금함이 담긴 질문이었다.

"예성 채문이 역심을 품지 않았을까, 마마께서 심려가 크셨습니다. 근황을 세세하게 잘 살펴 모임이 끝난 뒤 알려 달라고 하셨는데, 실은 제가 감시당하고 있었네요."

"그대는 무엇을 받기로 했지?"

"왕실과는 무관한, 조용한 삶을 보장해 주기로 하셨습니다."

잔잔하기만 한 물음에 도경은 있는 그대로의 대답을 들려주었다.

"이번에 안국방에 돌아갔을 때 전하께도 아뢰었습니다. 하니 조금만 참으십시오. 자수 모임이 끝나는 대로 대비전에 예성 채문의 무고함을 고하겠습니다. 그런 뒤에 저는 정쟁과 상관없는 평범한 사람으로 살아갈 겁니다."

"내가 왜 당신을 참아 줘야 하지? 그대는 내게 견뎌야 할 존재가 아니오! 모르지 않을 텐데? 아니면…… 일부러 모르는 척하는 건가?"

그의 끝말엔 숨길 수 없는 서운함이 드러났다.

도경은 차마 그 말을 부정하지 못했다. 아직도 모든 것이 혼란스러웠다. 전생, 현생, 후생 중 제가 속한 세상이 어디인지도 모르겠고, 미래 또한 불투명했다.

이러다간 길을 잃을 것 같아 가문을 살리는 일에만 전념하고 싶어도, 모든 것을 바쳐 연모했던 사내만 보면 속절없이 나약해졌다. 연심에 눈이 멀어 한 사람만 바라보다 소중했던 가족을 잃고 정인마저 나락으로 떨어졌던 과거의 재앙이 또다시 반복될까 봐 두려웠다.

아마도 이것이 그를 똑바로 응시하지 못하고 무의식중에 거리를 두려 했던 이유였을 것이다. 문제의 원인을 이제야 깨달은 도경은 조용히 입을 다물었다. 복잡한 이 심정을 어떻게 설명해야 할지 갈피를 못 잡고 있는데, 무슨 말이라도 해 주길 기다리다 체념한 그에게서 착잡한 음성이 흘러나왔다.

"그대가 진정으로 원하는 게 그거였소? 왕실이나 정쟁과는 상관없는 조용한 삶? 결국 예성 채문의 종부가 되고 싶다고 했던 말도 진심이 아니었군."

"아니요. 그건 진심이었습니다."

"지금도 그러하오?"

혹시나 하는 반짝 희망을 띠고 재헌이 물었다.

"모르겠습니다."

"그 자리, 달라면 준다고 해도?"

"글쎄요."

"그럼 이제 내 차례군."

끝까지 미적지근한 반응에도 그는 전혀 물러날 생각이 없어 보였다.

"난 간절히 바라오."

"무엇을 말입니까?"

"혜명 윤문의 사위."

그의 대답은 단호했다. 도경은 순간적으로 철렁하면서도 크게 동요하지 않았다.

"그게 어디 쉽겠습니까."

"하면 도망갈까?"

정말이지 뜬금없는 소리였다. 가자고 할 땐 그리 내치더니…….

"나리께선 한 발씩 늦으시는군요."

"그러게. 난 결정적일 때 한 발씩 늦는군. 가잘 때 안 가고, 달랄 때 안 주고."

자조를 띤 그 답변에 도경은 새삼스러운 눈빛으로 그를 바라보았다. 예전 생각이 나 저도 모르게 건넨 말이었다. 뱉고 나서 바로 아차 싶었는데 그에게서 돌아온 대답은 아귀가 딱딱 맞아 떨어졌다.

최근에 내가 어딜 가자고 했다가 거절당한 적이 있던가?

머리를 팽팽 돌려도 이번에는 그런 적이 없었다. 함께 가기로 한 나들이가 늦어지긴 했지만…….

아무래도 이상해 그를 주시하는데 저를 보는 재헌의 눈빛이 불안하게 흔들렸다. 두 눈에 붉은 기가 차차 짙어졌다. 그는 금방이라도 무너질 듯하다가 순식간에 감정을 지우고 평소의 말끔한 모습으로 되돌아와 불쑥 고백했다.

"연모하오."

실로 당혹스러운 전개였다.

"오늘 이상하십니다."

"내가 또 늦을까 봐. 당신이 내 마음을 모르지 않소."

"무작정 그리 말씀하시면 제가 믿어야 합니까?"

"왜 안 믿지? 내 모든 것을 가져가 놓고."

그는 도저히 이해할 수 없다는 투였다. 당연히 도경은 거기에 동의할 수 없었다.

"글쎄요, 제가 나리의 무엇을 가졌을까요?"

"내 입술."

시원하게 불어온 이른 아침의 바람이 도경의 놀란 가슴을 보드랍게 쓸며 지나갔다.

민망하긴 했지만 이제 와서 발뺌해 봤자 무슨 소용이 있나. 변명의 여지가 없어 두 뺨에 엷은 홍조가 피었다.

"내 마음."

그의 대답은 계속 이어졌다.

"내 과거. 내 인생. 내 순정."

"낯간지러운 소리를 아무렇지 않게 하시네요."

"좋지 않소, 우리가 이런 말을 주고받을 수 있다는 게."

그는 어깨를 으쓱하며 미소하더니 서서히 웃음기가 사라졌다. 사지에서 간신히 살아 돌아온 사람처럼 도경을 보는 두 눈에 고통이 가득했다.

"보고 싶었소. 그리웠고…… 가슴 아팠지."

"나리……."

"돌아와서 기쁘오. 당신이 돌아와 줘서……. 이렇게 내 눈앞에 가까이 서 줘서 정말 고맙소. 앞으론 그리 떠나지 마시오. 그리 말도 없이 혼자…… 제발 그러지 마시오."

도경은 이를 어떻게 받아들여야 할지 몰라 어지러웠다. 지난번에 말도 없이 감우당을 떠났으니 틀린 말은 아니지만, 과연 그때의 일을 의미하는 것일까.

그의 눈가에 드리워진 절박함의 실체를 의심하면서도 조심히 다가가 막 흘러내린 그의 눈물을 닦아 주었다.

"왜 이러십니까?"

"후회스러워서."

"무엇이요?"

"모든 게 다."

그리 말한 재헌은 도경을 당겨 꽉 끌어안았다. 삽시에 벌어진 접촉이 당황스러우면서도 저항하지 않았다. 기분 좋은 향기가 밀려와 전신을 에워쌌다. 한번 스며들면 헤어나지 못할 듯이 깊으면서도 세상의 모진 풍파를 막아 줄 듯 안정감을 주는 품이었다.

그의 등에 팔을 두르고 눈을 감았다. 짧게 지나는 새벽빛처럼 드물게 찾아온 이 순간의 따뜻함을 아무 생각 없이 누리고만 싶은데…….

"이쪽이 맞나?"

어디선가 익숙한 목소리가 들려왔다. 나른하게 감겼던 눈을 뜨고 그를 올려다보니 재헌은 아쉬움이 짙게 밴 얼굴이었다.

"당신 오라버니들이 원길 그자를 직접 만나야겠다고 해서. 나 또한 대화를 통해 배후가 혜명 윤문이 아님을 확실히 밝혀 둘 필요가 있다고 생각했소."

귀가 솔깃해지는 옳은 결정이었다. 안 그래도 도경은 여은의 일이 처리되는 대로 그자를 만나게 해 달라고 부탁할 작정이었다. 조금 전의 대화로 재헌에게 확인해야 할 부분이 생기긴 했으나 과거, 혜명 윤문이 몰락하는 데 결정적 역할을 한 것으로 추정되는 사내의 일보단 급하지 않았다.

도경은 고개를 끄덕이고 그에게서 떨어져 삐뚤어진 옷고름을 매만졌다. 다소곳이 그의 옆에 자리를 잡고는 오라버니들이 모퉁이를 돌아 나타나길 기다렸다.

두런두런 대화하며 담장을 돌던 삼 형제는 나란히 서 있는 두 남녀를 발견하고 우뚝 멈춰 섰다. 첫째는 놀란 빛이 또렷했고, 둘째는 단박에 인상을 찌푸렸으며, 셋째는 눈을 가늘게 뜨고 두 사람을 요리조리 뜯어보았다.

빠르게 정신을 차리고 행동에 나선 사람은 둘째 주원이었다.

"뭐야, 니들?"

"너희가 이 시각에 왜 같이 나와 있느냐?"

시비조로 재헌에게 돌진하는 아우를 가로막고 첫째 무원이 재빨리 다가와 떨떠름하게 물었다.

"원길이라는 자를 만나신다면서요? 저도 같이 고방에 가 보려고요."

"뭐?"

도경의 대답에 깜짝 놀란 이는 삼 형제만이 아니었다. 단정하게 서 있던 재헌마저 질색하며 이의를 제기했다.

"무슨 소리요, 그게? 그자를 만나 무얼 하려고? 소저까지 나설 필요는 없소!"

"그건 정언의 말이 옳다."

"그래, 막내야. 고운 눈에 그런 놈을 담을 필요는 없어!"

"이봐, 채 정언! 네가 뭔데 우리 도경이한테 이래라저래라야!"

줄줄이 이어진 만류를 뚫고 주원에게서 쏟아진 불똥 같은 호통이 이질적이었다. 모두의 시선을 한 몸에 받으면서도 그는 꼿꼿하게 자신만의 주장을 펼쳤다.

"내 말이 틀려? 그렇게 걱정되면 애초에 그 사실을 알리지 말았어야지! 심란하게 왜 그놈 얘길 해서 애 잠도 못 자게 하냐고!"

일리 있는 소리라고 판단했는지 이번엔 무원과 희원이 재헌에게 못마땅한 눈길을 보냈다. 주도권을 쥔 주원은 공세의 수위를 높였다.

"그리고, 우리 누이한테 말 거는 게 왜 그렇게 자연스러워? 설마 이번 일을 핑계로 사심 품고 막 접근했던 거 아니야? 조금 전에 분위기가 이상했다고, 너!"

"그만하세요, 오라버니!"

점차 과격해지는 둘째에게 도경은 대차게 언성을 높였다. 재헌을 적극적으로 싸고도는 행위는 아니었다. 세 오라비의 눈총에도 언젠가 겪어야 할 일을 예행연습이라도 하듯 묵묵히 당하고만 있는 재헌의 태도가 불안했다. 저러다가 불쑥 조금 전과 같이 감당할 수 없는 언사를 해 버리면 곤란해지는 쪽은 자신이었다.

"가족이 역도로 몰려 죽게 생겼는데 제가 몰라야 한다는 건 말이 되지 않습니다."

"도경아, 어찌 그리 예쁜 입으로 살벌한 소리를 하느냐!"

주원은 그런 직설적인 말을 들을 줄 몰랐다며 충격받은 얼굴이었다. 무원 역시 안타까운 기색이었다.

"네가 걱정할 일이 아니다. 그런 일은 절대 일어나지 않아!"

"그럼 자세히 말씀해 주세요. 고 서방은 어찌 되었나요?"

"그자는…… 아직 만나 보지 못했다."

"예? 그게 무슨 말씀입니까?"

"설마 그자가 벌써 도망간 겁니까? 저희가 행방을 확인했었습니다!"

무슨 말을 들어도 침묵했던 재헌이 이 대목에 한해서는 가만있지 못했다.

"그런 게 아니네."

두 사람이 불안해하자 셋째 희원이 얼른 설명에 나섰다.

"자네 얘길 듣고 안국방에 가 보니 고향 집에 처리할 일이 남았다며 오후에 떠났다더군. 사람을 보내 잡아 오라고 했으니 곧 소식이 올 걸세."

"고향 집에 간 게 맞긴 합니까?"

"우선은 그렇게 믿어야지. 우리가 알았다는 걸 그자가 어떻게 눈치채고 움직였겠나?"

"혼인할 사람이 있지 않습니까! 혹시 모르니 그 여인을 주목해야 합니다."

조급해진 도경이 대책을 제시했다. 그러나 삼 형제의 표정은 좋지 않았다.

"왜들 그러셔요?"

"고계성 그놈은 하나부터 열까지 전부 거짓이었다."

아무리 생각해도 괘씸하다며 주원이 토해 낸 말들은 상상 이상이었다.

"안 그래도 그놈한테 사람을 보내고, 혼인한다는 여인부터 수소문해 보았다. 그런데 모두가 얘기만 들었지, 그 여인을 알 거나 직접 보았다는 사람이 아무도 없어!"

"그럴 리가……. 유모 말에 의하면 신부에게 어린 아우가 있어 여태껏 혼인하지 못했다고 하였습니다."

"전부 그놈한테 들은 말뿐이었다. 사람을 풀어 샅샅이 뒤지고 있지만 아직 그런 여인이 있다는 소식은 들어오지 않았어."

"그럼 가상의 인물이었단 말입니까?"

재헌도 이런 경우는 예상치 못해 적잖이 당황했다.

"의심받지 않고 자연스레 안국방을 떠나려고 수를 쓴 게지. 어쩐지, 관청에서 서리 자리 하나 얻는 게 소원이라고 하더니 느닷없이 낙향해 농사짓겠다고 해 이상하다고 했다. 그놈이 우리 집안을 팔아먹고 한몫 단단히 챙긴 게 틀림없어!"

도경은 눈앞이 컴컴해 조용히 숨을 골랐다. 고계성은 다정한 사람이었다. 도성 근처 별저에서 지낼 때 본가를 오가며 외부의 일을 도맡아 주었고, 감우당으로 가는 길목에서는 예쁜 꽃다발을 만들어 선사해 주었다.

그의 성실함이 고마워, 혼인하여 낙향한다는 소식을 들었을 때 많이 서운했다. 행복하길 바라는 마음으로 농법과 관련한 서책이며 신부의 패물까지 직접 챙겨 선물했다. 실은 그가 혜명 윤문을 망하게 한 한 축이요, 재헌의 몸을 망친 원수인 줄도 모르고.

쓰린 배신감이 고약한 편두통을 몰고 왔지만 길게 속 끓일

사안은 아니었다. 과거와 달리 배후를 캘 수 있는 결정적 인물을 확보하고 있으니 그가 저지른 만행을 고대로 되돌리면 그만이었다.

"오라버니, 그를 잡을 순 있는 거죠?"

"걱정하지 마라. 설령 길이 어긋난다고 해도 나흘 뒤엔 돌아온다고 했다니 아무 일도 없는 척 반겨 주면서 단숨에 포박하면 된다."

"알겠습니다. 하면 이제 고방에 잡혀 있는 그자부터 만나 봐요."

도경은 비장함을 품고 다음 순서로 넘어가려고 했으나 누구도 선뜻 그러자고 호응하지 않았다. 삼 형제의 두 눈에 너는 그냥 처소로 돌아가면 안 되겠냐는 애원이 넘실거렸다. 재헌 역시 다르지 않았다.

"그대가 거길 꼭 가야겠소?"

"물론입니다. 이건 우리 가문의 명운이 걸린 일이니까요."

더는 사내들의 대답을 기다리지 않았다. 팩 돌아선 도경은 연무장의 고방을 향해 성큼성큼 두 발을 움직였다.

동이 트고 새 지저귀는 소리가 경쾌한 이른 아침. 혜명 윤문의 삼 형제가 소문으로만 듣던 목멱산 기슭의 감우당에 발을 들여놓았다. 자연과 어우러진 풍광을 시작으로 선명한 색감, 상쾌한 공기, 심지어 불어오는 바람마저도 달콤한데 주원의 날카로운 두 눈은 앞서가는 두 남녀에게 고정되어 있었다.

누이의 고집을 꺾지 못해 어쩔 수 없이 함께 가면서도 기분이 저조했다. 도경이 말을 듣지 않은 적이 한두 번도 아닌데 오늘따라 왜 이렇게 신경에 거슬릴까. 풀리지 않던 의문은 누이의 옆에서 걷고 있는 키가 큰 재헌의 뒷모습에 이르러 어렴풋이 해소되었다.

"쟤들이 왜 나란히 걷는 거야? 도경이는 우리 쪽으로 와야 하지 않아?"

"먼저 움직이지 않았습니까. 정언은 길을 안내하는 중이고요."

희원은 별걸로 다 예민하게 군다는 어조였다.

"그런가?"

아우의 핀잔을 곧이곧대로 받아들이면서도 주원은 찜찜한 기분을 떨치지 못했다. 잔뜩 의심스러운 눈으로 누이의 옆자리를 사수 중인 재헌의 뒤통수를 노려보았다.

가만 돌이켜 보니 그에게서 풍기는 이 수상한 기운이 오늘만의 문제가 아니었다. 언제부터인가 따가운 눈초리가 느껴진다 싶어 돌아보면 거기에 늘 채재헌이 있었다. 안타깝게도 눈이 마주치기도 전에 저쪽에서 먼저 고개를 돌려, 심증은 강한데 왜 그렇게 빤히 보냐고 따져 묻지 못했다.

벼르고 벼르던 어느 날, 부친을 모시고 대전의 바깥문을 넘어가다 재헌과 정면으로 마주친 적이 있었다. 평소의 그라면 건방지게 고개를 까딱하고 지나쳤을 텐데 그날따라 차갑게 굳어 꼼짝도 안 했다. 하는 짓이 괴이해 언제나 여유로운 부친마저 눈을 가늘게 뜨고 한참이나 그를 쳐다보았다.

저게 왜 저러나 싶어 한마디 하려던 차, 채재헌이 두 손을 앞으로 모으고 고개를 숙였다. 지금까지 본 것 중에 가장 깊고 정중하게. 본인이 여태껏 이쪽 사람들에게 어떻게 인사해 왔는지 잊어버린 사람처럼 아주아주 진심으로 예를 갖춘 태도였다.

부친의 두 눈이 휘둥그레지는 걸 주원은 그때 처음 보았다. 표현은 안 하셨지만 괴상타 여기셨는지, 아무 말 없이 지나친 뒤에도 흘깃흘깃 채재헌을 돌아보셨다.

당시 그는 저게 철이 들었나 하며 넘어갔는데, 암만 봐도 하는 짓이 매우 수상쩍었다. 주원은 누이 옆에 붙어 떨어지지 않는 그를 집중적으로 쏘아보다가 나란히 걷고 있는 희원에게 소곤거렸다.

"쟤들 좀 이상하지 않아?"

"아니요."

"자세히 좀 보고 말해!"

심드렁한 아우의 대답에 벌컥 열불이 솟았다. 희원은 귀찮다는 표정이었다.

"그만하세요, 형님. 자꾸 의심하시니까 그렇게 보이는 겁니다."

"그래, 주원아. 쓸데없이 오해하지 마라. 도경이가 지금 딴생각할 여력이 어디 있겠느냐."

"그렇지가 않다니까요, 형님! 지난번에 제가……!"

주원은 욱하여 반박하다가 다음 말을 잇지 못했다. 무엇을 봤는지 무원과 희원이 경악하여 걸음을 멈췄다. 그들의 시선을 따라 앞을 보니 재헌과 도경도 마찬가지로 얼어 있었다. 키 큰 녀석 때문에 시야가 차단돼 상체를 옆으로 살짝 빼 보았다. 한눈에 들어온 광경에 그 또한 급속도로 심각해져 목청을 높였다.

"뭐야, 저거?"

기습 사건의 가담자이자 혜명 윤문이 그 배후라고 철석같이 믿고 있다는 사내. 그자를 가둬 두었던 고방의 문이 부서진 채 너덜너덜하게 열려 있었다.

변형된 불행

고계성은 끝내 돌아오지 않았다. 고향 집에도 오지 않았다는 그는 중간에 하늘로 솟았는지 땅으로 꺼졌는지 흔적 없이 자취를 감추었다.

고방에서 사라진 원길의 행방도 묘연했다. 자물쇠를 파손하려다 여의치 않자 누군가 밖에서 문을 부쉈다는 말에는 등골이 오싹했다.

그자가 갇힌 것을 어느 누가 알고 쫓아왔단 말인가.

원길이 사라진 건 자의인가 타의인가.

큰 고비를 넘긴 줄 알았는데 모든 일이 원점으로 되돌아와 불안이 증폭되었다.

예성 채문과 혜명 윤문의 사내들은 예외적으로 긴밀히 공조해 미친 듯이 뛰어다녔다. 걱정하지 말라며 사라졌던 재헌도 지난 며칠 얼굴 한번 보지 못했다. 예민해진 도경은 밤마다 잠을 자지 못하고 뒤척거렸다. 꾸역꾸역 수를 놓으며 무슨 소식이라도 전해지길 애타게 기다리던 어느 날, 감우당에는 뜻밖에도 왕실에서 보낸 파발이 도착했다.

"이게 무슨 일이랍니까, 갑자기 대비마마께서 납시다니요!"

시름에 젖어 넋을 놓고 있다가 안채에서 전해진 소식에 도경과 열비가 허겁지겁 움직였다. 급히 차림새를 다듬고 정문 밖으로 나가니, 등청한 이들을 제외하고 채 대감과 명원 대군을 선두로 모두가 나와 도열해 있었다.

꼴찌로 도착한 도경은 종종걸음을 쳐 자영 옆에 가 섰다. 대비를 모신 행렬은 저 앞에 성큼 다가와 있었다.

"괜찮으세요?"

후우, 안도의 숨을 쉬니 자영이 측은한 눈길을 보냈다.

"예. 늦지 않아 다행입니다. 갑자기 무슨 날벼락입니까?"

"마마께서 덕양 김문의 부인들과 행궁에 다녀오시는 길이랍니다. 오늘따라 멀미가 심하시어 더는 연을 탈 수 없다고 하셔서 감우당에서 하룻밤 모시기로 하였습니다."

도경은 고개를 끄덕이고 자세를 바로 하다 어디선가 느껴지는 따가운 시선에 흘끔 옆을 보았다. 건너편에 나와 있는 민태호가 이쪽을 쏘아보고 있었다. 눈이 마주치자 그는 싸늘히 정색하고 고개를 돌려 버렸다.

제 누이만 따돌리고 둘이서만 속닥인다고 오해하였나?

도경은 자영 옆에 서 있는 서윤의 옆모습을 흘긋거렸다. 은근히 신경 쓰이긴 했지만, 그것도 대비를 모신 행렬이 당도해 뒷전으로 밀려났다. 부축을 받으며 연에서 내린 대비는 채 대감을 향해 반갑게 웃으며 다가왔다.

"오랜만에 뵙습니다, 대감."

"어서 오시옵소서, 마마. 감우당에서 모시게 되어 영광이옵니다."

"무슨 말씀을요. 흔쾌히 환영해 주셔서 이 사람이야말로 감사합니다. 덕분에 절경으로 명성이 자자한 감우당을 두 눈에 직접 담게 되었습니다."

정부인과도 덕담을 나눈 대비는 나란히 서 있는 세 명의 규수를 향해 인자한 미소를 짓다가 금세 의문을 드러냈다.

"어째 여은이가 안 보이는구나?"

"김 규수는 얼마 전 본가에 일이 있어 갔다가 아직 돌아오지 않았사옵니다."

"아직도?"

호판이 언질을 주지 않았는지 대비는 영문을 전혀 모르는 얼굴이었다. 여은의 행적을 아는 도경만 시치미를 떼고 눈을 내리깔았다.

교령의 전언에 의하면 호판은 물밑에서 격렬히 움직이고 있었다. 혹여 소문이라도 퍼져 나갈까, 입단속을 단단히 한 채 은밀히 사람을 풀어 도성을 샅샅이 뒤지는 중이었다. 그제는 추노로서의 경력이 화려했던 자까지 비밀리에 호판 댁에 들었다고 하니, 조심 또 조심할 필요가 있었다.

"문 상궁."

"예, 마마."

"여은이에게 무슨 일이 있는지 사람을 보내 알아보도록 해라."

"분부 받잡겠나이다."

도경의 한쪽 눈썹이 활처럼 위로 휘어졌다.

'문 상궁?'

그러고 보니 대비의 심복이라는 강 상궁이 보이지 않았다. 저 어른 곁에 붙어 입안의 혀처럼 굴던 이였는데……. 대신에 처음 보는 얼굴이 대비전의 궁녀들을 통솔하고 있었다.

정부인 채씨의 안내를 받아 대비가 감우당의 안채로 옥보를 옮겼다. 일행인 덕양 김문의 부인들과 세 명의 규수도 그 뒤를 따랐다. 자영과 걷다가 슬그머니 뒤로 빠진 도경은 가까이 있는 하급 궁녀에게 넌지시 말을 걸었다.

"저기……."

"예?"

두 손을 모으고 얌전히 걷던 궁녀가 도경을 보았다.

"강 상궁 마마님은 어디 가셨습니까?"

"그건 어찌 물으십니까?"

젊은 궁녀는 대번에 경계했다.

"전 영의정 윤이환 대감의 여식입니다."

"아, 그러셨군요! 몰라뵈어 송구합니다."

간택 내정자라는 소문 때문인지 궁녀는 걸으면서도 공손히 예를 올렸다.

"아니요, 그러실 필요는 없습니다. 저는 그냥, 늘 대비마마 곁을 지키던 분이 아니 계시어 근황이 궁금했습니다."

"그게 실은……."

궁녀는 음성을 낮추고 소곤거렸다.

"얼마 전에 출궁하셨습니다."

"출궁이요?"

도경은 눈이 화등잔만 하게 커졌다. 나이가 들어 기력이 쇠한 것도 아닌데 대비의 신임을 받던 상궁이 이토록 갑자기 출궁했다니 믿기지 않았다.

"어디 몹쓸 병에라도 걸리신 겁니까?"

"자세한 건 소인도 알지 못합니다. 하루아침에 벌어진 일이라 경황이 없었고, 이후 함구령이 떨어져 모두가 조심하는 중입니다."

"그랬군요. 귀띔해 주셔서 감사합니다."

더 이상의 질문은 궁녀를 난처하게 할 뿐이었다. 도경은 깔끔히 물러난 뒤 속으로 끌끌 혀를 찼다.

대비전의 뒷배를 믿고 그리 위세를 떨더니…….

사람의 인생사가 덧없게 느껴져 마냥 통쾌한 소식만은 아니었다.

감우당의 안채가 오랜만에 시끌벅적했다. 세 규수는 그동안 수놓았던 결과물을 부인들께 내보였고, 대비는 기특하다며 모두에게 용채와 비단을 내려 주었다. 황송하다며 천연덕스럽게 아양을 떨면서도 도경은 이중적인 대비가 가증스럽게 느껴졌다. 가뜩이나 걱정이 많은데 대비의 꿍꿍이까지 가늠해 보려니 그날 밤도 쉬이 잠들지 못하고 뒤채었다.

다음 날, 웬 아이 하나가 처소에 나타난 건 잠에서 일찍 깬 도경이 마당을 서성이며 심란해하고 있을 때였다. 통통한 체격의 남자아이가 무해하게 웃으며 올려다보는 양이 귀여웠다.

"넌 누구니?"

"심부름하러 왔습니다."

"무슨 심부름?"

"원림의 고목으로 조용히 나오라고 하셨습니다."

"누가?"

저절로 떠오르는 얼굴이 있긴 했지만, 확인이 먼저였다.

"모릅니다. 저는 말씀드렸습니다!"

하지만 아이는 제 할 일을 끝냈다며 답도 없이 몸을 돌려 뛰쳐나갔다. 도경은 아이를 부르려다가 그만두었다. 어차피 원림의 고목에서 만나자고 할 사람은 한 명밖에 없었다. 급히 전할 말이 있는데 대비께서 와 계시니 석이 대신 아이를 보냈을 것으로 추측되었다.

도경은 망설이지 않고 원림으로 방향을 잡았다. 조반을 들기 전까지 시간이 넉넉하게 남아 있었고 소셋물을 치운 열비도 쉬는 중이었다. 지난 며칠, 원길과 고계성의 소식을 목 빠지게 기다려 온 터라 미적거릴 이유가 없었다.

후원과 원림을 가로질러 꽃나무를 따라 빙 돌았다. 화사한 꽃나무 사이, 고목으로 연결된 입구에 도착해 주춤하였다. 인기척을 듣고 돌아본 사내는 재헌이 아닌 무복 차림의 정이었다.

천둥 번개가 요란했던 그 밤, 얼굴을 흙탕물에 처박고 쓰러졌던 장면이 뇌리를 스침과 동시에 명치에 찌르르 아픔이 느껴졌다. 무릎이라도 꿇고 사죄하고 싶어도 현재의 흐름으로는 맞지 않아 입꼬리를 잔잔히 올리고 그에게 다가갔다.

"잘 다녀왔니?"

"예, 아가씨."

그가 가까이 다가온 도경에게 예를 갖춰 인사했다.

"여은 낭자는 어떠셔?"

"가는 내내 긴장하셨으나 은신처에 도착한 이후론 편안해 보이셨습니다."

"네가 그들과 동행해 나도 한시름 놓고 있었다. 고생 많았어."

"소인이 해야 할 역할을 수행한 것뿐입니다."

정은 겸손히 자신을 낮추었다.

"언제 올라왔니?"

"거처에 모셔다드리고 저희는 바로 올라왔습니다. 원길과 고계성의 일로 가회방에 머물며 큰 도련님을 도와드렸고요. 감우당에는 오늘 새벽에 도착했습니다."

"새로운 소식은 없고? 두 사람은 여전히 종적이 묘연하니?"

"안타깝게도 아직은 그렇습니다."

도경은 실망한 기색을 감추고 고개를 끄덕였다. 사소한 실수도 아니고 목숨이 걸린 일이니, 작정하고 숨었다면 찾아내기란 쉬운 일이 아니었다.

"그건 그렇고, 날 보자고 한 이유는 뭐야? 나리께서 보내신 전언이라도 있어?"

"예?"

그 무슨 엉뚱한 말씀이시냐는 듯 정의 눈이 약간 커다래졌다.

"소인은 아가씨의 연락을 받고 나온 겁니다."

"무슨 소리야. 나야말로 네가 나오라고 해서……."

도경은 곧장 반박하다가 혹시나 하여 확인했다.

"남자아이가 왔었니? 통통하고 코끝에 점이 있는?"

"아니요. 여자아이였습니다."

"설명은 나중에 하고, 일단 여기서 헤어지자."

느낌이 좋지 않았다. 도경이 서둘러 자리를 떠나려는데, 꽃나무 사이로 시커먼 덩어리가 어깨 쪽으로 날아왔다. 뒤이어 튀어나온 커다란 누렁이 한 마리도 눈 깜짝할 새 날아올라 도경에게 달려들었다. 너무 놀라 악, 소리도 나오지 않았다.

운동 신경이 발달한 정이 잽싸게 몸을 날렸다. 도경을 감싸 안고 흥분한 누렁이를 피하긴 하였지만 두 사람은 균형을 잃고 바닥에 나동그라졌다.

"으윽……."

덩치 큰 사내 밑에 깔린 도경에게서 옅은 신음이 흘러나왔다.

"세상에······!"

이어서 들려온 기척은 탄식이 섞인 낯선 음성이었다. 민망한 자세를 하고 있으나 정신이 없어 자각하지 못한 두 사람이 소리가 난 쪽을 쳐다보았다. 대비의 일행인 숙부인이 혐오감을 띠고 바라보고 있었다.

"왜 그러십니까?"

뒤를 이어 다른 부인들과 대비까지 연이어 나타났다. 그제야 상황을 인지한 정이 엎어져 있던 몸을 벌떡 일으켰다. 본의 아니게 그 아래에 깔려 있던 도경도 힘으로 일으켜 세웠다.

순식간에 벌어진 일이라 경황이 없던 도경은 부인들의 싸늘한 시선을 마주하고 정신이 번쩍 들었다. 사당패가 되어 돌아온 천한 신분의 화공과 감우당에서 재회해 눈이 맞았다는, 과거 억울했던 그 누명을 이런 식의 변형으로 반복되게 할 순 없었다.

냉정을 찾은 도경은 떳떳하게 고개를 들고 얄궂었던 조금 전의 상황을 설명했다.

"마마, 오해하지 말아 주소서. 꽃나무 사이로 덩치 큰 개 한 마리가 튀어나와 저를 덮치려 했기에 이 아이가 도와준 것뿐이옵니다."

그 증거로 누렁이를 찾아 주위를 두리번거렸다. 개는커녕 누런 털 한 가닥 보이지 않았다. 도경은 눈앞이 캄캄해져 가슴에 비스듬히 손을 얹었다. 얼굴이 흙빛이 된 정은 마을 어귀의 장승처럼 부동자세로 서서 꼼짝도 못 했다.

부인들은 못 볼 꼴이라도 본 듯 노골적으로 경멸을 드러냈다.

"뻔뻔한 것도 유분수지. 불경스럽게 어디서 저런 거짓말을……! 이보시오, 윤 소저, 그 옷고름이라도 똑바로 매고 말하시오!"

"마마, 더 들을 필요도 없사옵니다. 산보를 끝내고 이만 돌아가시지요."

"아니요. 그리하면 아니 되지요."

"하오나 마마……!"

"숙부인, 우리가 이대로 자리를 떠나면 윤 규수가 곤란하지 않겠습니까? 오해가 있다면 제대로 풀어야 합니다."

세 명의 부인과 여러 궁녀에게 둘러싸인 대비는 의외로 동조하지 않고 이성적이었다. 혜명 윤문의 면을 생각해 편을 들어 주시려나, 반짝 기대했던 순진함은 다정하고도 잔인한 그녀의 미소 앞에서 초라하게 외면당했다.

"이보게, 문 상궁."

"예, 마마."

"감우당에 있는 모두를 불러 모아라. 방금 본 저 행동에 어떤 오해가 있었는지 내 다 같이 들어 보고 판단할 것이야."

도경은 무릎이 바들바들 떨리면서도 하도 어이가 없어 대비를 똑바로 직시했다. 앞과 뒤가 다른 저 늙은 여우는 오늘도 본성을 버리지 못하고 판을 크게 키우려는 심산이었다.

안채도 바깥도 아닌 연무장의 넓은 마당에 자리가 마련되었다. 채 대감을 시작으로 등청하려다 불려 온 이판과 재윤, 거기에 명원 대군까지 차례차례 나타났다.

대비는 안채의 여인들을 기본으로 궁녀와 군관, 하물며 예성 채문의 하인들까지 입장을 허락했다. 아예 망신을 주기로 작정한 기세였는데, 막상 사람들을 모아 놓고는 엉큼하게도 제삼자적 입장을 견지했다.

"숙부인, 윤 규수는 분명 그것이 오해라고 하였소. 그대의 주장에 한 치의 거짓이라도 있다면 이는 혜명 윤문 전체를 모욕하는 것이오."

대비 체면에 진흙탕 속에서 같이 뒹굴 순 없으니 시립한 덕양 김문의 부인들에게 먹잇감을 던져 주고 알아서 찢어 보라는 속셈이었다. 안 그래도 일상이 무료했던 부인들이 이런 기회를 놓칠 리 없었다.

"마마, 소인이 어느 안전이라고 거짓을 고하겠나이까."

지나치게 거대해진 혜명 윤문을 향한 아니꼬움과 이른 아침 사대부가 규수가 으슥한 곳에서 근육질의 무사를 만나 할 일이란 하나밖에 없다는 어리석은 편견으로 공격을 강행했다.

"제가 무리보다 한발 앞서 도착하였을 때 저 둘이 서로를 부둥켜안고 바닥을 뒹굴고 있었나이다. 제 다음으로 도착한 신씨

부인도 보지 않았습니까?"

"글쎄요. 뭐……."

신씨 부인은 왜 저까지 끌어들이냐며 곤혹스러운 척하다가 이내 심술을 드러냈다.

"서로 좋아서 그런 건지 어쩐 건지 모르겠으나, 윤 규수가 저 사내의 밑에 깔려 있던 것은 사실입니다."

노골적인 표현에 어린 궁녀들이 먼저 동요했다. 두 귀가 빨개져 인파 한가운데에 내던져진 도경과 정을 향해 쑥덕거렸다.

치욕스러운 순간이었지만 여기서 밀리면 끝장이었다. 도경은 주눅 들지 않고 의연하게 대처하기로 했다.

"그런 게 아니라고 이미 몇 번이나 말씀드렸습니다. 어찌하여 단면만 보시고 본질을 왜곡하려 하십니까?"

"예, 어디선가 커다란 개가 나타나 소저를 덮치려고 했기에 저 사내가 도왔다고 말하였지요. 하나 저는 거기서 개는커녕 다람쥐 한 마리 보지 못했습니다. 창피한 줄도 모르고 흙바닥에 드러누워 좋아 죽더니, 개는 무슨……."

"마마, 소인은 거짓말을 하지 않았사옵니다. 정이 이 아인 예성 채문의 충직한 무사로, 곤경에 빠진 저를 도왔을 뿐이옵니다. 여기를 봐 주십시오!"

도경은 제 어깨 부위를 가리켰다.

당할 때는 몰랐으나 뒤늦게 되짚어 보니, 꽃나무 사이로 느닷없이 날아온 물체는 양념된 고깃덩어리였다. 이전부터 냄새를 맡았을 덩치 큰 개는 흥분한 상태로 고기를 따라 달려든 것이었고. 결과적으로 누군가 도경의 평판을 망치기 위해 고의로 저지른 악행이 틀림없었다.

도경의 부탁에 후다닥 뛰어나온 사람은 자영이었다.

"어디요? 정확히 어디를 보면 되나요?"

자영은 질문하면서도 양념이 밴 부위를 발견하고 꼼꼼히 들여다보았다. 킁킁거리며 냄새도 맡았다.

"육적 양념 같은데?"

고개를 갸우뚱거리자 이번에는 예천댁이 달려 나왔다. 배 아파 낳진 못했으나 자식으로 거둬 금이야 옥이야 키운 아들이 궁지에 몰렸으니 무엇이라도 해야겠다는 어미의 마음이었다.

요리조리 들여다보고 냄새를 맡은 그녀가 자영의 말에 힘을 실었다.

"맞습니다! 어제 찬방에서 준비해 저녁으로 올렸던 육적 양념입니다."

도경은 이때를 놓치지 않았다.

"꽃나무 사이로 양념이 밴 고깃덩어리가 날아왔습니다. 그것이 제 어깨를 맞혔고, 흥분한 개는 고깃덩어리를 따라 소인에게 달려들었습니다. 급작스럽게 벌어진 일로 옴짝달싹 못 하고 있자 반응 속도가 빠른 정이가 몸을 던져 도와준 것입니다. 그 과정에서 균형을 잃고 쓰러졌는데, 하필 그 순간 숙부인께서 나타나셨습니다."

"그렇게 된 거였군요!"

숙부인이 반박할 새도 없이 자영이 냉큼 호응했다. 그도 그럴 것이, 정부인을 제외한 대군과 예성 채문의 사람들은 도경이 누구와 애정 관계로 얽혀 있는지 빤히 알고 있었다. 이 소동이 터무니없다는 걸 알면서도 상대를 잘못짚었다고 정정해 줄 순 없기에 속으로 애만 태우는 중이었다. 그러다 적절한 계기를 통해 한 명씩 뛰쳐나오더니, 급기야 재윤까지 나서 숙부인의 기세를 팍 꺾었다.

"정아, 혹 그 개가 누렁이 아니냐?"

"예. 맞습니다, 도련님!"

"여기 개털이 붙어 있네!"

어느새 곁에 와서 정을 샅샅이 훑던 대군이 등에 묻은 개털을 발견하고 크게 소리쳤다. 미처 거기까지 살피지 못한 정이 몸을 틀어 그것을 보려 하자 대군과 재윤은 기껏 발견한 증거물이 떨어질세라 움직이지 말라며 눈총을 주었다. 그러곤 숙부인을 향해 자신만만하게 제안했다.

"부인, 이리 와서 직접 보십시오. 마침 검은색 옷이라 누런 개털이 선명하게 잘 보입니다. 기특한 이 녀석이 소저를 보호하기 위해 달려든 개를 몸으로 막아 냈나 봅니다."

"대, 대군 자가……."

숙부인은 떫은 감 씹은 표정으로 주위를 둘러보았다. 사람들은 이미 저쪽에 동화돼 웅성거리고 있었다. 이를 어떻게 마무리 지어야 할지 몰라 대비의 눈치를 살피는데, 이제껏 묵묵히 관망했던 채 대감마저 전면에 등장했다.

"마마, 이 정도면 오해가 풀렸으리라고 사료되옵니다. 일방적인 속단으로 규중처자의 혼삿길을 막을 뻔했으니 숙부인께선 큰 결례를 저지른 것이옵니다."

"대감……!"

숙부인은 두 뺨이 붉어져 대비를 흘끔거렸다.

"하나 사람이라면 누구나 실수하는 법이지요. 이쯤에서 숙부인이 사과하는 것으로 오늘의 소동을 일단락 지으면 어떠하겠나이까?"

점잖고도 합리적인 판결이었다. 순순히 받아들여야 할 일임에도, 무슨 까닭인지 허락이 떨어지지 않았다. 모두의 시선이 한쪽으로 쏠렸다. 침묵 중인 대비의 입매가 미묘히 틀어져 있었다.

좋았던 기분이 한순간에 추락해 바닥으로 처박혔다. 본인의 처사가 과했다는 걸 대비 자신도 모르지 않았다. 다만, 윤도경을 찍어 누를 흔치 않은 기회였기에 일단 벼랑 끝에 몰아 놓고 하는 양을 봐서 구해 줄 요량이었다.

그런데 요것 봐라?

윤도경이 사지에 몰리자 예성 채문 사람들이 앞다투어 나서서 그녀를 돕기에 혈안이었다. 이는 대단히 위험한 징조였다. 윤도경과 채재헌의 사이가 예사롭지 않은 이때, 두 가문이 덜컥 손이라도 잡는다면 왕실엔 최대의 위협으로 작용할 것이다. 국본의 자리가 비어 있으니 채여준과 윤이환이 마음만 먹는다면 명원 대군을 왕세제로 올리는 건 일도 아닐 터였다.

내가 괜한 짓을 한 게 아닐까?

채재헌과 윤도경을 아예 붙여 놓지 말았어야 했던 건가?

대비는 허점이 있어도 미련을 버리지 못했던 지난날의 계획이 어리석은 판단 착오였음을 이제야 완벽히 자인했다. 그리하여 최근 호판의 황당한 고백으로 심란했던 속마음이 순식간에 차분하게 가라앉았다.

'마마, 그건 역모가 아니었사옵니다. 완전하고 무결한 승리를 도출하기 위해 결정적인 발판을 마련한 것이지요.'

습격 사건의 진상을 듣고 어이가 없어 폭발하자 아우는 허무맹랑한 소리를 지껄였다.

'그러다 용체가 상하셨으면 어찌하려고! 계획이 실패로 돌아가 덕양 김문이 끝장날 수도 있었음이야! 어찌 상의 한마디 없이 그런 엄청난 짓을 저질러!'

'본래 위험한 도박일수록 성공했을 때 돌아오는 보상이 큰 법이지요. 처음부터 전하께 해가 미칠 사안은 아니었사옵니다. 더군다나 이미 성공하지 않았습니까. 채재헌이 멀쩡한 게 아쉽기는 하지만, 그 부분은 예성 채문과 사돈을 맺으면 그만입니다. 우리는 꽃놀이패를 얻은 격이니 마마께선 이 아우와 최종적인 승리를 만끽하시면 될 일이옵니다.'

어벙하게 굴다가도 한 번씩 감당하기 힘들 만큼 대대적인 사고를 치는 아우였다. 그 덕에 중전이 되고 대비까지 되었으나, 솔직히 가끔은 그의 예측할 수 없는 무모함이 부담스러웠다.

원길이란 자객 하나를 죽지 않을 정도로만 상처를 내 도망치게 했다는 말을 들었을 땐 섬뜩하기도 했다. 아우는 혜명 윤문의 겸인이라는 자의 호패를 훔치게 해 당사자가 떨어뜨린 척 원길이라는 놈이 줍도록 유도했다.

대체 왜 그자를 선택했냐는 물음엔 천연덕스럽게 대답했다.

'그놈이 큰일만 치르고 돌아오면 뒷간부터 가는 습관이 있었지요. 목격자 하나만 살리고 죽음으로 모두의 입을 막고자 했을 때 그 희한한 버릇이 꽤 유용하였습니다.'

피식거리며 일 년이 넘도록 그자를 지켜보았다는 말엔 등골이 오싹하기도 했다.

'너무 일찍 나타나도 곤란했사옵니다. 묵히고, 묵히고, 묵히다 모두가 방심했을 때. 그때 빵 터트려야 제대로 갈아엎을 수 있으니까요.'

그토록 덜렁대다가도 생각지도 못한 데서 치밀한 아우가 처음으로 무섭게 느껴졌다. 이따금 조카인 성욱이 상식 밖의 일을 턱턱 저질러 질리고는 했는데 그것이 모두 제 아비를 닮았음이었다. 대비는 아우의 그런 성정이 언젠가 주상에게 화가 될지도 모른다고 판단했다.

그래서 이번 일엔 발을 들이지도 빼지도 않고 신중한 입장을 취했다. 답답한 마음에 늘 있던 멀미를 핑계 삼아 감우당에 들렀다. 그런데 돌아가는 형세를 보아하니 두 눈으로 직접 파악하지 않았다면 큰일 날 뻔하였다.

대비가 바란 건 채재헌과 윤도경의 비밀스러운 애정 행각이었다. 그래야 두 가문을 들쑤셔 서로를 찌르게 한 다음 왕실이 어부지리 격 이득을 챙길 수 있으리라고 가정했다. 고로 윤도경은 여기서 겉돌고 있어야 했는데, 불쾌하게도 저 어린 계집의 수완이 만만치 않았다.

그렇다면 더 이상 무엇을 망설일까. 대비는 길었던 고민을 끝내고 직진을 선택했다. 저들의 관계가 이렇게나 진전되어 있다면 한꺼번에 양쪽을 치는 일은 무리일 터.

혜명 윤문을 버리고, 예성 채문을 취한다.

윤이환이 스러지면 여은과 재헌을······.

대비는 아우에게 하도 들어 머릿속에 각인된 정략혼을 떠올렸다가 미간을 일그러트렸다.

'마마, 김 규수가 몸이 좋지 않아 당분간 감우당에 돌아올 수 없다 하옵니다.'

어제 본곁에 다녀온 궁녀의 전언이었다. 그러고 보니 여은은 수고비로 금괴와 패물을 받아 가 놓고 제 몸이 아프다는 이유로 약조했던 일을 뒷전으로 미룬 발칙하고 괘씸한 아이였다. 하루 이틀도 아니고 벌써 꽤 오랫동안 서신 한 통 보내지 않고 있었다.

조카라고 어여삐 여겼더니 주제도 모르고 감히······!

아우가 왜 그토록 딸아이를 못마땅하게 여겼는지 알고도 남음이었다. 대비는 울컥 솟구치는 노여움을 누르고 자영을 바라보았다. 여은에게 과분한 신랑감을 내줄 수 없다면 또 다른 조카인 성욱에게 최상의 신붓감을 내주면 그만이었다.

결론적으로 대비는 아우의 칼춤에 동참하기로 했다. 혜명 윤문이 몰락하면 채자영을 성욱과 혼인시켜 예성 채문을 덕양 김문에 종속시킬 것이다. 그런 다음 적당한 죄목을 씌워 어디로 튈지 모르는 아우를 낙향시키고, 혈통은 좋으나 한빈한 가문의 여식을 중전으로 들이면 만사형통이었다.

뜻하지 않게 복잡했던 머릿속이 일사천리로 정리되었다. 이제부터 윤도경의 명성은 시궁창에 처박혀 걸레가 되어도 상관없었다. 여유를 되찾은 대비는 저를 주시 중인 채여준을 자신만만한 기세로 마주 보았다.

무거운 침묵은 꽤 길게 이어졌다. 참을성 있게 기다리던 채 대감은 조반을 들지 못해 여기저기서 꼬르륵 소리가 난무하자 은근한 압박을 가했다.

"마마, 혹 미욱한 이 늙은이의 제안이 불편하셨사옵니까?"

"아닙니다, 대감. 숙부인이 결례하였다면 마땅히 사죄해야지요."

"마마……."

믿고 있던 뒷배가 저쪽의 장단을 맞추니 숙부인은 서운한 기색이었다. 대비는 그쪽으로 눈길도 주지 않고 빙긋 웃으며 반격했다.

"단, 윤 규수가 한 가지 의문점을 해결해 준다는 전제하에서 말입니다."

"석연치 않은 부분이라도 있으시옵니까?"

"얘기를 듣고 보니 숙부인이 오해한 지점은 분명 있어 보입니다. 하지만 이른 아침, 아무도 없는 후미진 곳에서 저 둘이 만나고 있었던 것 또한 사실 아닙니까?"

대비가 제기한 의문에 주위는 또다시 술렁거렸다. 풀이 죽었던 숙부인도 입가에 음흉한 비소가 피어나더니 다시금 의기양양해져 공격에 앞장섰다.

"그 부분은 윤 규수가 직접 대답해야겠소. 이른 아침, 그 구석진 곳에서 아무도 몰래 외간 사내를 만나야 했던 이유가 대체 무엇이오? 설마, 홀로 산보를 나왔다 우연히 마주쳤다는 핑계를 대려는 건 아니리라 믿겠소."

퇴로를 완전히 차단하는 말이었다. 누렁이의 일로 설왕설래하면서도 그 부분을 걱정했던 도경은 곧장 입을 열지 못했다. 아무리 고민해도 누군가의 간계로 이렇게 되었다고 말할 수는 없기 때문이었다.

처음엔 사실대로 밝힐까도 했는데, 가만 생각해 보니 감우당엔 아이들이 없었다. 예성 채문에 속한 어린 노비들은 간단한 심부름 외에 노동을 시키지 않아 가회방 본가에서 안전하게 보호받고 있었다. 감우당에 가끔 보이는 아이들은 부모를 따라 외부에서 잠깐 들른 경우가 대부분이었다.

필시 누군가 그 아이들을 꼬여 내 장난질을 친 것 같은데……

그것을 곧이곧대로 말한다고 한들 저들이 믿어 줄지 의문이었거니와 지금대로라면 근방을 뒤져서라도 그 아이들을 찾아낼 기세였다. 거기서 아이들이 진실을 말해 준다면 다행이나, 그런 적 없다고 딱 잡아뗀다면 천하에 둘도 없는 파렴치한이 되는 것은 시간문제였다.

정도 같은 판단이었는지 섣불리 아이들의 이야기를 꺼내지 않았다. 그러나 이대로 있다간 말도 안 되는 추문을 옴팡지게 뒤집어쓰게 생겼으니 땅바닥에 엎드려 호소했다.

"아가씨는 아무 잘못이 없습니다. 긴히 드릴 말씀이 있어 조용한 곳에서 잠시 뵙자고 청한 것은 소인입니다. 사적인 이야기라 무슨 말을 주고받았는지 세세히 밝힐 순 없지만, 하늘에 맹세코 도의에 어긋나는 마음을 품거나 부끄러운 행동은 하지 않았습니다!"

"그건 제가 보증할 수 있습니다."

신분이 낮은 정의 처지를 헤아려 대군이 힘을 보탰다.

"대비마마. 이 아인 예성 채문 집사의 아들로, 어려서부터 보아 왔기에 그 올바른 됨됨이를 제가 잘 알고 있사옵니다. 혜명 윤문의 규수도 우직한 성품의 이 아이를 아우처럼 대했을 뿐 그 이상도 이하도 아니었습니다."

"예, 맞습니다!"

대군을 필두로 여기저기서 두 사람을 감싸는 말들이 쏟아져 나왔다. 울기 직전인 열비가 제일 큰 소리로 유리한 반응을 유도했다. 하지만 그것이 지나쳐 정이 훈련할 때마다 도경이 종종 연무장에 들러 지켜보았다는 소리까지 나오자 숙부인은 잘 걸렸다는 듯 코웃음 쳤다.

"이거야, 원……. 그러니까, 외진 곳에서 둘이 만난 것도 사실이고, 평소에도 각별한 사이였다?"

"예. 그게 무슨 문제란 말입니까?"

이제껏 함부로 나서지 못하고 침묵했던 도경이 도저히 안 되겠어서 당당히 받아쳤다. 대비를 둘러싼 부인들이 과장되게 놀라며 수군거렸다. 숙부인도 멸시의 눈초리로 힐난하였다.

"해도 해도 이럴 수는 없소. 혜명 윤문의 독녀께서 어쩜 그리 경박한 발언을 서슴지 않으시오? 본인의 행동이 떳떳하다는 거요?"

"본디 위에 있는 사람이란 아랫사람을 대하는 데 있어 너그럽게 품을 줄 알고, 결점을 함부로 들춰내지 말아야 하며, 아끼고 사랑할 줄 알아야 한다고 하였습니다."

"지금 내가 소저의 결점을 함부로 드러내 불편하다는 거요?"

"부인, 저는 첫 번째와 세 번째를 강조하고 있었습니다. 윗사람으로서 아랫사람인 이 아이를 너그럽게 품어 주고 아껴 주었을 뿐이라고요."

차분하지만 똑 부러지는 발성이었다.

"때로 인간은 보고 싶은 것만 보고, 듣고 싶은 것만 듣는 실수를 저지르지요. 하나 그러한 행동은 본의 아니게 큰 재앙을 초래할 수도 있으니, 이러한 자리에선 삼가시기를 바랍니다."

이는 정과의 친분이 비난받을 이유가 하등 없다는 항변이요, 전체가 아닌 일부만 보고 곡해하지 말라는 점잖은 책망이기도 했다.

숙부인은 단박에 얼굴이 붉어졌다. 초연하기까지 한 도경의 반박이 자신의 감정적인 발언과 대조돼 더욱 거친 반발을 불러일으켰다.

"하, 미꾸라지처럼 술술 잘도 빠져나가시오! 어디, 감우당에서 저들을 지켜본 너희가 한번 대답해 보아라!"

숙부인은 하인들을 향해 쩌렁쩌렁 목소리를 높였다.

"다 큰 남녀가 아무도 없는 곳에서 은밀히 만나는 게 정상이라 할 수 있느냐? 저들의 행동이 단 한 번도 수상하다 여긴 적이 없었느냐?"

"저기⋯⋯."

거의 벽에다 대고 소리치는 형국이었는데, 하인들 틈에서 웬 투실한 여인이 슬그머니 손을 들고 앞으로 나왔다. 서윤의 유모였다.

숙부인은 눈이 회동그래져 그녀를 주시했다. 사실 조금 전에 했던 말은 최후의 보여 주기식 행위였다. 예성 채문에서 저들을 싸고도니 계속 밀어붙여 봤자 헛수고라는 걸 모르지 않았다.

그러나 이 문제가 외부로 새어 나가면 판도는 바뀌게 되어 있다. 세간에선 저들의 변론보다 혜명 윤문의 규수가 예성 채문 겸인의 아들과 사사로이 가깝게 지낸다는 사실에만 몰두할 것이기 때문이다.

하니 이쯤에서 하인들을 상대로 추궁한 뒤, 모두가 입을 다물면 눈치껏 물러나 밖에서 여론전을 펼칠 작정이었다. 그런데 웬 아낙 하나가 엉거주춤 손을 들고 앞으로 나오니 이게 웬일인가 싶었다.

"넌 누구냐?"

대비의 하문에 서윤의 유모가 코가 땅에 닿을 듯 허리를 굽히고 상답했다.

"쇤, 쇤네, 전 홍문관 부제학 민지용 영감 댁 사람입니다."

"그럼 민 규수를 따라왔겠구나."

"예. 민씨 처자의 유모이옵니다."

도경은 산 넘어 산이라는 말이 실감 나 짧은 한숨을 내쉬었다. 저 여인이 왜 갑자기 앞으로 나섰는지 전혀 예측이 안 됐다.

답답한 마음에 서윤을 곁눈질하다가 움칠하였다. 무표정한 서윤 옆에서 태호가 비웃음을 띠고 자신을 노려보고 있었다. 갑작스레 눈이 마주치자 당황한 그가 재빨리 시선을 피했다. 내가 언제 그랬냐는 듯 시치미를 떼고 점잖은 얼굴의 가면을 쓰고서 정면만 주시했다.

어제 대문 밖에서 새파랗게 살아 있는 적대감을 마주하고도 설마 했었다. 누이를 챙겨 주지 않아 역정이 난 게 아닐까 괜한 걱정까지 하였다. 한데 다시 보니 저자에게서 전해지는 반감이 그 수위를 넘어섰다.

'하긴, 그러니까 말도 안 되는 거짓으로 그 사람을 모함하고 나를 농락했지.'

도경은 잔치가 있던 날 후원에서 태호와 나눴던 대화가 떠올라 부아가 치밀었다.

그는 재헌과 서윤의 혼담이 거의 결정되었다고 주장했다. 하지만 자영에게서 들은 말은 전혀 달랐다. 만약 어른들끼리 비밀리에 혼사를 추진하는 중이었다면 채 대감이나 이판 대감도 여태 침묵하고 있을 리 없었다. 이 댁 어른들의 성향상 돌아가는 사정을 상세히 밝히고, 재헌과의 관계를 깔끔히 정리해 달라고 당부했을 것이다.

아무것도 모르고 저자에게 속아 재헌에게 술주정한 일을 생각하면 지금도 부끄러웠다. 저 유모라는 여인에게서 나올 말도 들으나 마나 모함일 터였다. 뻔히 알면서도 딱히 저들을 막을 뾰족한 방안이 없어 도경은 억울했다.

"넌 무슨 말이 하고 싶어 앞으로 나선 것이냐?"

"들은 말이 있어 그 말씀을 올리고자 나왔습니다."

"누구한테 무슨 말을 들었지?"

"원래 감우당에서 오덕이라는 아이가 저희 아가씨의 시중을 들었습니다. 그 아이가 본가로 돌아가기 전 말하기를, 어느 새벽 도경 아가씨가 치마를 뒤집어 입고 연무장에서 나오는 걸 봤다고 하였습니다."

"뭐라?"

"처음 얘길 들었을 땐 그 아이를 따끔하게 혼냈습니다. 당연히 말도 안 되는 소리인 줄 알았는데, 오늘 보니 생사람을 잡은 게 아닐까, 쇤네 마음이 괴롭습니다."

"그게 정말이냐?"

"세상에, 망측해라!"

"내 그럴 줄 알았습니다!"

대비의 격한 반응을 기점으로 덕양 김문의 부인들이 너도나도 추임새를 넣었다.

도경은 기가 막혔다. 치마를 거꾸로 입었던 날이면 꿈에서 정을 보고 연무장에 나갔다 재헌과 마주쳤을 때였다. 돌아오는 길이 고요하기만 했는데, 그 모습을 지켜보는 사람이 있었을 줄이야.

아예 없는 이야기를 꾸며 낸 게 아니요, 충분히 오해할 만한 상황이라 오히려 당혹스러웠다. 동요하는 주위를 살피다 열비가 슬금슬금 뒤로 빠지는 걸 발견했다. 더는 감당할 수 없는 지경이라고 판단했는지 인파에서 벗어나 헐레벌떡 밖으로 뛰쳐나갔다.

이제 도경은 선택해야 했다. 이대로라면 과거, 존재하지도 않았던 화공이란 자와의 추문이 실제 인물로 바뀌어 도성을 뒤덮을 것이다. 자신은 음행녀란 오명을 뒤집어쓸 테고, 저 불쌍한 아이는 목숨이 위태로워질 수도 있다.

정은 그날 새벽의 일을 아는 듯, 이런 중에도 묵묵히 침묵할 따름이었다. 도경을 향해서도 섣불리 나서지 말라는 눈빛을 보냈다. 당시에 만난 이가 재헌이라고 밝힌다고 해도 소요가 가라앉을지는 미지수였다. 이런 분위기라면 도경이 여러 사내에게 접근해 홀리고 다녔다는 억측만 더해질 뿐이었다.

그렇다고 자신의 명예와 저 충직한 아이의 목숨이 달린 일을 넋 놓고 구경만 할 수는 없었다.

"마마, 그날의 일은……."

"어허!"

도경은 정이라도 우선 살리고자 했는데 대뜸 태호가 끼어들었다. 그의 호통은 유모를 향하고 있었다.

"자네 어디서 감히 윤 규수에게 그런 해괴한 망발을 지껄이는가! 증거도 없이 그런 허튼소릴 했다간 유모도 경을 치고, 우리 집안도 곤란해질 수 있어!"

"아닙니다, 나리! 오덕이가 분명 그리 말했습니다! 동트기 전 아가씨를 모시고 치성을 드리고 오다가 혜명 윤문의 아가씨를 보고 깜짝 놀랐다고요. 그 시각에 연무장에서 훈련하는 이는 정이라는 저 아이 하나밖에 없지 않았습니까!"

예성 채문의 사람들도 더는 관여하지 못했다. 정과의 관계를 의심하진 않아도, 앞뒤 사정을 알 수 없으니 함부로 참견하지 못하고 안타까워할 따름이었다.

"민 규수는 앞으로 나오너라."

대비는 지체 없이 하명했다. 모두의 주목을 받은 서윤은 일말의 흔들림도 없었다. 이리될 줄 미리 알고 있던 사람처럼 동작이 단아하면서도 군더더기가 없어 누이를 지켜보는 태호의 얼굴에 뿌듯함이 가득 찼다.

수많은 시선이 서윤에게로 집중되었다. 그녀의 증언은 아랫것들의 그것과 전혀 다른 차원의 파급력을 지녔다. 사람들은 그녀의 말 한마디에 갈대처럼 휘둘릴 것이다. 어떤 일이 벌어질지 머릿속에 그림처럼 펼쳐져 도경은 목에 올가미가 씌워진 기분이었다.

"어디 한번 말해 보아라. 그날 새벽, 치성을 드리고 온 게 사실이더냐?"

"예. 그렇사옵니다, 마마."

"연무장에서 나오는 여인도 보았느냐?"

"예. 그러하옵니다, 마마."

주위는 크게 소란스러워졌다. 기대하는 눈빛으로 누이를 바라보는 태호의 행태는 혐오스러움 그 자체였다. 자기는 선한 척, 눈엣가시 하나를 빼자고 힘없는 누이와 유모를 앞장세운 꼴이라니! 도경은 저런 자의 말에 흔들린 과거의 자신이 한심했다.

"하면 또 묻겠다. 그날 연무장에서 나온 여인이 누구였느냐?"

심장이 미친 듯이 뛰었다. 아무리 머리를 굴려도 빠져나갈 구멍이 없어 눈앞이 아득했다.

"정녕 치마를 뒤집어 입은 윤 규수였느냐?"

"아니옵니다, 마마. 윤 규수가 아니었사옵니다."

태연한 그 대답에 가장 놀란 사람은 도경이었다. 휘청거릴 뻔한 몸을 간신히 지탱하고 보니 서윤은 고개를 빳빳이 들고서 다른 대답을 이어 갔다.

"그날 새벽, 소인이 목격한 사람은 예천댁이었나이다."

태호는 당황했고 대비와 덕양 김문의 부인들은 입매가 단단하게 굳어졌다. 그 틈을 타 자영이 선수를 쳤다.

"일찍부터 수련하는 아들을 위해 예천댁이 주먹밥을 만들어 가져다주곤 하였습니다."

"예! 예, 맞습니다! 저놈은 속이 부대낀다고 가져오지 말라 했지만, 빈속에 힘이 없을까 봐 소인이 꾸역꾸역 가져다주곤 하였습니다!"

두 손을 가슴 한가운데에 모아 쥐고 바들바들 떨고 있던 예천댁도 냉큼 동조했다. 한 번씩 빼먹을 때도 있긴 했으나 새벽에 주먹밥을 만들어 가져다 나른 건 엄연한 사실이었다.

"이게 어떻게 된 거야. 저 여자가 거짓말했나?"

스멀스멀 들려오는 여론이 불리해지자 서윤의 유모는 울상이 되어 태호를 돌아보았다. 그러자 증거도 없이 함부로 모함하지 말라던 그는 말을 바꾸어 황급히 서윤을 다그쳤다.

"서윤아, 잘 생각해 보아라! 네가 그리 말하면 유모가 거짓말한 것이 되지 않느냐!"

"아가씨, 쇤네는 거짓말하지 않았습니다!"

"오덕이가 눈이 안 좋다는 걸 알고 있잖아!"

서윤은 오라비와 유모의 호소를 싸늘히 외면했다.

"마마, 오덕이라는 아이는 태어날 때부터 시력이 좋지 않았사옵니다. 다섯 발짝만 떨어져도 사람의 이목구비를 잘 구분하지 못하는 실정이지요. 밝은 대낮에도 그러한데 동이 트기 전 새벽 시간에, 그것도 멀리서 본 여인을 어찌 구분할 수 있었겠나이까. 철없는 아이의 실언을 유모가 진지하게 받아들여 벌어진 일이니 부디 용서하여 주소서!"

서윤은 더 이상의 논란을 차단했다. 유모는 땅에 넙죽 엎드려 죄를 청했고, 태호는 누이를 매섭게 쏘아보며 파들파들 떨었다.

대비와 부인들의 입장에서는 잘 나가다 김이 샌 모양새였다. 사람들의 들썩임도 심해졌다. 보다 못한 숙부인이 모두의 주의를 가로챘다.

"마마, 자리를 이만 정리하시지요. 수라도 들지 못하시고 이런 광경이나 보게 해 드려 소인 몸 둘 바를 모르겠사옵니다!"

도경을 표독스럽게 일별한 숙부인은 과장되게 언성을 높였다.

"이 모든 소란은 소인의 어리석음에서 기인하였습니다. 아침부터 외진 그곳까지 산보를 나간 이유가 무엇이었사옵니까? 두 남녀가 원림에 숨어 애정 행각을 벌인다는 풍문이 암암리에 퍼지고 있다! 하인들 사이에서 떠돈다는 감우당의 그 풍설을 소인이 생각 없이 전하였기 때문이 아니었사옵니까? 마마께선 즉흥적으로 옥보를 옮기셨나이다."

얼마 전, 자영에게서 들은 이야기였다. 한 쌍의 남녀가 그곳에서 몰래 과감한 신체 접촉을 벌인다는 이야기가 하인들 사이에서 파다하게 퍼졌다는 내용이었다. 단번에 여은과 두영이 떠올랐지만, 도경은 그저 듣고만 있었다.

그런데 숙부인은 확인되지 않은 그 풍설까지 끄집어내, 가라앉으려는 화제를 다시 원점으로 돌리고 있었다. 증거는 없으나 모두의 마음속에 한 포기의 의심을 심는 교묘한 행태였다.

궁녀와 군관, 그리고 대비의 행렬에 참여했던 사람들은 반신반의하며 돌아가 가까운 이들에게 장황한 뒷말을 이어 갈 것이다. 그리고 그것은 살점이 보태어지고 진실이 변질돼 죄 없는 사람을 하루아침에 사회적으로 매장시킬 터였다.

과거의 내가 바로 이런 수법으로 당한 것이었구나!

그때와 달리 눈앞에서 생성되는 모함에 도경은 극심한 피로를 느꼈다. 대비와 부인들이 작정하고 저리 나오니, 어디서부터 어떻게 바로잡아야 할지 고민할 시간조차 부족했다. 거의 읍소 수준으로 울리는 숙부인의 시끄러운 목소리가 예민해진 귀를 콕콕 찔렀다.

"부족한 소인이 잡스러운 말을 떠벌렸으나, 가벼운 풍문을 믿었기 때문은 아니었사옵니다. 그저 칭송이 자자한 감우당의 원림을 두 눈에 담고 싶은 욕심이었지요. 그런데 뜻밖의 장면을 목격해 마마의 심기를 어지럽혔으니, 이 죄를 어찌 청해야 할지 모르겠사옵니다!"

"그건 부인의 잘못이 아닙니다."

숙부인이 억지 눈물을 찍는 도중 유유히 들려온 목소리가 담백하기 그지없었다. 찡찡거리는 소리만 듣다가 질린 이들은 갑작스레 들려온 중저음의 음성에 고개가 저절로 그쪽으로 돌아갔다.

궁녀들 사이에서 먼저 파동이 일어났다. 정성을 기울여 그린 듯한 섬려한 외모, 큰 키와 시원시원하게 뻗은 팔다리. 궁에서도 운이 좋아야만 볼 수 있다는 그 얼굴, 채 정언이었다. 그리고 그 옆에 계신 다른 분은……

"주상!"

대비를 제외한 모두가 일제히 허리 굽혀 임금께 예를 갖췄다. 도경은 고개를 조아리기 전 저 뒤에서 땀을 닦고 있는 열비를 확인하고는 가슴이 쿵쿵 뛰었다. 무슨 일이 벌어질지 몰라 정신이 혼미해지는데, 자리에서 일어난 대비가 놀라움을 감추지 못했다.

"예까지 어찌 친림하셨습니까?"

"어마마마를 모시러 왔습니다."

산뜻하게 대답한 왕이 연무장의 풍경을 크게 휘둘러보았다.

"때마침 아주 재미있는 일이 벌어지고 있었군요."

"불미스러운 일이라 이제 정리하려던 참입니다."

"그래도 아직 결론이 나지 않은 듯하니…… 정언, 하던 말을 계속해 보게."

"예, 전하."

왕의 윤허를 받은 재헌이 도경을 몰아가던 숙부인을 직시하였다. 찔리는 게 많아 움찔한 그녀가 작게 헛기침했다. 재헌의 시선은 부인을 지나쳐 대비에게로 향했다.

"마마, 조금 전에 있었던 숙부인의 요약으로 무슨 일이 벌어지고 있는지 알게 되었사옵니다. 하여 말씀드리건대, 이번 소동의 원인은 전부 소인 탓이옵니다."

"어찌하여 그런 소리를 하는가?"

"원림에서 윤 규수와 만나려고 했던 사람은 소인이었습니다."

여기저기서 헉하는 소리가 동시다발적으로 터져 나왔다.

"한데 전하를 모시게 되어 제시간에 도착하기 어려워졌기에 대신 수하를 보냈던 것입니다."

"정언이 왜 윤 규수와 그런 곳에서 만나려 했단 말인가?"

"소인, 윤 규수를 일방적으로 연모하고 있사옵니다."

당당하기까지 한 재헌의 고백에 대비와 부인들은 경악을 금치 못했다. 숙덕이는 소리가 커지는 가운데, 손에 땀을 쥐고 공방을 주시했던 정부인은 안색이 창백해져 비틀거렸다. 자영이 옆에서 얼른 부축하며 다른 가족을 살폈다. 대군과 예성 채문의 사내들은 낯빛이 해쓱해지면서도 올 것이 왔다는 표정이었다.

"연서를 보내고 이 마음을 고백하였습니다. 마지못해 윤 규수가 원림에서 소인을 만나 주기도 하였습니다. 하나 저희가 그곳에서 애정 행각을 벌였다는 풍설은 사실이 아니옵니다."

"정언!"

"윤 규수는 아직 소인을 받아들이지 못하였사옵니다. 해서 조심하고 또 조심하던 중이었습니다."

"그럼…… 그렇다고 말을 하면 되지 않습니까!"

애먼 이를 잡은 꼴이 되어 버린 숙부인이 끝까지 잘못을 회피하려고 했다.

"윤 규수와 제 수하가 오해하지 말아 달라, 부탁하지 않았다는 말씀이십니까?"

"그건…… 아니지만……."

"저 두 사람은 그저 조심스러웠던 것입니다. 대비마마와 가족 모두가 지켜보는 곳에서 윤 소저가 실은 채 정언과 만나기로 되어 있었다, 어찌 밝힐 수 있었겠습니까! 하니 잘못이 있다면, 만나 달라고 해 놓고 수하를 보내 모두를 오해하게 한 이 사람에게 있습니다."

"자네 어찌 그런 말을 할 수 있는가!"

기가 팍 꺾인 숙부인과 달리 대비는 서슴없이 노여움의 불꽃을 터트렸다.

"그대는 왕실과 윤 규수의 관계를 모른단 말인가?"

"소자가 모르는 관계를 정언이라고 알 리 없지요."

"주상……!"

대비가 당황하여 왕을 돌아보았다. 어떻게든 기류를 유리하게 끌어와야 하는데 불쑥 개입한 왕의 품새가 영 협조적이지 않았다.

"초봄에 윤 규수를 만나기만 하시고 대전엔 어떠한 언질도 안 주지 않으셨습니까? 하여 마음에 안 차시는 줄 알았습니다."

"그건……."

"그 무렵 사담을 나누다 윤 규수를 향한 정언의 마음을 눈치 챘습니다. 아끼는 벗이 가슴앓이하는 것이 안타까워 대비전의 의중을 넌지시 알리고, 적극적으로 도전해 보라고 소자가 조언 하였습니다."

대비는 옥안이 붉게 상기되어 숨을 색색거리면서도 그 이 상의 반박은 하지 못했다. 나름 머리를 굴려 저울질하느라 침 묵했던 일이 되레 반격의 빌미를 주고 말았으니 자업자득이 었다.

이로써 지저분한 추문으로 얼룩질 뻔했던 사건은 잘난 두 남 녀의 연애사로 탈바꿈되었다. 애초에 사대부가 여식이 낮은 신 분의 사내에게 홀려 정절을 잃었다는 식의 이야기는 진흙탕일 수밖에 없었다.

하지만 비등한 신분의 젊은 남녀가 호감을 느끼며 서로를 탐 색하는 과정이었다면 화사한 봄의 색채처럼 분위기는 확 바뀐 다. 더구나 각을 세우는 두 가문의 핏줄이 서로 다른 정치적 입 지에도 불구하고 어른들 몰래 연서를 주고받는 관계라면 궁녀 들이 밤마다 읽는다는 연애 소설과 다를 바 없었다.

예성 채문의 하인들은 얼떨떨해져 두 사람을 훔쳐보는 반면,

궁에서 나온 여인들은 약간의 선망과 시기를 띠고 바라보았다. 쏟아지는 저들의 물색없는 시선이 도경은 부담스러웠다. 이렇게 또 한고비가 넘어가나, 피곤함에 찌들어 고개를 돌리다 저 멀리 연무장을 나서는 서윤의 뒷모습이 보였다.

생각지도 못하게 자신의 허물을 덮어 준 여인. 고맙다는 말이 하고 싶어 엉거주춤하다가 재헌과 눈이 마주쳤다. 쭉 지켜보고 있었는지 그는 알아서 정리해 볼 테니 가 보라는 신호를 보냈다.

고개를 까딱하여 감사 인사를 전하고 인파에서 슬그머니 빠져나가다 깜짝 놀랐다. 호판의 장남인 김성욱이 군관 옆에 서서 이쪽을 보고 있었다. 그는 도경이 자신을 인지하자 해죽, 기분 나쁜 웃음을 지어 보였다.

서윤은 금세 사라졌다. 주위를 두리번거리다 그녀의 처소로 향하는 길에서 열비가 뒤를 따르며 종알거렸다.

"정말 아슬아슬하였습니다. 안국방까지 언제 도착하나, 뛰면서도 하늘이 노랬는데, 갑자기 눈앞에 정언 나리께서 짠 하고 나타나셨다니까요."

"수고가 많았다. 김성욱도 전하를 따라온 거니?"

"군관 나리께 살짝 여쭤봤는데, 오다가 중간에 만났답니다. 대비마마께서 감우당에 오셨다는 소식을 듣고 호판 대감께서 인사차 보낸 거라고요."

열비는 걸음을 빨리해 걱정스럽게 도경의 옆모습을 살폈다.

"불안하십니까?"

"대비마마에 전하까지 계시는데 그자가 설마 사고를 칠까. 그저 나를 보고 웃는 양이 석연찮아 그런다. ……어?"

저 멀리, 서윤의 꽁무니가 얼핏 보였다. 처소로 향하는 길이 아니어서 도경도 그녀를 따라 얼른 방향을 바꾸었다.

"민 소저랑 따로 얘기 좀 하고 오마. 넌 처소로 돌아가 쉬고 있어."

"예, 아가씨. 조심히 다녀오십시오!"

도경은 열비에게 손을 흔들어 보이고 걸음을 빨리했다. 종종걸음을 치며 모퉁이를 도니 서윤의 치맛자락이 저편에서 살랑 사라졌다.

어디 가는 거지?

열심히 뒤쫓으며 의아해하던 중, 이 길이 예전에 염색했던 작업장으로 향하는 방향임을 알아챘다. 조용히 혼자 있고 싶어 하는 듯하니 가지 말까 하면서도 걸음을 늦추진 못했다. 저쪽에서 어떤 마음으로 그랬는지 몰라도, 이때를 놓치면 고맙다고 말하기가 어려울 것 같았다.

"네가 어떻게 이럴 수 있어!"

거의 다다랐을 때쯤, 예고도 없이 들려온 고성에 펄쩍 놀랐다. 몸을 숨기고 얼굴만 빼꼼히 내미니 서윤뿐 아니라 씩씩거리는 태호와 중간에서 어쩔 줄 몰라 하는 유모가 같이 있었다.

혼자 있고 싶어 외진 곳을 찾은 줄 알았더니 오라비와 긴히 나눌 말이 있어서였던가. 그렇다면 인사는 나중에. 도경은 예의 있게 자리를 피해 주려고 했는데 이어서 들려온 태호의 자백 아닌 자백이 덜컥 발목을 잡았다.

"내가 그 덩치 큰 똥개 새끼 때문에 얼마나 고생했는지 알아?"

"확인되지 않은 풍문으로 숙부인께 바람을 넣은 것도 오라버니십니까?"

"말했잖으냐. 이렇게 딱딱 떨어진 상황이 흔치 않으니 협조해 달라고!"

적은 늘 내부에 있다더니…….

도경은 기가 막혀 가던 길을 멈추고 되돌아갔다. 민태호의 장난질로 인생을 망칠 뻔한 당사자로서, 저자가 무슨 짓을 했는지 엿들을 자격은 충분했다.

"너한테 거짓 증언을 하라는 것도 아니었다. 윤도경이 그때 치마를 뒤집어 입고 연무장에서 나온 것은 사실 아니냐!"

"연무장에 있던 사람은 정이가 아니라 정언 나리였습니다."

"누가 너한테 거짓말하래? 앞에 사실만 털어놓고 연무장에 누가 있었는지는 침묵하면 그만이었다!"

"그 무슨 안일한 말씀이십니까! 어차피 정언 나리께서 도착해 전부 밝혀질 일이었습니다."

"중요한 건, 네가 하나밖에 없는 이 오라비를 배신했다는 거야!"

태호의 억지는 기가 찰 지경이었다. 제 몸엔 오물 한 방울 안 묻히려 하면서 누이에겐 거짓과 모략을 종용하다니. 가문만 번드르르했지, 참으로 질이 안 좋은 사내였다.

다행히 서윤은 명문가 후손으로서의 품위를 잃지 않았다. 흥분하지 않고 조곤조곤 항의를 이어 갔다.

"오라버니도 저를 속이지 않으셨습니까?"

"뭘? ⋯⋯뭘!"

태호가 끓어오르는 화를 자제하지 못하고 버럭 소리치니, 중간에 서 있던 유모가 양쪽의 눈치를 살피며 울상이었다.

"산에서 정언 나리를 구한 사람이 윤 소저라는 걸 왜 말씀해 주지 않으셨습니까?"

"그, 그걸⋯⋯."

"감우당의 어른들도 알게 되셨다면서요?"

"⋯⋯유모!"

할 말이 없어진 그는 애먼 사람에게 눈을 부라렸다.

"송구합니다. 쇤네가 그만 말실수하여⋯⋯."

"유모 탓할 것 없습니다."

"그게 어디 내가 좋자고 한 일인 줄 아느냐? 다 너를 위해서였다!"

방귀 뀐 놈이 성낸다더니, 그는 되레 화를 내며 뻔뻔스럽게 소리쳤다.

"저를 위해 하신 일이라고요?"

"그래. 이것도 저것도 전부 너를 위해서였다! 네가 채 정언만 보면 얼굴을 붉히지 않았느냐?"

"이미 마음을 접었다고 말씀드렸습니다. 다른 여인을 연모하는 잘난 사내보다 차라리 아무 감정 없는 평범한 사내가 낫다고요!"

"그래서 채 정언을 포기하겠다는 거냐?"

"그분을 사모한 건 사실입니다. 하지만 그쪽에서 제게 마음이 없다면 저도 미련 갖지 않을 겁니다. 전, 제가 더 소중합니다."

"하……. 넌 정말 이기적이구나. 병든 아버지와 생계가 어려운 가족은 요만큼도 생각하지 않아!"

도경은 거기까지만 듣고 돌아섰다. 계속 엿들어 봤자 조금 전의 사건과는 무관한, 사적인 대화만 이어질 분위기였다. 무능한 사내가 누이를 위한다는 명목으로 본인의 잇속만 취하려는 태도가 역하기도 하였고.

후에 사건과 관련한 이야기가 더 거론될 수 있으나 이제 무슨 상관이랴. 도경은 그냥 여기서 귀를 막기로 했다. 민태호가 한심해서가 아닌 민서윤의 자존심을 지켜 주기 위해서.

그녀가 오라비의 부탁을 거절하고 문제가 커질 수 있는 부분을 덮어 주었듯, 도경도 누이의 허물이 되고자 작정한 민태호의 작태를 눈감아 주기로 하였다. 하마터면 벼랑 끝에서 맨몸으로 떨어질 뻔했지만, 위기를 넘기고 무사히 살아났으니 이 정도의 아량쯤이야. 서윤에게 진 빚도 이것으로 깨끗이 청산한

셈이었다.

처소로 가는 길과 연무장으로 돌아가는 길. 도경은 갈림길에 서서 고민했다.

연무장으로 돌아가자니 사람들의 시선이 부담스러웠고, 처소로 돌아가 사태가 잠잠해지길 기다리자니 정과 예성 채문 사람들에게 인사도 없이 빠져나온 것이 마음에 걸렸다. 어찌해야 할지 고민이 길어지다 제 편을 들어주던 자영이 걸려 일단 연무장 쪽으로 방향을 틀었다.

근처에서 상황을 살핀 뒤 여의치 않으면 그녀의 처소로 찾아갈 심산인데 누군가 살금살금 걸어오는 기척이 들렸다. 아무 의심 없이 돌아본 순간.

"아악!"

뒷머리에 심한 통증이 가해지며 완력에 의해 고개가 뒤로 팍 꺾였다. 고통스럽게 신음한 도경은 삐뚤어진 시야에 히죽 웃는 얼굴의 성욱이 나타나 기함하였다.

"무슨 짓이야! 놔! ……으윽!"

"목소리가 크네?"

강한 반발에 그는 유들유들 웃으며 더 큰 악력으로 대응했다. 머리카락이 전부 뽑혀 나갈 듯 통증이 어마어마했다.

"오늘도 저번 같을 줄 알아? 감우당 지금 발칵 뒤집혔어. 그렇게 소리쳐 봤자 아무도 안 온다고."

"너야말로 이러고도 저번처럼 넘어갈 수 있을 줄 알아? 더 이상의 관용은 없어! 좋은 말 할 때 이거 놔!"

도경은 지난번처럼 손톱을 세워 작정하고 그의 손등에 박았다. 당연히 살점이 뜯길 줄 알았는데 손톱은 단단한 가죽에 막혀 힘을 쓰지 못했다.

"내가 그 꼴을 두 번 당할 줄 알고? 야, 쓸데없는 데 힘 빼지 말고 빨리 불기나 해. 그것들 어디로 빼돌렸어?"

"무슨 말을 하는 거야?"

"이게 어디서 시치미야!"

성욱의 악력은 점점 강해졌다. 손에 가죽을 덧댄 탓에 계획이 실패로 돌아간 도경은 그와의 거리를 가늠했다. 발길질이라도 하고 싶은 심정인데 얄밉게도 그는 등 뒤에 자리를 잡았다.

뒷발질을 해 봤으나 소용없는 짓이었다. 답답한 마음에 얼굴을 향해 주먹을 뻗어도 자유로운 그의 다른 쪽 손에 막혀 꼼짝할 수 없었다. 도경은 무모하기까지 한 그의 이런 행동이 도무지 이해되지 않았다.

"미쳤어? 뒷감당을 어찌하려고 이래!"

"너야말로 늙은 네 아비 믿고 까불다가 큰일 나는 수 있어! 재수 없는 네 오라비들? 말했잖아, 감우당 지금 난리 났다고. 혜명 윤문이 끝났다는 걸 꼭 내 입으로 말해 줘야 알아!"

"아악!"

그는 말끝마다 손에 무지막지한 힘을 가했다. 세상이 온통 흔들리고, 뒷머리의 통증은 고통스럽다 못해 감각이 무뎌질 정도였다. 도경이 괴로워할수록 희열을 느끼는지 그는 성량을 조절하지 못하고 바락바락 소리쳤다.

"다 끝났다고! 이제 그 빌어먹을 집안 따위 멸문할 거라고! 너 같은 건……! 우리 집에 끌려와 영감 밤 시중이나 들고, 내 발이나 닦게 될 년이라고! 알았으면 이제……!"

실성한 사람처럼 마구 고함치던 그가 퍽, 하는 둔탁한 소리와 함께 나가떨어졌다. 도경은 균형을 잃고 제자리에 파삭 주저앉았다. 단정하게 땋아 내렸던 머리가 산발되고 눈물이 후드득 떨어졌다.

땅바닥에 내쳐진 김성욱은 코에서 피가 흐르는 걸 확인하고 격분하여 몸을 일으켰다. 그러나 미처 허리도 펴지 못한 상태에서 긴 다리가 그의 옆구리를 뻥 걷어찼다. 볼품없이 나동그라지며 찌그러진 갓이 벗겨졌다.

재헌이 성큼성큼 다가가 김성욱의 상투를 험악하게 움켜쥐었다. 그가 도경에게 한 것처럼 똑같이 상투를 뽑아 버릴 듯 잡아당기며 주먹질을 퍼부었다.

"아아악! 미쳤어!"

봉두난발에 얼굴이 짓뭉개진 성욱은 이전에 도경이 했던 수법을 고대로 따라 했다. 누구라도 비명을 듣고 와 달라는 듯 괴성에 가까운 소리를 지르니, 몸을 일으킨 재헌이 발로 그의 목을 콱 밟았다. 체중을 실어 힘을 가하자 김성욱이 더는 소리 지르지 못하고 컥컥거렸다.

"지금부터 내 말 잘 들어."

재헌의 목소리는 낮고도 냉철했다.

"넌 여기서 아무도 보지 못했어. 이 꼴이 된 것도 네가 멍청해서 혼자 다친 거야. 만약 경고를 무시하고 윤 규수가 빠져나간 것이 알려지면, 하늘에 맹세코 내가 널 박살 내 버릴 거다."

"이 미친…… 윽……!"

"날 금부에 가둔 놈이 누구였는지 모를 것 같아? 감우당에서 네가 한 짓은 생각도 하지 않고 그저 맞은 것만 억울하지. 서사의 순진한 사환 아이한테 가족을 죽이겠다고 협박했다며? 겁박과 무고가 얼마나 큰 죄인지 집에 돌아가 네 아비한테 한번 물어봐! 그리고 너, 알아보니 어려서부터 집안 노비한테서 자식을 볼 정도로 난잡했더군. 조심하지 않으면 망신 정도로 끝나지 않을 거다. 죄인이 되어 가문에 먹칠하고 평생 출사하지 못하게 될 거야."

"이…… 씨……!"

"약점 잡혀 억울해? 그러니까 똑바로 살지 그랬어? 오점 많은 네 인생, 만인에게 알려지게 하고 싶지 않다면 입단속 철저히 해야 할 거다. 너 그런 거 잘하잖아? 뒤로는 더럽게 살면서 앞에서는 올바른 척, 입에 침도 안 바르고 거짓말하는 거. 눈물겨운 그 노력, 꾸준히 이어 가 결실을 맺어야지. 안 그래?"

재헌은 마지막으로 발에 힘을 강하게 준 뒤 널브러진 몸뚱이를 사정없이 걷어찼다. 김성욱이 고통스럽게 신음하든 말든 황급히 돌아서서 도경을 챙겼다.

"괜찮소?"

흐트러진 몰골을 가까이서 본 그는 눈에서 분노의 불꽃이 튀었다.

"조금만 참으시오."

그러나 폭주하기보다 도경을 일으켜 세우더니 빠르게 움직이는 쪽을 선택했다.

"무슨 일입니까?"

"나중에. 시간이 없소."

도경의 등에 팔을 두른 그는 지름길을 이용해 동문으로 이동했다. 여은과 두영을 떠나보냈던 그곳에는 정이 누구의 것인지 모를 허름한 쓰개치마 하나를 들고 서 있었다. 그것을 건네받은 재헌은 바로 도경의 머리에 뒤집어씌우더니 허리를 잡고 눈 깜짝할 새 말 안장에 앉혔다.

모든 일이 일사천리로 진행돼 말 붙일 틈조차 없었다. 이미 말에 올랐던 정이 재빨리 고삐를 쥐었다.

"나리!"

"아무 일도 없을 거요. 날 믿어 주시오."

그 말을 끝으로 정이 힘차게 말을 출발시켰다. 사정을 묻거나 인사할 겨를도 없었다.

따가운 바람이 얼굴로 몰아쳤다. 무슨 일인지 정확히 듣지 못했으나 김성욱이 지껄였던 말을 되짚어 봤을 때 혜명 윤문이 거대한 폭풍을 직격탄으로 맞고 있음을 모르지 않았다. 이럴 때일수록 감정에 치우치지 말아야 하는데, 차게 식은 전신은 이미 후들후들 떨고 있었다.

믿을 수가 없었다. 말에서 내려 정이 안내한 곳은 과거, 그
와 많은 시간을 함께 보낸 진장방의 가옥이었다. 들어가는 방
법도 그때와 같았다. 굳게 잠긴 대문이 아닌 간문을 통해 안으
로 진입했다.

"도련님께서 오래전 별급으로 받은 곳입니다."

감회가 남달라 멍하니 가옥의 내부를 둘러보았다. 기억 속
그때처럼 눈에 보이는 모든 곳이 정갈하고도 우아했다. 딱 하
나, 달라진 점이 있다면 곳곳에 심겨 있어야 할 월계화가 보이
지 않는다는 것이었다.

왜 우린, 이전처럼 어린 시절을 공유하지 못했을까.

월계화가 핀 풍경을 끝내 보지 못하게 되었다는 점이 서러워
코끝이 시큰했다. 뜻 모를 상실감과 이곳이 여전히 존재하고
있었다는 놀라움. 거기에 과거의 비극이 형태를 달리해 또다시
반복되고 있다는 두려움이 합쳐져 굵은 눈물이 흘러내렸다.

"별일 없을 겁니다. 도련님을 믿어 주십시오!"

눈물의 의미를 하나로만 해석한 정이 제 나름의 위로를 전했
다. 도경은 흐르는 눈물도 닦지 못하고 차마 건네지 못했던 질
문을 시작했다.

"내가 없는 동안 연무장에서 무슨 일이 있었니?"

"모두의 앞에 원길이 나타났습니다."

도경은 기절할 듯 놀라 헛숨을 들이켰다.

"그자의 몰골이 말이 아니었습니다. 어디선가 난데없이 달
려 나와, 자리를 옮기려던 전하와 대비마마 앞에 먼저 엎드

렸습니다. 자신이 기습 사건의 자객 중 하나였음을 자백하고……."

정은 도경의 상태를 슬쩍 살피곤 낮아진 목소리로 끝말을 맺었다.

"배후로 영상 대감과 세 자제분을 지목하였습니다."

"도대체 어떻게……."

충격으로 흐릿해지는 의식을 기를 쓰고 잡으며 도경은 의문을 제기했다.

"이상해. 감쪽같이 사라졌던 이가 그런 식으로 나타났다는 게……. 모든 것이 다 짜 맞춰진 듯……."

"그자는 본인이 납치됐었다고 주장하고 있습니다."

"납치?"

"어디인지도 모를 곳에 내내 갇혀 있다가, 위에서 산 채로 묻으라는 하명이 떨어졌다더군요. 꼼짝없이 죽는다고 체념했는데, 자루로 옮겨지던 중 그쪽에서 딴짓하는 틈을 타 천운으로 도망쳤다고요."

"대체 누가 그런 짓을……!"

잔인한 발상에 몸서리치던 도경은 말을 끝맺지도 못하고 비틀거렸다. 무릎이 후들거려 더는 서 있기도 힘들었다. 대청에 맥없이 주저앉아 중얼거렸다.

"우리 집안에서 증거 인멸을 시도했다고 오해하였겠구나."

"안타깝게도…… 그렇습니다."

말을 전하는 것조차 괴로운 듯 고개를 푹 숙였던 정은 다시 시선을 들어 도경에게 희망을 주려고 노력했다.

"너무 걱정하지 마십시오! 전하께선 전부터 알고 계셨습니다. 도련님께서 며칠 전, 돌아가는 상황을 상세하게 아뢰었습니다."

고맙고도 기특한 말이었지만 조금도 위로가 되지 않았다. 죄를 짓지 않았으나 정치적 소용돌이에 휘말려 생목숨을 잃은 이들은 역사적으로 셀 수 없이 많았다. 도경은 눈에 초점을 잃고 신음하듯 속삭였다.

"집에 가고 싶어."

"당분간은 절대 안 됩니다. 아시지 않습니까!"

강제로 막는다면 정을 밀치고서라도 가야 하는데, 기력을 잃고 벌벌 떨리는 몸이 움직여지지 않았다. 그토록 조심하였건만, 불행이란 형태를 달리해서라도 꼭 반복되는 것이었나. 머릿속에 사랑하는 가족이 차례차례 지나가 고통의 눈물이 쉴 새 없이 쏟아졌다.

감우당에서의 소식이 한순간에 청학동을 뒤덮었다. 무성한 말들은 바람을 타고 도성 전체로 퍼지는 중인데, 덕양 김문의 본가는 전혀 다른 이유로 긴장이 고조되고 있었다.

호판은 여기저기 터지고 퉁퉁 부은 아들놈의 얼굴을 분노에 젖어 바라보았다. 기운 없이 누워 간간이 흘리는 신음을 들을 때마다 채재헌을 향한 참을 수 없는 살의가 솟구쳤다.

그때 그 새끼를 산송장으로 만들었어야 했는데……!

한 번도 아니고 이번이 벌써 두 번째였다. 폭력의 정도도 훨씬 심해, 사람의 얼굴을 아예 곤죽으로 만들어 났다. 가슴이 터질 것 같아 깊게 날숨을 내쉬자, 옆구리의 통증으로 똑바로 눕지도 못하는 성욱이 억울함을 호소했다.

"아버님, 소자는 그저 누님의 행방이 알고 싶었습니다. 계집도 사내도 아닌 괴물에게 홀려 가족을 버렸다는 게 말이 됩니까! 더 늦기 전에 누님을 제자리로 데려와야 한다는 생각밖에 없었습니다. 하여 윤 규수와 긴히 대화를 시도한 것뿐이었는데……."

"안다. 알아!"

호판은 울분에 젖어 이를 갈았다.

"내 이번 일을 잊지 않고 잘 새겨 두었다가 후에 반드시 곱절로 되갚아 줄 것이다."

"그자가 소자를 협박하였습니다."

"협박? 네가 그리 당할 일이 무에 있다고?"

"도망친 그 서사의 사환을 채재헌이 데리고 있는 듯하였습니다."

"뭐라? 감히 어디서 버르장머리 없이……!"

피가 거꾸로 치솟아 자리에서 벌떡 일어섰다. 그 사환 놈을 들먹였다는 건 단순한 공갈이 아닌, 자신을 향한 선전 포고나 다름없었다. 막돼먹은 놈의 으름장에 목덜미가 뻣뻣해진 김사흔은 고개를 이리저리 꺾다가, 흥분을 가라앉히고 냉정을 되찾았다.

"넌 걱정할 것 없다. 어차피 그놈이 할 수 있는 건 아무것도 없어. 통증을 잊고 푹 잘 수 있는 탕약을 들이라고 했으니, 당분간 바깥일은 잊고 몸조리에나 신경 쓰도록 해라."

아들에게 당부의 말을 남기고 밖으로 나와 씩씩대며 걸었다. 큰 사랑채의 마당에 도착해 두 발을 멈추고 크게 심호흡했다. 시원한 바깥 공기를 마시니 꽉 막혔던 속이 조금은 풀리는 느낌이었다.

"괜찮으십니까, 대감마님?"

존재감을 지우고 구석에 찌그러져 있던 백 서방이 조심히 여쭈었다.

"괜찮지 않으면? 젖비린내 나는 그 어린놈이 날 상대로 뭘 할 수 있다고?"

"예성 채문이 본격적으로 시비를 걸까 봐 걱정되어 그럽지요."

"흥, 감우당에 그 난리가 났으니 당분간 정신이 없을 게다."

"하긴, 아주 깜짝 놀랐을 겁니다!"

백 서방이 방정맞게 킥킥거리자 호판의 입가에도 저열한 비소가 떠올랐다.

원길을 이용해 기습의 배후가 혜명 윤문이라고 오해하게 했음에도 예성 채문은 움직이지 않았다.

왜 저들은 날 찾아오지 않고 침묵할까.

기다려도 반응이 없어 처음엔 당혹스러웠는데 대답은 의외로 간단했다.

채재헌의 사지육신이 멀쩡했기 때문에.

그놈이 사람 구실을 못 하고 빌빌거려야 저들도 복수심에 눈이 멀 텐데, 아예 기준치에 미치지 못하니 저런 뜨뜻미지근한 반응이 나왔을 것이다. 게다가 혜명 윤문과 비밀스럽게 접촉까지 해 기다릴 계제가 아니었다. 꼭 그들이 아니더라도 일은 얼마든지 크게 벌일 수 있었다.

원길을 납치해 혜명 윤문의 짓인 척 가둬 두었다. 적당한 시기를 기다리다 어제 대비의 행렬이 감우당으로 향했다는 소식을 들었을 때, 과감하게 터트려야 할 시점이 도래하였음을 직감했다. 누님께는 이미 귀띔해 드렸으니 원길이 나타나면 알아서 장단을 맞추실 테니까.

해서 생매장을 한다며 실컷 겁주고, 옮기는 과정 중 실수로 놓친 척 청학동 근처에서 그를 풀어 주었다. 화약이 터지는 그 꼴을 두 눈으로 직접 감상하고 싶었지만, 완벽한 마무리를 위해 아들놈을 대신 보내 확인하도록 했다.

결과는 기대 이상이었다. 덩실덩실 춤을 춰도 모자랄 지경인데, 남의 집 경사에 재를 뿌린 놈이 있어 그 기쁨을 온전히 만끽하지도 못하고 있다.

감히 하나밖에 없는 남의 집 귀한 아들을 저리 만들어?

"괘씸한 놈……."

김사흔은 이를 사리물고 노기를 띠었다.

채재헌을 망쳐 두 대감이 미치는 꼴을 보고 싶었다. 안타깝게도 그것에 실패하였으니 그는 이제 윤도경을 망가뜨려 채재헌을 미치게 할 작정이다.

"채 정언과 윤도경의 사이는 어떠하더냐? 보나 마나 더욱 깊어졌겠지."

"첫 만남부터 심상치 않았던 한 쌍 아닙니까. 중간에 사연이 있는 듯 보였지만 아주 잠깐이었을 뿐, 요즘은 아주 서로 애틋해 죽습니다."

"그래. 불이 붙기도 전에 윤도경의 소문을 신경 쓴 놈이니까……."

호판은 비웃음을 담아 느물거렸다.

반드시 한 번은 제물로 삼을 계획이었기에 그를 오랫동안 예의 주시하였다. 그러던 어느 날 저자의 주막에서 일어난, 믿기지 않은 만남을 보고받고 재미로 소문을 퍼트렸다.

처음엔 윤도경의 평판을 떨어뜨려 혜명 윤문을 제대로 망신 줄 계획이었다. 발 없는 말이 도성 전체를 휩쓸길 기대했건만 풍문은 북촌까지 올라오기도 전에 채재헌이 진화에 나서며 수그러들었다. 호판은 그것이 화가 나기보다 흥미로웠다. 사내로서 흔들린 그 마음을 언젠가 유용하게 써먹을 날이 오리라고 예상했다.

그리고 때는 이르렀다. 김사흔은 앞으로 혜명 윤문을 멸하고 윤도경을 노비로 만들어 제 밤 시중을 들게 할 계획이다. 함부로 유린하고 돌이킬 수 없도록 짓밟을 것이다.

반반하게 생긴 그 아이의 얼굴이 떠오르자 실로 오랜만에 기운 없던 아래에 힘이 불끈 들어갔다. 성숙하고 야들야들한 몸이 상상돼 피가 끓었다. 혈기 왕성했던 옛 시절로 회춘하는 기분이었다.

"기대가 되는군."

"무엇이 말입니까?"

"윤이환의 딸년이 밤새 내 이부자리를 데웠다는 소문이 퍼지면 어떠할 것 같으냐?"

도의를 저버린 천박한 소리에 기함하기는커녕 백 서방은 쿡쿡대며 재미있어하였다.

"채 정언이 아예 미쳐 버릴 겁니다. 이성을 잃고 무모한 짓도 서슴지 않겠지요. 소인, 잘못하다 대감마님께서 흉한 꼴이라도 보실까 봐 두렵습니다."

"약간의 흉한 꼴을 보긴 해야겠지."

아무것도 안 내줄 수는 없다. 기별지가 풀려 무죄를 입증하기도 전에 철딱서니 없는 왕이 그를 방면했다. 말 안 듣는 조카가 용상에 버티고 있는 한 채재헌을 귀양살이시키려면 어느 정도의 피해는 감수해야 한다.

장손이 그 지경에 이른다면 예성 채문도 혼란을 피할 순 없다. 피해자로서 두 대감과 협상을 벌여 채자영을 성욱과 혼인시킬 것이다. 그런 다음 덕양 김문 처자 중 적당한 아이를 골라 중전에 앉히고 누님인 대비를 뒷방으로 물러나게 하면 된다.

모든 것이 완벽했다. 심지어 이 사태의 유일한 증인인 원길조차 자신을 조종하는 진짜 배후가 누구인지 알지 못했다. 하물며 고계성마저 이 손아귀에 쥐고 있으니…….

"고가 놈은 어쩌고 있느냐?"

"아직 회유 중입니다."

"쉽지는 않겠지. 그래도 서둘러라."

"예, 대감마님."

세상을 전부 얻은 듯한 호판은 그에게 딱 하나 남은 골칫거리도 잊지 않았다.

"그럼 이제 여은이 년만 남은 건가?"

"각지에 사람을 풀어 은밀히 찾고는 있으나, 워낙 조심스러운 일인지라……. 소식이 늦어 송구합니다."

"흠……."

호판은 이렇다 할 반응 없이 어둠 속에서 하늘을 올려다보았다.

낳아서 키워 준 은혜도 모르고 그리 내빼 안심하고 있다면 큰 착각이었다. 아무리 핏줄이라고 해도 아비의 뒤통수를 친 년을 용서할 수 있을 리가.

모두가 두려워하며 함부로 가담하지 못할 때 끈질긴 시도 끝에 선선대왕과 왕후를 제거한 자신이었다. 구중궁궐 속 존엄한 존재도 결국 이 손으로 보내 드렸는데 패물 조금 쥐고 튄 그깟 것들쯤이야…….

몇 년이 걸려도 상관없었다. 시간이 흘러 자식새끼들이라도 봤다면 그들이 겪을 비극은 갑절로 늘어날 뿐이었다. 천한 놈의 핏줄은 덕양 김문의 후손일 수 없으니, 무슨 일이 있어도 두 연놈을 붙잡아 배신의 대가를 톡톡히 치르게 할 것이다.

자식을 상대로 복수를 다짐한 김사흔의 안광은 온통 독살스러운 기운으로 번질거렸다.

붉은 꽃잎

도성이 발칵 뒤집혔다. 미궁에 빠졌던 기습 사건의 자객 중 하나가 죽을 몸이 되어 자수했는데, 그들을 관리했던 이가 다름 아닌 영의정 댁 겸인이었다. 그렇다면 기습의 진정한 배후는 나는 새도 떨어뜨린다는 윤이환이요, 혜명 윤문은 역당의 무리에 해당한다는 뜻이었다.

이른 아침, 대궐 문이 열리자마자 조신들이 앞다투어 입궐했다. 까딱 잘못했다간 장기간에 걸쳐 피바람이 불 수 있는 문제였기에 저마다의 얼굴에 긴장이 뚜렷했다. 각 무리의 분위기도 상이했다.

예성 채문을 따르는 이들은 하나로 똘똘 뭉쳐 최고의 공격력을 자랑했다. 반면, 혜명 윤문을 구심점으로 모였던 이들은 사분오열된 상태였다. 일단 윤 대감을 믿어 보자는 측과 역도를 두둔해선 안 된다는 측, 당분간 사태를 관망하자는 측까지 나

뉘어 의견이 분분했다. 그들은 무수한 설전을 벌이다 끝내 뜻을 모으지 못하고 정전에 들었다.

전하께서 납시어 용상에 앉은 지 한참이 지났음에도 기세는 한쪽으로만 기울었다. 평소에는 기 싸움에서 밀릴세라 팽팽하게 고성이 오갔다면, 오늘은 혜명 윤문을 따랐던 이들이 맥을 쓰지 못하고 시선을 피하기에 바빴다.

"전하, 무엇을 망설이시옵니까? 윤이환과 세 아들을 당장에라도 나포해 문초하시옵소서!"

"그러하옵니다, 전하. 명백한 증인이 있으니 마땅히 그들을 역률로써 다스려야 하옵니다."

"하나 윤 대감과 세 아들이 배후라는 것은 자객의 추측일 따름이옵니다. 어찌 그런 자의 말을 신뢰할 수 있단 말이옵니까?"

"말도 안 되는 소리 하지도 마시오!"

그나마 의리 있는 이가 편을 들어 보지만, 거센 항의가 빗발쳤다.

"겁도 없이 전하께서 계신 곳을 기습하였소이다. 막강한 권력을 가진 자가 아니곤 감히 생각조차 할 수 없는 일이란 말이오! 그런 자가 이 나라에 몇 명이나 있겠소?"

"전하, 전 영의정 채여준 대감 입시이옵니다!"

격렬한 공방이 오가던 중 느닷없이 울린 전언에 모두가 놀라 논쟁을 중단했다. 정전이 삽시에 적막에 휩싸이자 지금껏 침묵했던 왕이 뜻밖의 사실을 알려 주었다.

"사안이 중대해 오늘만은 조회에 들어 달라, 과인이 직접 요청드렸소. 이럴 때일수록 경험이 풍부한 원로의 조언이 필요할 것 같아서 말이오. 깊이 고민하여 행한 일이니 모두가 이해해 주길 바라오. ……대감을 모셔라!"

명이 떨어지자 문이 열리고 위엄 있는 백발의 노인이 등장했다. 조신들은 현역에서 물러나 한거 중임에도 꺾이지 않은 노재상의 권위에 압도돼 그가 지날 때마다 고개를 숙였다. 오랜 세월 일인지하 만인지상이었던 분을 향한 당연한 예우였다.

눈치 빠른 이들은 조급히 기억을 되돌려 예성 채문 직계들의 움직임을 떠올려 보았다. 혜명 윤문이 사고를 쳤으니 본능적으로 공격을 퍼붓던 그들은 그제야 중요한 일을 앞두고 이판이 어떠한 귀띔도 해 주지 않았음을 깨달았다. 그와 두 아들은 간발의 차로 전하보다 앞서 도착해 이제껏 입도 벙긋 안 하고 있었다.

하나둘 이상한 점을 알아채 서로 눈치를 살피는 동안 채여준이 왕과 가장 가까운 자리에 가 섰다. 모두의 이목이 그쪽으로 집중되자 젊은 왕이 진중하게 입을 열었다.

"따로 설명하지 않아도 지금까지 어떤 논의가 이어졌을지 경께서는 짐작하고 계시리라 생각합니다. 충분히 토론하고 다양한 견해를 들었으니, 최종적으로 결론을 내리기 전 경의 의견을 경청하고자 합니다."

"전하, 임금을 위협하는 역적의 무리란 나라의 근간을 뒤흔드는 해악일 것입니다. 일말의 관용 없이 뿌리까지 전부 숙청해야 하며, 강력한 처벌로 후대까지 그 본보기를 바로 세우소서. 단…… 그렇기에 속단은 금물이옵니다. 추정이나 심증이 아닌, 정확한 경위와 물증으로 역당을 가려내시옵소서."

혹시나 하여 긴장했다가 스르르 풀어졌던 이들이 노대감이 덧붙인 뒷말에 일제히 눈을 동그랗게 뜨고 그를 직시하였다. 허구한 날 두 편으로 찢어져 싸움질하는 데 익숙해진 그들이라 채여준 대감이 혜명 윤문 쪽에 저리 관대하리라고는 누구도 예상치 못했다.

예성 채문을 따르며 명원 대군을 비호 중인 무리는 떨떠름하면서도 까마득히 어려운 노인에게 함부로 저항하지 못했다. 저희끼리 우물쭈물 눈치만 살피자, 정의감으로 똘똘 뭉친 젊은 관리 하나가 호기롭게 반문했다.

"하지만 대감, 자객이 증언하지 않았습니까?"

"내 그자와 따로 만나 보았네. 지금까지 나온 증언과 증거를 종합해 봤을 때 범인이라고 특정할 수 있는 이는 딱 한 명, 혜명 윤문의 겸인뿐이더군."

"그럼 뻔하지 않습니까! 윤이환이 사주한 것입니다!"

"자넨 자네 집안의 겸인이 밖에서 무엇을 하고 다니는지 전부 꿰고 있는가?"

용감했던 젊은 관리는 순간적으로 입이 턱 붙어 대답하지 못했다. 채 대감은 주위를 크게 둘러보며 전체적으로 질문했다.

"모두 말해 보시게. 자네들이 집을 비웠을 때, 부리는 이들이 무엇을 하고 다니는지 전부 알고들 계시는가?"

조신들은 하나같이 묵묵부답이었다. 그러자 젊은 관리가 의아함을 버리지 못하고 또다시 캐물었다.

"혹 대감께선 윤 대감과 세 아들에게 죄가 없다고 생각하시는 겁니까?"

"죄인을 치죄하는 것은 마땅하나 억울한 이가 나와서도 안 된다는 뜻이었네."

"경의 의견에 과인도 동의합니다."

들을 만큼 충분히 들었다는 듯 왕이 더 이상의 반문을 허용치 않았다.

"마저 이야기해 보세요. 이제 어찌해야겠습니까?"

"전하, 혜명 윤문의 네 부자가 기습 사건의 배후라고 단정지을 수 없듯, 그들이 용의선상에서 완전히 벗어났다고도 할 수 없을 것이옵니다."

"일리 있는 말씀입니다."

"우선 그들을 본가에 하나로 모아 연금하고, 고계성을 추포하는 데 총력을 기울이시옵소서. 혜명 윤문에 대한 심판은 그자를 붙잡아 심문한 다음에 내려도 늦지 않을 것입니다."

채 대감이 혜명 윤문을 무조건 감싸는 게 아니라는 것을 깨달은 이들은 이제야 합당한 처사라며 입을 모아 외쳤다. 애초에 척진 사이였기에, 일이 터지자마자 범인으로 몰아갔다면 외려 불리해질 수도 있었다. 차라리 옴짝달싹 못 하게 가둬 두었다 절차를 밟아 처리하는 편이 훨씬 깔끔하다는 계산속이었다.

혜명 윤문을 따르던 이들도 그쪽과 정리할 얼마간의 시간을 번 셈이라 반대할 이유가 없었다. 정전에 든 모두가 채여준이 제안해 전하께서 재가한 최종적인 결정을 흔쾌히 받들었다. 오직 한 사람, 조회 시작 전부터 입에 자물쇠를 채우고 아무런 의견도 표출하지 않았던 호판을 제외하고는…….

김사흔은 속으로 가볍게 코웃음 쳤다. 설마 하였으나 오늘 보니 예성 채문과 혜명 윤문 사이에 은밀한 뒷거래가 이루어진 게 사실인 듯 보였다.

그런다고 본인들이 할 수 있는 게 무에 있다고…….

백날 떠들어 봤자 고계성은 이미 제 손안에 있었다. 머지않아 완벽한 마무리를 위해 그를 저들 손에 던져 줄 테지만 걱정은 없다. 그놈에겐 꼭 지켜야 할 것이 있어, 스스로 목숨을 내버릴지언정 진실을 밝히진 못할 것이다. 결국 혜명 윤문은 멸문의 시간을 약간 늦추었을 뿐 그것을 피해 가진 못할 운명이었다.

호판은 우두커니 서서 대세를 따라 고개를 끄덕이고는 원하는 대답을 외쳐 주었다. 실속 없는 척신 거족이라며 뒤에서 비웃는 자들도 있지만 그러든지 말든지. 바로 그러한 본성과 처세술 덕에 여기까지 올 수 있었다. 호판은 고지가 코앞이라는 짜릿한 성취감에 아무도 모르게 가슴이 크게 부풀어 올랐다.

안국방 혜명 윤문의 본가는 몇 겹의 관군들로 둘러쳐졌다. 분가했던 두 아들과 그 가족까지 몰아 놓은 이후 경계는 한층 삼엄해졌다. 그 살벌한 기운에 짓눌려 길을 지나던 이들마저 멀리 돌아가기 일쑤인데. 유유히 관문을 뚫고 혜명 윤문 본가에 발을 들인 젊은 관리가 있었다. 왕명을 받고 윤이환을 탐색하러 왔다는 사간원의 젊은 관리, 채재헌이었다.

'잘한다, 아주. 옥에서 풀어 주고 네 편 몇 번 들어주었다고 이제 아예 대놓고 요구해? 넌 왕명을 뭐라 생각하는 것이냐!'

'황공하옵니다, 전하. 한 번만 들 수 있게 윤허하여 주시옵소서!'

왕은 이번에도 있는 대로 짜증을 냈고, 재헌은 다른 때와 마찬가지로 물러서지 않고 요구를 관철했다.

집 안은 쥐 죽은 듯 고요했다. 하인들의 얼굴마다 근심이 가득한데, 하나같이 청결하고 섭식이 잘된 모습이었다. 열비의 해맑은 면모와 영양 상태를 보고 대충 짐작하였지만 기대보다 훨씬 우수했다. 윤 대감이 밖에서는 가차 없이 굴면서도 제 사람에겐 인심이 후하다더니, 이 정도면 피도 눈물도 없는 인간이라는 일각의 시선은 무시해도 될 듯했다.

집사의 안내를 받아 도착한 곳은 후원이었다.

"등청 길이 막혀 딱히 할 일이 없으시다며 후원에서 동백을 돌보고 계십니다. 영감마님과 두 분 나리도 같이 계시고요."

동백을 닮은 아리따운 여인에 관한 소문이 더는 존재하지 않는 세상이었다. 항간에선 윤이환이 사치한다며 온갖 악담을 쏟아 내고 있지만 그것이 딸을 향한 애정임을 알고 있는 재헌은 가슴 한편이 뻐근했다. 예전에는 멀리서 얼굴을 대하는 것조차 거북하였으나 이제는 어떤 분이실지 개인적으로 궁금했다.

여름이라는 계절상 흐드러지게 매달린 붉은 꽃을 볼 순 없지만 윤기 나는 초록의 잎사귀가 바람에 사각거려 시원한 청음을 선사했다. 사각사각, 긴장을 덜어 주는 자연의 소리에 떠밀려 건장한 세 아들에게 둘러싸인 윤이환 앞에 당도했다.

흰 눈썹과 수염, 그리고 짙게 주름진 나이임에도 총기를 내뿜는 날카로운 눈빛은 일정 부분 가회방의 조부와 닮은 점이 있었다. 재헌은 그의 따가운 시선을 정면으로 받으며 공손히 고개를 숙였다.

"우리 도경이는?"

인사를 마치자마자 첫째 무원이 누이의 안전부터 확인했다.

재헌은 김성욱이 한 짓을 전하려다가 금세 마음을 바꾸었다. 몰랐다면 모를까, 둘째 윤주원의 성정이 어떤지 알았으니 조심하지 않으면 안 된다. 저번에도 그 난리를 쳤다는데, 또다시 도경이 김성욱에게 폭력을 당한 게 알려지면 이 상황에 월담을 시도하고도 남을 위인이었다.

그리되면 수습이 불가능해진다. 꼼작도 할 수 없는 이때 괜한 걱정거리만 안겨 주는 것도 도리가 아니었다. 감우당에서 이미 죽지 않을 정도로 혼내 주었으니, 큰일부터 처리하고 그쪽 일을 터트려도 늦지 않을 것이다.

"윤 소저는 안전합니다. 걱정하지 마십시오."

"수배령이 떨어졌을 텐데?"

"대외적으로는 그러하나, 저희 쪽에서 보호하고 있다는 걸 전하께서도 알고 계십니다."

"많이 놀랐을 텐데 어쩌고 있는 건지……."

희원이 갇혀 있는 제 처지도 잊고 어린 누이를 걱정했다.

"가족과 함께 있고 싶다고 고집을 부려 사람을 붙여 놓았습니다."

"마음 약한 소리! 그러면 절대 안 돼!"

욱한 주원이 거칠게 내지르곤 재헌에게 엄포를 놓았다.

"너, 우리 누이 놓치기만 해 봐!"

"그 부분은 심려하지 마십시오."

재헌은 도경에 대한 걱정을 덜어 주고 현재 그들이 처한 상황을 간략하게 전달해 주었다.

"이미 알고 계시겠지만 무죄가 입증될 때까지 대감을 비롯한 세 분과 그 직계 가족은 문밖출입을 금한다는 어명입니다. 밤낮 구분 없이 관군들이 집 전체를 에워쌀 것이고, 저의 방문을 마지막으로 그 누구도 이곳을 드나들지 못할 겁니다."

"옥에 갇히지 않은 게 어디야. 이 정도면 감지덕지하지, 뭐."

주원은 사태를 최대한 긍정적으로 받아들이면서도 사헌부의 집의답게 씁쓸히 한탄했다.

"이런 사건은 내가 해결해야 하는데……. 두 발로 뛰어다니며 내 손으로 범인을 잡지 못한다는 게 아쉬울 뿐이네."

"이것만은 약조드릴 수 있습니다. 여기 계시는 모든 분은 무사하실 겁니다."

꼭 전하고 싶었던 진심에 삼 형제가 저마다 동작을 멈추고 재헌을 물끄러미 바라보았다. 어렴풋이 착잡한 기운도 느껴지는데, 낮고도 서늘한 목소리가 모두의 주의를 가로챘다.

"자신만만하군."

여태껏 침묵을 고수했던 윤이환이었다.

"저를 어찌 여기시든 대감께서 무죄라는 것은 꼭 밝히겠습니다."

"조건이 무엇인가? 원하는 게 있으니 이렇게까지 나서는 거겠지."

"물론입니다."

당돌한 즉답에 누가 먼저랄 것도 없이 삼 형제가 험상궂게 눈을 부릅떴다. 재헌은 개의치 않고 원하는 바를 깔끔히 전달했다.

"이번 일이 잘 마무리되는 대로 따님과 혼인하고 싶습니다."

삼 형제는 경악하여 입을 크게 벌렸고 윤이환은 격노했다.

"감히 우리 집안을 인질 삼아 내 딸을……!"

"따님께서 저를 받아들여 준다면 말입니다. 제가 노력하는 중입니다."

얼른 설명을 덧붙이자 윤 대감조차 입을 벌린 채 얼어붙었다. 그 말인즉, 둘 사이에 의미심장한 교류가 오가는 중이라는 뜻이기 때문이다. 당연히 네 부자는 처음 혼인 이야기를 들었을 때보다 훨씬 충격받은 모습이었다.

위태롭게 이어진 긴 침묵 끝에 하필 둘째 주원이 가장 먼저 정신을 차렸다.

"내가 뭐랬어? 쟤들 분위기 이상했다니까! ……너 이 새끼!"

주원이 냅다 재헌의 멱살부터 잡아챘다. 곁에 있던 무원과 희원은 한발 늦게 얼떨떨함을 떨치고 둘째를 뜯어말렸다.

"진정하십시오, 지금 중요한 게 그게 아니지 않습니까!"

"주원아, 아버님 앞에서 무엇 하는 짓이냐!"

"놔! 내가 오늘 이 새끼 죽이고 자수할 테니까! 너 언제부터 우리 애한테 접근했어? 순진한 애 꼬여서 뭘 어떻게 한 거냐고!"

"제발요, 형님! 저 자식 얼굴에 멍이라도 들었다가 도경이의 원망을 사면 어쩌려고 그러십니까!"

"뭐?"

주원은 웬 말도 안 되는 소리냐며 펄펄 뛰었다. 하지만 그러면서도 쉽게 주먹을 날리지 못하고 머뭇대다가,

"어우, 씨……!"

매우 불량스러운 소리와 함께 단단히 쥐고 있던 옷깃을 거칠게 놔주었다.

힘에 떠밀려 흔들렸던 재헌이 빠르게 중심을 잡았다. 흐트러진 옷매무새를 가다듬고 형제들의 흥분이 가라앉기를 기다렸다. 멸문의 위기 속에서도 누이의 일에 더 격분하는 오라비들을 보고 있자니 이게 맞나 싶으면서도, 저들을 꼭 살리고 싶다는 마음이 깊어졌다.

세 아들과 달리 묵묵히 재헌을 보고만 있던 윤 대감이 혼란을 뒤로하고 다시 본론으로 돌아갔다.

"이번 사건의 배후로 짚이는 이가 있는가?"

짐작 가는 이가 전혀 없어 참으로 곤란한 질문이었다. 혹시 몰라 앵속이 수입된 경로를 뒤지고 있지만, 불법으로 교역된 것이라 꼬리가 잡히지 않았다.

그렇기에 재헌은 누구보다 빨리 고계성을 찾으려 한다. 만에 하나 관군이 그를 먼저 찾는다면 무슨 짓을 해서라도 빼돌릴 계획이다. 까닭을 알 수 없으나, 그자는 진실을 밝히기보다 끝까지 혜명 윤문과 함께 자멸하는 길을 선택할 것이니.

"꼴을 보아하니 아무것도 찾지 못한 게로군."

재헌의 침묵이 길어지자 윤 대감이 핵심을 콕 찔렀다.

"무슨 수를 쓰든 방법을 찾아내겠습니다. 혜명 윤문은 맹세코 안전할 겁니다."

"자신 있는가?"

"예. 약조드립니다."

재헌의 호언장담에도 윤 대감은 의심을 거두지 않았다.

"만약 그 약조를 지키지 못한다면?"

"반드시 지킬 겁니다."

"그래도 앞날을 어찌 알겠는가? 의지는 갸륵하나, 설상가상 일이 틀어져 우리가 역도로 죽을 수도 있겠지. 그렇다면 자네는 어떡할 생각인가?"

"그땐……."

"그땐!"

최선을 다해 확신을 드리고 싶었으나 윤 대감은 단호히 말을 끊었다. 차갑고 단단했던 눈빛이 흔들리더니 그리움이 서린 음성으로 하나뿐인 여식을 입에 올렸다.

"우리 도경이만은 살려 주게. 내가 죽어 딸아이를 지켜 주지 못하더라도 관노비가 되어 끌려가는 것만은 기필코 막아 주게."

삼 형제가 울컥하여 먼 하늘을 올려다보았다. 특히 둘째는 순식간에 눈가가 시뻘게져 마른세수를 했다. 윤 대감의 두 눈엔 앉아서 속수무책 당한 것에 대한 자책이 넘실거렸다.

그런 그들에게 재헌이 해 줄 수 있는 말은 하나밖에 없었다.

"그럴 일은 절대 없을 겁니다. 따님과 꼭 만나게 해 드리겠습니다."

"……우습군. 우리 집안의 명운을 예성 채문의 애송이한테 맡기게 되다니."

윤 대감은 더 이상 할 말이 없다는 듯 돌아섰다. 동백의 이 파리를 조심스러운 손길로 매만지며 무뚝뚝하게 대화를 종결했다.

"행운을 비네."

"또 찾아뵙겠습니다."

재헌은 노대감의 등에 대고 허리 굽혀 깍듯이 인사했다.

진장방에 도착한 이후 뾰족해진 신경을 누르지 못했다. 기억 속에서 가족은 갑자기 쳐들어온 관군의 발아래 짓밟혀 변을 당했다. 이번에도 그러지 않으리라는 보장이 없어 안국방으로 가겠다는 도경과 안 된다며 막는 정이 사이에 실랑이가 끊이지 않았다.

끝나지 않을 것 같던 언쟁은 가회방에서 전해진 무원의 서찰로 일단락되었다. 재헌이 몰래 가지고 나왔다는 서신엔 가족 모두 안전하니 무모한 행동을 삼가고 차분히 기다리라는 당부가 적혀 있었다.

그나마 안도한 도경은 생각을 고쳐먹었다. 한시가 급한 이때 정을 제 옆에 잡아 두는 것은 어리석은 행동이었다. 그가 재헌을 도울 수 있도록 떠나보내고 가회방에서 보내 준 찬모와 둘이 지내기 시작한 게 벌써 사흘 전이었다. 반짝 품었던 희망에 슬금슬금 의문의 싹이 트고 우울감이 생기기에 충분한 시간이

기도 했다.

느지막한 오후, 무엇을 해도 손에 잡히지 않아 밖으로 나온 도경은 대청마루 끝에 걸터앉아 기둥에 머리를 기대고 있었다. 푹 꺼진 눈과 혈색 없는 안색이 내색할 수 없는 마음고생을 고스란히 대변했다. 모두가 위험해진 이 순간, 아무것도 안 하고 숨어 있기만 하자니 속에서 치받치는 자괴감에 피가 말랐다.

도경은 울적함을 걷어 내지 못하고 작게 한숨을 쉬는데…….

툭.

밖에서 간문을 두드리는 투박한 소리가 울렸다. 근처에서 나물을 말리던 찬모가 파들짝 놀라 돌아보았다. 도경도 딱딱하게 굳어 귀를 기울이니 소리는 매끄럽게 연속되었다.

툭, 투둑, 투둑.

혹시 몰라 신호로 정해 둔 소리였다.

찬모가 후우, 안도의 숨을 쉬고 달려 나갔다. 새로운 소식이라도 전해졌나 싶어 도경도 자리에서 벌떡 일어섰다. 마당으로 내려와 초조하게 기다리니 잠시 후, 누군가 허겁지겁 달려왔다.

"아가씨!"

눈물로 범벅된 열비였다.

"열비야!"

안 그래도 안부를 궁금해하던 차였다. 눈시울이 붉어진 도경은 짐을 내려놓고 저에게로 달려온 열비를 품에 꽉 끌어안았다.

"저 혼자 두고 가시면 어떡합니까! 한시라도 빨리 오고 싶었는데 기다리라고만 하셔서 쉰네 가슴이 까맣게 타 버렸습니다."

"가회방에서 지내고 있다기에……. 너한텐 거기가 더 안전할 거라고 판단했다."

"아닙니다. 싫습니다! 전 죽을 때까지 아가씨 곁에 붙어 있을 겁니다!"

도경은 코끝이 시큰해 동생 같은 아이의 등을 토닥여 주었다.

원길이 나타나 감우당이 뒤집어진 뒤 자수 모임은 종결되었다. 예성 채문 사람들도 감우당의 생활을 정리하고 본가로 돌아가며 자연스레 열비를 데려갔다. 당분간 돌봐 주기로 이야기가 끝난 상태였는데, 당사자는 하루가 멀다고 언제쯤 도경에게 갈 수 있냐고 물어봤다고 했다. 틈을 봐서 보내 주겠다고 하더니, 이렇게 갑자기 나타날 줄은 생각도 못 했다.

도경은 훌쩍이며 열비의 눈물을 닦아 주다가 어깨 너머 나타난 정부인을 보고 경직되었다. 눈치 빠른 열비가 알아서 옆으로 물러나자 긴장한 도경은 부인 앞에 다가가 예를 올렸다.

"오셨습니까."

무엇을 그리 바리바리 싸 왔는지, 열비가 들고 온 것 외에도 찬방으로 향하는 찬모의 두 손에 짐이 한가득이었다. 더는 따르는 사람이 없는 것으로 보아 적어도 근처에서 여기까지 정부인이 저 짐의 절반 정도를 들고 왔다는 뜻이 된다. 이전이나 지금이나 무뚝뚝한 표정은 매한가지였지만 그 사실 하나만으로도 도경은 감격스러웠다.

"그동안 많은 가르침을 주셨는데 인사도 드리지 못하고 떠나왔습니다. 늦게나마 이리 뵙게 되어 다행입니다."

"자영이가 온다고 우기는 걸 그냥 내가 오겠다고 했다. 우리 집이 여기서 가깝거든."

"감사합니다."

"짐승도 은인을 알아본다는데 사람으로 태어나 은혜도 모르면 부끄러워 어찌 사누."

도경이 재차 허리 굽혀 인사하자 정부인이 퉁명스럽게 대꾸했다. 고개를 들어 서리가 찬 두 눈을 올려다보니 찬바람이 쌩쌩 불던 노부인의 기세가 한풀 수그러들었다.

"얘기 들었다. 네가 우리 재헌이를 두 번이나 살렸다지?"

"우연히…… 그리되었습니다."

"우연이 반복되면 그게 어디 단순한 우연일 리 있나."

약간의 착잡함을 띠고 정부인이 하늘을 올려다보았다. 인력으로 어쩔 수 없는 일에 대한 언짢음 같은 것이 서려 있었다. 그렇다고 적의가 느껴지는 기색도 아니라 도경은 용기 내 자리를 권했다.

"잠시라도 안으로 드시지요."

"밖에 기다리는 이들이 있다."

딱 잘라 거절한 정부인은 매몰차게 돌아서는가 싶더니, 영

내키지 않는다는 듯 걸음을 멈추고 돌아보았다.

"소낙비가 세차게 쏟아질 땐 어디라도 숨어 비를 피하는 게 상책이다. 얌전히 웅크리고 몸 사리고 있으면 곧 날이 개고 밝은 해가 뜨겠지. ……그새 야위었구나. 내가 직접 만든 음식이니 끼니 거르지 말고 잘 챙기도록 해라."

두 귀로 듣고도 믿기지 않았다. 눈가가 화르르 붉어지자 정부인은 고개를 팩 돌려 빠른 걸음으로 가옥을 떠났다. 뒤쫓아 가 안녕히 가시라고 인사를 올려도 돌아보지 않았다. 곁을 주지 않는 꼿꼿한 뒷모습이 무섭기는커녕 다른 어느 때보다 친근하게 느껴져 도경은 굳게 닫힌 문 앞을 한동안 떠나지 못했다.

시간은 여지없이 흘렀다. 그래도 곁에 열비가 있어 의지가 됐지만 역으로 아랫사람이 불안해하지 않도록 도경은 겉으로나마 의연함을 유지해야 했다.

괜찮을 거야.

곧 좋은 소식이 오겠지.

열비를 달래며 한마디씩 건넬 때마다 가슴속에 차곡차곡 쌓이는 불안과 두려움은 빠른 속도로 도경의 신경을 갉아먹었다. 매끼 식사량이 현저하게 줄었고, 목이 죄이는 기분에 깊은 잠에 들지 못했다. 그러다 불현듯 호수에서의 마지막 순간이 떠오르면 숨이 쉬어지지 않아, 한밤중에 밖에 나가 가슴을 탁탁 치곤 했다.

오늘도 멀쩡히 잠자리에 들었던 도경은 무의식중에 밖으로 나와 마당 한복판에 서 있었다. 몽롱함 속에서 문득 눈을 뜨니 처연하게 걸린 반월이 아름다운, 반짝이는 밤하늘이 온통 시야를 뒤덮었다. 깊게 내쉬는 숨 한 번으로 영혼을 좀먹는 초조함을 덜어 내고, 이어서 들이쉬는 숨으로는 가족의 안전을 기원했다.

근처에서 사람의 움직임을 느낀 건 그로부터 얼마 지나지 않았을 때였다. 어둠 속에서 건장한 사내의 윤곽을 발견한 도경은 무서움이 아닌 안도감을 느꼈다. 그를 알아보는 건 거의 본능과도 같았다.

"나리."

"왜 밖에 나와 있소?"

무복 차림의 재헌이 한달음에 달려와 도경을 살폈다.

"이 시각에 여기까지 어쩐 일이십니까?"

"원길의 등장으로 묻히긴 했지만 내가 그대를 사모한다는 걸 알 사람은 다 알지 않소. 미행이 붙을까 봐 도저히 찾아오지 못하겠더군. 그렇지만 이게 나의 한계요. 문단속이 잘됐는지 확인만 하고 가려고 했는데, 담을 넘고 말았소."

재헌의 커다란 손이 초췌해진 도경의 뺨을 감쌌다. 그에게서 전해지는 온기가 아늑하고도 다정했다. 여름밤의 풀벌레 소리를 들으며 살며시 눈을 감았다 뜨니, 그와 함께 있는 이 순간이 꿈인지 생시인지 분간되지 않았다.

"몸은 괜찮소? 계속 잠을 설쳤던 거요?"

"아니요. 그저 바람을 쐬고 있었습니다."

태연하게 뱉어 낸 거짓말을 그는 믿지 않았다. 애처로운 눈길로 지그시 바라보더니, 팔과 무릎 아래에 손을 넣어 도경을 품에 안아 올렸다. 어, 하는 사이 그는 힘들이지 않고 걸어 도경을 대청마루에 사뿐히 내려놓았다.

"잠시 계시오."

가지 말라고 손을 뻗어 보았으나 그는 빠르게 사라졌다. 가슴을 뒤덮은 상실감에 도경은 힘없이 기둥에 상체를 기댔다.

잠시간 깜박 의식이 사라졌다가 다시 돌아왔을 때 두 발에 시원하고도 따뜻한 감촉이 동시에 느껴졌다. 비몽사몽간에 아래를 보니, 저를 두고 떠난 줄 알았던 재헌이 대야에 물을 떠 와 흙과 풀로 지저분해진 발을 닦아 주고 있었다.

내가 혜도 신지 못하였구나…….

뒤늦게 인지한 사실에 황당해하며, 거리낌 없이 제 발을 쥐고 있는 그의 큰 손을 멍하니 내려다보았다. 부지런히 손을 움직인 덕에 다시 뽀얘진 발이 부드러운 비단 속에서 청결하고 뽀송뽀송한 원래의 상태를 되찾았다.

무릎을 가슴팍까지 세우고 발가락을 꼼지락거리고 있으니 대야를 들고 사라졌던 재헌이 제자리로 돌아왔다. 또다시 도경을 가볍게 안아 든 그는 그 상태 그대로 대청마루 기둥에 등을 기대고 앉았다. 그의 품과 무릎은 단단하면서도 따뜻했다.

"아무 걱정 말고 조금이라도 눈을 붙이시오. 당신이 잘 먹고 잘 자야 어른들도 안심하실 수 있소."

달콤한 위로였다. 도경은 그의 무릎에서 긴장을 풀고 너른 가슴에 머리와 상체를 편안히 기댔다. 그것으론 부족해 그의 허리를 끌어안고 가슴팍에 얼굴을 비비니 그리웠던 체향 속에서 또 다른 냄새가 감지되었다. 얼굴을 묻은 채 나른하게 속삭였다.

"나리한테서 탕약 냄새가 납니다."

"불편하오?"

그가 긴장하여 확인했다.

"또 어디가 아프신 건 아닐까, 걱정하는 겁니다."

"그렇다면 다행이고. 난 아픈 게 아니라 조심하는 중이요. 한시가 급한 이런 때 맥없이 쓰러져 자리보전이라도 하게 되면 미쳐 버릴 것 같아서. 몸이 망가져 연모하는 이를 붙잡지도 못하고 지키지도 못한다는 건 아주 큰 불행이오."

그에게서 전해진 마지막 말엔 극복하지 못한 어떤 절망 같은 게 담겨 있었다.

지워지지 않은 기억 속에서 그와의 헤어짐은 너무나도 아프고 고통스러웠다. 하늘이 주신 축복으로 이렇게나마 재회해 그의 품에 안겨 있으니 이제 그때의 슬픔은 잊고 현재의 기쁨만 새기려 한다.

도경은 모르지 않았다.

만에 하나 일이 잘못되어 과거의 그날처럼 혜명 윤문이 몰락한다고 해도 재헌은 무슨 짓을 해서든 연모하는 이만은 지켜 낼 것이다. 하지만 도경은 그러고 싶지 않았다. 다시 얻은 생에서 그에게 외면받지 않고 끝까지 애틋하였으니, 불행이 닥친다면 그 옛날 곁에 있어 주지 못했던 가족과 운명을 함께 할 것이다.

어쩌면 이 밤이 그를 보고 느낄 수 있는 마지막이 될지도…….

도경은 눈에 물기를 머금고 고개를 들었다. 그의 얼굴은 이미 가까이 내려와 있으나 선을 넘진 않았다. 입술을 취하고 싶은 강한 욕망과 도경의 몸 상태에 대한 염려가 합쳐진 결과였다.

언젠가 이런 적이 있었다. 여름을 앞둔 어느 봄밤, 당장에라도 내려올 듯 도경의 입술을 갈구하면서도 그는 끝까지 일정 거리를 유지했다. 배려는 고마우나 마지막이 될지도 모를 이 밤엔 수용할 수 없는 자세였다.

도경은 스스로 움직였다. 엉덩이를 들어 하나로 모아져 있던 다리를 벌리고 그의 허벅지에 올라앉았다. 재헌은 조금도 당황하는 기색 없이 과감한 움직임을 지켜보기만 했다.

무릎과 가까웠던 몸을 안쪽으로 바짝 붙이니 이전부터 단단하게 부풀었을 그의 아래가 적나라하게 느껴졌다. 그런데도 그는 아무런 표정 변화 없이 도경을 주시하고 있었다. 시선을 맞추고 그의 목에 팔을 둘렀다. 눈높이가 얼추 비슷하다고 생각하며 직전보다 더욱 불룩해진 아래에 체중을 실어 지그시 눌렀다.

맞닿은 아래가 지나치게 자극적인가, 돌연 부끄러워 숨을 크게 들이마시는 순간 그의 얼굴이 코앞까지 내려와 입술을 삼켰다. 정인의 육체와 영혼에 저를 각인시키려는 듯 입술 사이를 비집고 들어온 그가 도경의 입안을 온통 헤집었다. 혀를 뒤얽고 깊숙이 들어와 정신이 아득해지도록 몰아가더니 순식간에 떨어져 이마를 맞댔다.

"나를 치시오. 소리를 질러도 좋소. 기회는 지금뿐이오."

떨림과 단호함이 묘하게 뒤섞인 목소리였다. 도경은 대답 대신 더운 김이 어려 있는 그의 입술을 찾아 부드럽게 혀로 쓸었다. 간당간당 남아 있던 재헌의 자제력이 송두리째 날아갔다.

힘에 떠밀려 도경의 상체가 뒤로 휘어졌다. 부드럽고 물컹한 물체가 입안에서 마찰하여 정신없이 비벼졌다. 두 사람은 부둥켜안은 채 활활 타오를 기세인데…….

달그락.

또 다른 인기척이 들렸다. 된서리를 맞은 듯 정신이 들어 찬모와 열비가 잠든 방 쪽으로 도경의 고개가 돌아갔다.

정인의 더운 숨을 놓친 재헌은 입술을 미끄러트려 연약하고 예민한 목덜미를 꽉 물었다. 도경은 눈앞이 새하얘져 읏, 신음을 흘렸다. 생소한 열기가 피어올라 흐늘거리는 사지를 그가 가뿐히 안아 재빨리 방으로 들어갔다. 간발의 차로 조금 전까지 그들이 있던 자리에 찬모로 추정되는 검은 인영이 나타났다.

꿈을 꾸듯 입맞춤을 이어 갔다. 무릎이 덜덜 떨려 몸을 지탱하기도 어려웠다. 찬모는 밖에 오래 있지 않았다. 확인을 끝낸 즉시 처소로 돌아갔는지 멀리서 문 닫는 소리가 희미하게 들렸다. 길었던 입맞춤을 멈춘 그가 도경을 품에 꼭 끌어안고 벽에서 스르르 미끄러져 내렸다.

두 사람은 가쁜 숨을 몰아쉬면서도 얼싸안은 팔을 풀지 않았다. 재헌이 벽에 등을 기댔고, 도경은 그의 허벅지에 올라타 엎어지듯 상체를 완전히 그에게 기울였다. 가슴과 가슴이 꽉 맞물려 주체할 수 없이 뛰고 있는 서로의 심장 소리를 들었다.

"당신은 지쳤소. 조금이라도 자야 하오."

재헌은 이럴 때가 아니라고 말하면서도 도경의 귓바퀴와 관자놀이에 쉴 새 없이 입맞춤을 쏟아부었다. 불어오는 그의 숨결을 느끼며 도경은 나지막이 반박했다.

"이 밤을 놓치지 않아야 힘이 날 겁니다. 지치고 외로울 때 나리와 함께한 순간을 생각하면 행복할 테니까요."

"그럼 나와 혼인해 주겠소?"

"예. 당연합니다."

제가 끝까지 살아남을 수 있다면요…….

차마 건네지 못한 말을 삼키는 도중 몸이 공중으로 붕 떠올라 이내 뒤로 젖혀졌다. 등에 푹신한 이불의 감촉이 와 닿았다. 뭐가 어떻게 되어 가는 것인지 인지할 새도 없이 자리옷의 치마가 크게 부풀어 오르더니 아랫배의 맨살에 그의 숨결이 내려앉았다.

"여기에 얼굴을 묻을 때마다 한 번씩 이러고 싶었소."

그가 배꼽 아래 속곳을 파고들며 고백했다.

"속으로 아무리 경서를 외워도 소용없더군. 문자가 흩어지고 당신 치마 속으로 기어들어 가는 내 모습이 상상되어 미치는 줄 알았소. 미안하오, 난 나쁜 놈이오."

저 아래서 느껴지는 그의 움직임에 심장이 격하게 덜컹거렸다. 느슨해진 속곳이 내려가고 최후의 보루였던 다리속곳마저 그의 손에 풀려 나갔다. 단정하기 그지없는 상체와 달리 휑해진 아래가 부끄러워 얼굴이 빨갛게 달아올랐다.

지금이라도 밀어내야 할지 적극적으로 매달려야 할지 판단이 서지 않았다. 달뜬 숨만 내쉬던 도경은 어둠 속에서 위로 번쩍 들린 새하얀 제 한쪽 다리만 멀거니 바라보았다.

그의 앞에서 이런 자세를 취하는 날이 오리라고는 한 번도 상상해 본 적 없었다. 그나마 세상을 비추는 빛이 희끄무레한 반월이라는 사실에 감사한데, 활짝 벌어진 다리 사이로 뜨거운 입김이 쏟아졌다. 화들짝 놀라 도망치려고 해도 그에게 꽉 잡힌 허리가 흔들려 자극만 커질 뿐이었다.

제 것 같지 않은 신음이 낯설어 입술을 꽉 깨물어 보지만, 얼마 가지 못했다. 계속되는 접촉이 뜨겁고도 끈질겨 몸에서 점점 힘이 풀렸다. 세상에 둘도 없이 문란한 여인이 된 것 같으면서도 꿈속을 부유하는 기분이었다.

반쯤 감긴 시야에 그의 정수리가 들어온 건 한참이 지난 후였다. 언제 벗겨졌는지 아무것도 걸치지 않은 가슴의 정점이 그에게 물려 있었다. 아래를 흠뻑 적셔 놓은 그가 이제 상체를 집중적으로 공략하고 있었다.

대담하기까지 한 그의 진도를 따라가기 버거웠다. 그럼에도 도경은 자신이 먼저 그를 유혹했음에 책임을 느끼고, 힘이 풀린 팔을 들어 그의 머리를 끌어안았다. 단순한 그 행위의 어디가 마음에 들었는지, 소담한 양쪽 가슴에 정신을 놓고 있던 그가 고개를 들었다.

선명하게 보이진 않으나 깊은 애정이 느껴지는 눈길이었다. 도경은 숨을 헐떡이며 물었다.

"제가 잘하고 있습니까?"

"훌륭하오."

한 거라곤 그의 머리를 끌어안은 것밖에 없음에도 그의 대답은 감격으로 젖어 있었다.

몸에 걸친 마지막 조각이자 입으나 마나 한 상태인 저고리가 그의 손에 벗겨졌다. 재헌은 옷고름을 풀 시간도 아깝다는 듯 자신의 상의를 머리 위로 벗어 던졌다. 고르게 잘 짜인 사내의 근육이 희푸른 달빛을 받아 반짝거렸다.

하의까지 탈의한 그가 열기로 뜨겁게 달아오른 여체를 감싸안았다. 맨살과 맨살이 닿는 느낌은 또 달랐다. 도경은 그의 단단한 어깨와 넓은 등을 조심조심 쓰다듬었다. 할 수 있는 만큼 깊이 품어 주려 하는데, 저 아래 딱 맞닿아 비벼지는 감각에 손가락 끝에 힘이 들어갔다.

옷 위에서 가늠했던 불룩함과는 차원이 달랐다. 몸으로 느껴지는 그것의 실체와 생소한 이물감에 숨을 거칠게 들이

켰다. 내뿜는 숨결이 그의 입속으로 흡입되고 몸이 속절없이 흔들렸다. 억눌린 신음과 열기에 휩싸인 두 사람의 여름밤은 달님의 묵인 아래 점점 더 붉고 야릇한 색채로 물들고 있었다.

은은한 동백 향이 감미롭다. 막 세목을 마친 듯 온몸이 느른하게 늘어졌다. 곳곳에 흩어져 잡히지 않던 행복이 너울을 타고 넘실넘실 그에게로 흘러들었다.

만족스럽게 미소하며 천천히 눈을 떴다. 희미한 시야에 어떤 물체가 포착되었다. 눈을 맑게 하고 다시 보니 저 앞에 그녀가 달려오고 있었다. 직전까지 분명 제 가슴에 얼굴을 묻고 있었는데…….

재헌은 영문을 몰라 어리둥절해하다, 전속력으로 달려와 저에게 몸을 던진 그녀를 품에 받아 안았다. 따뜻한 온기가 느껴졌다. 말랑말랑한 목덜미에 얼굴을 파묻고 그녀의 체향을 깊이 들이마셨다. 그것만으로는 부족해 도경의 몸을 바짝 끌어당기는데 그녀가 축 늘어졌다.

어?

무언가 이상하다고 감지한 순간 따뜻했던 여인의 몸이 급속도로 식어 갔다. 가슴이 철렁 내려앉아 황급히 몸을 떼니 하얗고 깨끗한 저고리에 붉은 핏빛이 번지고 있었다. 그녀의 모든 것도 핏빛으로 바뀌었다. 눈이 서서히 감기며 도경이 뒤로 넘어갔다.

쓰러지는 그녀를 잡기 위해 다급히 손을 뻗었다. 아무것도 잡히지 않았다. 절망에 휩싸인 재헌은 거칠게 울부짖으며 필사적으로 허공에 팔을 내저었다.

헉.

잠에서 깬 그가 단번에 눈을 떴다. 가쁜 숨을 쉬며 품속의 도경이 괜찮은지 먼저 확인했다. 기진하여 쓰러진 그녀는 아이처럼 쌔근쌔근 잠들어 있었다. 시력과 청력을 총동원해 주위의 기척도 살폈다. 새벽빛으로 물든 세상이 고요했다.

이토록 어이없는 꿈이라니…….

행복했던 밤을 질투하듯 심술궂게 찾아온 흉몽이 섬뜩해 이마에 손을 짚고 어둑한 허공을 노려보았다. 부정 탄 걸 털어 내듯 살그머니 몸을 일으켰다. 여름이라 하지만 새벽의 찬 기운에 감모라도 들까 봐 허리춤에 내려갔던 이불을 도경의 어깨까지 올려 주었다.

자제하지 못하고 한참을 괴롭힌 뒤 어쩔 수 없이 놓아주었을 땐 새벽이 가까워진 시각이었다. 곤하게 잠든 도경 옆에 바로 눕는 대신 대야에 물을 떠 와 몸을 씻기고 자리옷을 새로 꺼내 입혀 주었다. 처음이라 힘들 텐데 찬물이 닿아 몸이 아프면 어떡하나 걱정했던 것이 무색하게, 잠에서 깨고 보니 잘한 선택이었다.

옷을 입고 나갈 준비를 마친 재헌은 잠시 머리맡에 앉아 잠든 도경을 들여다보았다. 가슴이 오르락내리락, 규칙적으로 편안히 내쉬는 정인의 숨결이 사랑스럽고도 소중했다.

간밤의 간절함이 어떤 의미였는지 잘 알고 있었다. 가족이 잘못되면 지난 생의 그때처럼 도경은 세상을 버릴 작정인 것이다. 마지막일지도 모를 순간이었기에 허락되었던 밤. 혼자서 외롭게 죽었을 이전 생의 도경을 생각하면 부끄러움도 잊고 펑펑 울고 싶어졌다.

다시는 그토록 잔인하게 이 사람을 잃지 않을 것이다. 밝은 눈과 멀쩡한 몸으로, 반복해서 도경을 괴롭히는 이 사태의 배후를 반드시 색출할 것이다. 그때까지 도경이 기운 잃지 않고 견뎌 주길 바라며 재헌은 보드라운 그녀의 이마에 살포시 입술을 내렸다.

마지막으로 이부자리를 편하게 봐 주고 조용히 방을 나왔다. 조심해서 끝까지 문을 잘 닫았는데 등 뒤에서 헉하고 숨넘어가는 소리가 들렸다. 급히 돌아보니 소세하러 가던 열비가 두 손에 건포를 꼭 쥐고 얼어 있었다.

멍멍히 재헌을 응시하던 열비는 곧 눈을 감고 고개를 흔들었다.

"쇤네는 아무것도 보지 못했습니다. 지금까지 그랬듯 앞으로도 계속 모르는 척 지낼 겁니다."

재헌은 절로 한숨이 나왔다. 도경이 정과 간음했다는 누명을 썼을 때, 저를 보자마자 빨리 가 보라고 다그친 아이였다. 아가씨는 당신과 심상치 않은 사이인데 엉뚱한 사내와 연결돼 오해를 사고 있으니 책임지고 해결해야 하지 않겠느냐며 당당히 요구했다.

아무것도 모르는 척 뒤로 빠져 있었지만 제가 모시는 상전에 대해 모르는 게 없다는 사실을 재헌은 그때 처음 알게 되었다. 그러니 거짓말은 안 된다. 어설픈 변명보다 차라리 솔직하게 털어놓는 편이 훗날을 위해서라도 나은 선택이었다.

재헌은 대청을 내려가 혜를 신고 따라오라고 눈짓했다. 실눈을 뜨고 그를 살피던 열비가 쭈뼛쭈뼛 쫓아왔다. 간문 앞에 이르러 과감히 고백했다.

"안국방에 갔다가 영상 대감께 말씀 올렸다. 이번 일을 해결하고 윤 소저와 혼인하겠다고."

"참말이십니까?"

약간은 뾰로통해 있던 아이가 표정이 확 풀려 되물었다.

"정말 나리께서 저희 대감마님을 구해 주시고 아가씨랑 혼인도 하실 겁니까?"

"나를 못 믿느냐?"

"아닙니다! 믿습니다. 나리라면…… 예성 채문이라면 쉰네 믿을 수 있습니다!"

이쪽도 내색하지 못하고 홀로 냉가슴을 앓았는지 눈물을 글썽이며 열렬히 대답했다.

"하면 아무 걱정 말고 아가씨를 잘 뫼시고 있거라. 급한 일이 생기면 고모할머님 댁으로 연락 넣고."

"예, 나리. 감사합니다. 참말 감사합니다!"

기어이 눈물을 터트린 열비가 몇 번이고 허리 굽혀 인사했다. 끄덕, 턱을 가볍게 당겼다 세운 재헌은 인적 없는 새벽길로 매끄럽게 사라졌다.

가회방으로 돌아온 재헌은 급히 씻고 새로 옷을 갈아입었다. 최근 전하께 따로 윤허를 받아 고계성을 찾는 일에 주력하는 중이어서 관복이 아닌 무복 차림이었다.

석이가 내오는 탕약을 들이켜고 작은 사랑채를 나섰다. 시간이 흐를수록 초조함이 앞섰다. 벌써 여러 번 심문해 봤지만 원길은 배후가 혜명 윤문이라고 철석같이 믿고 있었다. 도대체 어떤 이가 그렇게까지 긴 세월에 걸쳐 치밀하게 계획을 세웠는지 짐작도 가지 않았다.

최악의 경우 삼 형제가 앵속에 대해 몰랐다는 점만으로는 버티기 힘들어질 수도 있다. 급한 대로 권력과 재물을 양손에 쥔 자들을 전부 살피고는 있으나 현재까지 어떠한 단서도 찾을 수 없었다. 다른 이들의 조언대로 이제 선택과 집중을 해야 할 시간인지도 모르겠다.

하지만 재헌은 그것이 영 내키지 않았다. 주위에서 충고하길, 평소 성정이 꼼꼼하고 진중한 이를 골라 집중적으로 뒤를 캐야 한다는데 과연 그러할까. 어이없지만 직감이라는 게 꼭 그렇지가 않다고 속삭이고 있어 갈피를 잡기 어려웠다.

이럴 때일수록 결단이 빨라야 하건만…….

재헌은 미간에 번뇌를 싣고 큰 사랑채로 넘어갔다. 어른들께 인사를 올린 뒤 오늘도 발에 물집이 잡히도록 뛰어다닐 예정인데, 행랑아범이 급히 뛰어왔다.

"도련님!"

상념을 털고 그를 보니 뜻밖의 소식을 전달했다.

"정 의원이 찾아왔습니다. 괜찮으시면 잠시 뵙고 싶다고요."

정 의원이라면 얼마 전 백구의 치료를 맡긴 이였다. 한때 혜민서에 몸담았던 그는 마의서를 배워 사복시에도 파견된 전력이 있었다. 현재는 조그맣게 의원을 차려 병자를 돌보고 있지만, 그 특이한 이력으로 인해 동물을 키우는 대갓집에도 종종 불려 다녔다.

"벌써 세 번이나 왔었다고 합니다. 올 때마다 나리께서 출타 중이시라 오늘은 일찍 들렀다고요."

"이런 결례가 있나. 지금 어디 있는가?"

"행랑 마당에서 기다리고 있습니다."

재헌은 어른들께 올리는 인사를 잠시 미루고 밖으로 나가 보았다.

"나리!"

마당을 서성이던 의원이 재헌을 보고 쫓아와 단정히 인사했다.

"미안하네. 두 번이나 헛걸음했다고?"

"아닙니다. 소인도 지나던 길에 궁금한 점이 있어 들른 거라서요. 오늘도 안 계셨으면 서찰이라도 쓰고 가려고 하였습니다."

"무슨 일인데 그러는가? 별일 없을 거라 하여 안심하고 있었는데, 지켜보니 상태가 심각하기라도 한 것인가?"

"그것이 매우 기이합니다."

의원은 두 눈을 가늘게 뜨고 고개를 갸웃했다.

"보면 볼수록 구타당해 내상을 입었다기보다 어디서 독초를 잘못 먹은 게 아닐까 심히 의심스럽습니다."

"독초? 그리 보이진 않았는데……."

힘없이 늘어져 있던 백구를 떠올린 재헌은 자세히 캐물었다.

"증세가 정확히 어떠한가?"

"각 장기의 활동이 현저히 저하되어 있습니다. 속에서 곳곳으로 퍼진 독이 모든 장기에 침투해 조금씩 조금씩 생명을 갉아먹는 형국이라고 해야 할까요."

일순 표정이 굳은 재헌은 손끝이 차게 식었다. 이전 생의 자신과 소름 끼치도록 닮은 증상이었다. 설마 하여 끝까지 중립을 지켜보려 하지만 뒤이어 들려온 이야기에 남아 있던 주저함도 말끔히 사라졌다.

"그뿐만이 아닙니다. 멀쩡히 있다가도 픽픽 쓰러져 모두를 놀라게 하고, 앞도 잘 안 보이는 듯하였습니다. 이는 필시 독성이 있는 뭔가를 잘못 취했기 때문일 겁니다. 한데 아무리 의서와 약서를 뒤져도 나오는 게 없으니……. 혹 주인집에서 특별한 걸 주워 먹었다는 말을 들은 적이 없으십니까?"

이럴 수가…….

재헌은 뒤통수를 제대로 얻어맞은 기분이었다.

김사흔. 호판 김사흔이었다니……!

기별지 사건이 그들 부자의 짓임을 모르지 않았다. 지난번, 김성욱에게 주먹질한 것에 앙심을 품고 한판 제대로 일을 벌이긴 했으나 마무리가 어설펐다. 조금만 알아보았을 뿐인데 배후가 그들이라는 정황과 증거가 우수수 쏟아졌다. 만약 그때 단주를 찾는다고 정신만 빼놓지 않았다면 처음부터 당할 일도 아니었다.

평소 그들의 행적이나 성정 등을 봤을 때 딱 그 정도 수준의 사람들이라고 은연중에 단정 지었다. 하여 김성욱의 본성이 그토록 포악해도 이런 일을 벌일 배포나 치밀함은 부족하다고 무시하고 있었다.

그런데…… 대비의 어수룩한 아우가 이런 발톱을 숨기고 있었을 줄이야!

"도련님!"

새로이 알아챈 반전이 섬뜩한 이때, 대복이 나타났다. 재헌은 의원에게 양해를 구하고 그에게 성큼 다가갔다.

"이런 시기에 번거롭긴 하지만 덕양 김문 본가의 움직임이 아무래도 수상합니다."

"무슨 일인가? 자세히 말해 보게!"

마침 그가 입에 올린 소식은 호판 댁에 관해서였다.

"얼마 전부터 그 댁 집사가 민가 한 곳을 은밀하게 드나들고 있다 합니다. 우리 쪽에서 처음에는 대수롭지 않게 여기고 있었는데, 찾아가고 머무는 시각 등이 일반적이지 않다는 의견입니다. 지난번처럼 또 저쪽에서 앙갚음을 강행하는 것이 아닐지 염려하고 있습니다."

"아니야. 그런 게 아닐세!"

흥분한 재헌이 강하게 부정했다. 그들이 움직여 봤자 해결 가능한, 그러나 바쁜 시기에 손이 가고 성가신 일 정도로 취급했던 대복이 영문을 몰라 어리둥절해했다.

"아니라니요, 그게 무슨 말씀이십니까?"

"거기야, 대복. 거기에 고계성이 있어!"

"예?"

"설명할 시간이 없네. 당장 움직여야 해!"

우연한 계기로 실마리가 풀리자 막혔던 부분이 와르르 무너졌다. 이 기회를 놓치면 또 어떤 막다른 골목에 다다를지 몰라 재헌은 몸이 먼저 튀어 나갔다.

전하께서 비밀리에 내려 주신 사복 차림의 정예 군사와 예성 채문의 수하까지 이끌고 민가 한 채를 에워쌌다. 소리 없이 포위망을 좁혀 단숨에 뛰어들긴 했는데 집은 텅 비어 있었다.

"한발 늦었군."

재헌은 속이 타들어 탄식하면서도 아궁이에 손을 대 보았다. 음식을 해 먹은 기운이나 흔적이 전혀 없었다. 혹시 몰라

방으로도 들어가 보았다. 어두컴컴한 골방에 서안이 있고 고계성이 사용했을 방석이 있었다. 거기에도 주저 없이 손을 대보았다.

"미약하지만 온기가 남아 있어."

"멀리 가지 못했을 겁니다."

군사를 이끄는 군관이 다음 명을 기다렸다.

"그자의 얼굴을 숙지하고 있겠지?"

"모두가 용모파기를 가지고 있습니다."

"군관 넷은 근처를 돌며 탐문을 펼치고, 나머지는 흩어져 그자를 쫓도록 하게. 여태 도성을 떠나지 않았다면 그럴만한 사정이 있었을 거야."

상관을 통해 명령을 하달받은 군사들은 일사불란하게 움직였다.

재헌도 예외는 아니었다. 군사들이 떠나자 대복과 함께 집 안팎을 수색한 뒤 용모파기를 들고 직접 거리로 뛰어들었다.

장옷을 푹 뒤집어쓴 도경이 저자의 행인 사이를 빠르게 헤치며 나아갔다. 마찬가지로 얼굴을 가린 열비가 과도하게 주위를 살피며 상전의 뒤를 바짝 따라붙었다. 잠시 후 혼잡한 곳을 벗어나 주변이 한적해지자 열비의 우는소리는 다시 시작되었다.

"아가씨, 이러다 정말 큰일 납니다!"

"걱정하지 마. 얼굴만 잘 가리고 있으면 돼."

도경의 대답엔 무슨 말을 해도 돌아가지 않을 거란 고집이 내포되어 있었다.

수배령이 떨어지긴 했지만 어디까지나 형식적이었다. 실물과 조금도 닮지 않은 용모파기 한 장이 인적 드문 장소에 성의 없이 붙었고, 관군들은 눈에 불을 켜고 사내들의 얼굴만 주시하고 있었다. 그런데도 열비는 잔뜩 주눅 들어 있었다.

"유모가 그랬습니다. 사고는 원래 안심하고 있을 때 터진다고요."

"그러니까 너는 그냥 거기 있으라고 했잖아."

"제가 어떻게 아가씨를 혼자 내보냅니까!"

"교령만 만나고 돌아갈 거야. 딱 한 시진이면 돼."

도경은 끄떡하지 않고 결연하게 답했다.

재헌과 함께했던 어젯밤의 시간이 꿈만 같았다. 단 하룻밤이었을 뿐인데 그가 둘러쳐 준 담장 안에서 그저 안주하고 싶다는 나약함이 슬금슬금 고개를 쳐들었다. 이불 속에 파묻혀 안일함에 젖어 있다가 퍼뜩 정신이 들어 자리를 박차고 일어섰다.

관군에게 둘러싸여 하루하루가 가시방석일 안국방의 가족에게 너무나도 미안했다. 씻을 수 없는 죄스러움에 주위의 만류를 뿌리치고 기어이 외출에 나섰다. 직접적으로 일을 해결할 수 없다면 돌아가는 상황이라도 자세히 알고 싶었다. 가회방에서 전해 주는 굵직하고 직접적인 정보 외에도 규방에서 흘러나오는 세세하고 민감한 알짜배기 소식들까지.

그 부분을 해결하려면 교령만 한 적임자가 없었다. 감우당에서 일이 터지고 그녀는 물밑에서 은밀히 도경을 찾아 나섰다. 예성 채문을 통해 잘 있다는 서찰을 전달했으니 갑자기 찾아가도 놀라지 않고 침착하게 대처해 줄 것이다.

부지런히 걷다 보니 어느덧 교령의 상단이 코앞이었다. 바로 들어가지 않고 근처에 서서 동태를 먼저 살폈다. 얼마 되지 않아 규방의 규수와 그 수종으로 보이는 두 여인이 활짝 웃으며 대문을 나섰다. 장옷을 걸치기 전 눈에 들어온 규수의 오밀조밀한 이목구비가 상당히 낯이 익었다.

"저 사람……?"

"예. 그 개자식의 정인입니다!"

흥분한 열비가 옆에 찰싹 달라붙어 소곤거렸다. 도경은 김성욱에게 머리채를 잡혔던 그날이 떠올라 속이 부글부글 끓었다. 혜명 윤문에 변이 생긴 것을 알자마자 살금살금 쫓아와 뒤에서 공격한 비열한 작자다.

그토록 야비한 놈에게 저리 참한 여인이 가당키나 할 일인가?

곱게 자라 순진한 저 규수가 속고 있는 것이 분명했다. 도저히 두고 볼 수 없어 도경의 눈가가 서늘해졌다.

"열비야."

"예, 아가씨."

"이건 오지랖이 아니야."

"예?"

정면을 주시하며 비장하게 대답했던 열비가 눈이 휘둥그레져 상전을 보았다. 도경은 모진 기운을 띠고 선언하듯 말했다.

"지금부터 내가 하려는 건 한 여인의 인생을 구원하려는 거야."

"아가씨!"

대답도 듣지 않고 앞으로 척척 두 발을 뻗었다. 거의 뛰듯이 빨리 걸어 두 사람이 모퉁이를 돌기 전 말을 걸었다.

"저기요!"

다급한 외침에 장옷을 느슨하게 걸친 규수가 돌아보았다. 그 순간 도경은 숨이 턱 막혀 다리에 힘이 풀렸다.

"왜 그러십니까?"

"……효은아!"

충격으로 멍해졌던 도경은 이내 정신을 바짝 차리고 임기응변으로 할 말을 꾸며 냈다.

"너 효은이 맞지?"

"아니요. 전 복영이인데요."

여인은 경계심을 보이며 부루퉁하게 대답했다. 그에 깜짝 놀라는 척한 도경은 정중히 고개 숙여 사과했다.

"정말 죄송합니다. 어린 시절 가까웠던 동무랑 너무 닮아 제가 착각했나 봅니다."

"아아, 괜찮습니다."

별일 아니었음을 깨달은 여인이 너그럽게 양해해 주고 돌아섰다. 도경도 자연스럽게 돌아섰다가, 두 사람이 모퉁이를 돌자 곧장 제자리로 돌아갔다. 모퉁이 끝자락에 몸을 숨기고 고개만 살짝 내밀어 두 여인의 뒷모습을 지켜보았다.

까닭을 모르는 열비가 당혹스러워했다.

"아가씨, 대체 왜 그러시는 겁니까?"

"봤니?"

"무엇을요?"

"저 여자가 한 나비 모양 노리개 말이야."

"그게 왜요?"

"내가 준 거야. 고 서방 혼인 선물로 신부한테 주라고 내준 바로 그 백옥 단작노리개!"

맹했던 열비는 그제야 입술을 떡 벌리면서도 신중을 기했다.

"설마요. 그냥 똑같은 거 아닙니까?"

"아니야. 내가 만든 술을 따로 곁들어 더 풍성하게 달아 줬거든."

"그럴 리가 없는데……."

열비는 갈팡질팡하여 혼란스러워했다.

"저 사람…… 그러니까, 호판 댁 그놈이랑 막 부둥켜안고 입도 맞추고 그랬습니다."

"양반이 아니야."

"예?"

확신에 찬 대답에 열비의 호흡이 거칠어졌다.

"손이…… 심하진 않은데 어려서 고생한 흔적이 있어."

"그럼, 뭐가 어떻게 된 겁니까?"

도경은 조각조각 찢어진 그림을 생각나는 대로 전부 긁어모았다.

'신부 측에 모친이 안 계신다고 합니다. 아우가 이제 서너 살쯤 되었는데, 그 아이를 낳다가 잘못되었다고요.'

그 과정에서 유모한테 들은 말과 재헌이 했던 말도 차례차례 떠올랐다.

'그리고 너, 알아보니 어려서부터 집안 노비한테 자식을 볼 정도로 난잡했더군.'

그러자 마침내, 귀퉁이만 보였던 그림의 전체적인 윤곽이 완성되었다. 도경은 기가 차서 머리가 딩, 울렸다.

"혼인할 사람이 있다는 고 서방의 말이 사실이었어!"

"저 여자가 고 서방을 배신한 걸까요?"

"아니. 고계성 그 멍청한 작자가 호판이랑 김성욱한테 제대로 놀아난 거야!"

도경은 단호히 내지르고 장옷을 도로 뒤집어썼다. 적당히 벌어진 간격을 유지하며 복영의 뒤를 몰래 밟았다.

아우를 핑계로 혼인을 주저해, 오랜 시간 고 서방 혼자 가슴앓이를 했다고 했던가. 그는 본인이 이용당했다는 걸 여전히 모르고 있을 공산이 컸다. 숨어 지내면서도 정인이 걱정돼 피가 바짝바짝 마를 터였다.

그렇다면 은신처를 나서서 제일 먼저 향할 곳은 하나밖에 없었다. 고계성을 농락해야 했으니 호판 댁에 기거할 리는 없고……. 현재로선 저 여인의 거처를 알아내는 것이 가장 중요했다.

어디선가 펑 하고 화약 터지는 소리가 들린 건 두 여인을 미행해 서촌을 걷고 있을 때였다. 바쁘게 오가던 사람들이 일제히 그쪽을 쳐다봤지만, 이어지는 소리가 없자 관심을 끊고 가던 길을 걸었다.

도경은 애초에 목표물 외엔 관심이 없었는데, 갑자기 땅이 마구 흔들리는 것 같더니 말발굽 소리가 요란했다. 앞의 두 사람이 걸음을 멈추고 두리번거렸고, 도경도 이번만큼은 소음의 진원지를 찾아 눈길을 돌렸다.

저 멀리, 화약이 터진 방향에서 뿌연 흙먼지가 일었다. 얼마 못 가 난무하는 비명과 욕설을 뚫고 누군가 미친 듯이 말을 몰고 왔다. 보는 것만으로도 오금이 저릴 만큼 속도가 어마어마했다.

"저러다 누구 하나 치여 죽겠습니다."

열비도 겁을 먹고 도경을 가장자리로 끌어당겼다.

"……어, 저 뒤를 보십시오! 떼로 몰려옵니다!"

"그러게. 무슨 일이지? 꼭 범인이라도 추적하는 것처럼……."

도경은 별생각 없이 보이는 대로 말하다 아연실색했다. 가시권에 들어온, 선두에서 달리는 사람의 얼굴이 익숙했다.

"아가씨, 저기 고 서방 아닙니까?"

"저자가 어떻게……?"

도경은 경악을 금치 못하면서도 여기가 복영이란 여인의 집 근처임을 상기했다.

"열비야, 앞에 저 사람들 움직인다. 혹시 모르니까, 넌 끝까지 따라가."

"그럼 아가씨는요?"

"난 고 서방한테 가 봐야겠어. 얼른 가, 이러다 놓칠라!"

"아가씨!"

열비는 쫓아가지도, 가만있지도 못하고 발을 동동 굴렀다.

"집만 알아내고 진장방으로 돌아가 있어. 내 걱정은 말고!"

도경은 열비의 등을 떠밀고는 말이 오는 방향으로 뛰쳐나 갔다. 장옷이 어깨로 내려가 얼굴이 드러나도 개의치 않았 다. 어떻게든 그를 붙잡고 회유해야 한다는 생각만 간절한 데, 미처 도달하기도 전에 고 서방이 쏜살같이 말을 달려 앞 을 지났다.

얼마간의 거리를 두고 한 무리도 그의 뒤를 쫓았다. 관군의 차림은 아니었으나 눈에 띄는 단단함과 연륜이 느껴지는 이들 이었다. 도경은 그 속에서 재헌을 발견하고 두 발에 속도를 높 였다.

"나리!"

몇 번이고 그를 크게 부르며 있는 힘껏 달려 봤지만 흙먼지 만 잔뜩 뒤집어썼다. 그래도 포기할 수는 없었다. 쫓아갈 방법 을 찾아 주위를 급히 훑어보는데, 뒤에서 거대한 그림자가 드리워지며 누군가 급하게 말을 세웠다.

간담이 서늘해져 돌아보니 상대가 먼저 도경을 알아보았다.

"위험한데 왜 여기 나와 계십니까?"

"정아!"

도경은 뙤약볕 아래를 헤매다 우물을 만난 사람처럼 부리나케 다가갔다.

"배후는 김사흔이야!"

"그걸 어찌 아셨습니까?"

다짜고짜 던진 말에 정도 이미 알고 있었던 듯 깜짝 놀라 반문했다.

"나 좀 태워 줘. 고 서방한테 꼭 전할 말이 있어!"

한시가 급했다. 도경은 설명을 생략하고 올려 달라며 무턱대고 손을 뻗었다. 상황 판단이 뛰어난 정은 군소리 없이 도경을 뒤에 태우고 힘차게 말을 출발했다. 앞선 무리와의 거리 차가 상당해 서두르지 않으면 놓칠 판이었다.

아침부터 우중충했던 하늘에 먹구름이 가득 껴 당장에라도 비가 올 것 같았다. 후텁지근한 바람을 뚫고 재헌은 기를 쓰고 고계성을 뒤쫓았다. 무슨 일이 있어도 이번에는 끝장을 보겠다는 다짐이었다.

은신처 수색을 끝내고 이웃을 돌며 탐문하는 과정에서 운 좋게 그의 행적이 잡혔다.

'서촌에 볼일을 보러 갔다가 해 질 녘 누각골에서부터 같이 걷던 사내가 있었지. 주위를 하도 두리번거려 눈에 띄었는데, 한참을 같은 방향으로 걷더라고. 이 근처에 이르러 말이라도 붙여 볼까 하는 사이, 그 집으로 쏙 들어가 버리지 뭐야. 거기가 한동안 비어 있었거든. ……얼굴? 얼굴은 자세히 못 봤지. 내가 뒤에서 걸었다니까.'

혹시 몰라 개천 주변을 뒤지던 이들을 전부 모아, 노인이 말했던 누각골로 향했다. 은신처에 가만히 있지 못하고 다녀갈 정도면 그에게 중요한 의미라고 짐작했는데, 예상이 맞았다. 한 가지, 그가 사복 차림의 군사를 한눈에 알아볼 정도로 눈썰미가 있는 줄은 몰랐다. 다년간 자객을 직접 부린 경험을 가벼이 여긴 것이 실수였다.

길목을 전부 틀어막아 압박이 심했는지 그는 대범하게도 군사들의 말을 훔쳐 정면으로 치고 나갔다. 운 좋게 멀지 않은 곳에 있었던 재헌도 황급히 따라붙었지만, 행인을 치는 것도 불사할 정도로 속도를 내는 범죄자와 같을 수는 없었다.

인명 피해가 나지 않도록 신경 쓰며 달리다 보니 좀처럼 거리가 좁혀지지 않았다. 어느새 계성은 성문을 향해 질주하고 있었다. 지금이라도 문을 닫으라는 신호를 보내면 손쉽게 잡을 수 있으나, 그리되면 곧장 금부로 인계해야 한다. 재헌은 고민할 것도 없이 모험을 선택했다. 도성을 벗어나 사람 없는 곳이라면 이쪽도 대처하기가 수월했다.

계성은 성문을 통과하기 위해 줄 선 사람들도 무시한 채 마구 달렸고, 재헌의 지시를 받은 군관은 길을 터 달라는 신호를 보냈다. 줄줄이 성문을 통과해 인적 없는 길에 접어드니 재헌과 군사들도 속도를 높이며 점점 거리를 좁혔다.

다급해진 계성이 무모하게 산길로 뛰어들어 앞으로만 달리다 막다른 길에 이르러 말을 멈췄다. 허둥지둥 주위를 살핀 그는 더 이상 길이 없음을 깨닫고 말에서 홀쩍 뛰어내렸다. 머뭇대는 사이 재헌과 군사들이 당도하자 그는 실성한 이처럼 벼랑 끝을 향해 달렸다.

"허튼짓하지 말고 멈춰! 협조만 잘하면 처벌을 경감받게 해주겠다!"

"개소리하지 마!"

계성은 이성을 잃고 소리치면서도 두 발을 멈추지 않았다.

과거의 그는 무방비 상태에서 붙잡혀 혜명 윤문과 자멸했다. 그리고 이번엔 위험을 감지하고 도망치긴 했으나 끝내 배후를 감추고 자결하려 하고 있다.

그저 겁주기 위해 저러는 게 아님을 깨달은 재헌은 급히 활과 화살을 꺼냈다. 목표는 도망자의 다리. 계성이 절벽에서 뛰어내리는 걸 막기 위해 활시위를 당기는데, 그도 느껴지는 것이 있는지 재깍 돌아보았다.

"멈춰!"

미처 벼랑 끝에 닿지 못한 계성이 단도를 꺼내 제 목에 들이댔다. 활을 내려놓으라며 악다구니를 쓰는 모습이 처절하기까지 했다. 무엇을 위해 저리 필사적인지 의문이면서도 더 이상의 자극은 불필요했다.

활을 내려놓은 재헌이 손을 들어 군사들에게도 신호를 보냈다. 모두가 화살을 거두었음에도 고계성은 몸을 바들바들 떨며 제 목을 겨눈 단검을 내리지 않았다.

"윤 소저에게 자네 얘기 많이 들었네."

도경을 언급하자 그가 어깨를 움찔했다. 재헌은 상대가 가책을 느낄 만한 이야기를 계속하며 한 발 한 발 그에게 다가갔다.

"감우당으로 가던 길에 꽃을 꺾어 주어 감동적이었다고 하더군. 자네 얘길 듣고도 화를 내기보다는 믿을 수 없다는 반응이었어. 다정하고 성실한 사람이었다면서 말이야."

"그만, 그만, 그만! 한 발만 더 가까이 와 봐! 차라리 이대로 끝내는 게 나아!"

계성은 두 눈이 시뻘게져 바락바락 소리쳤다. 검은 구름으로 뒤덮인 하늘에서 뇌편이 번쩍이며 으르릉, 무겁고도 둔한 소리를 퍼트렸다. 접근을 멈춘 재헌은 끝까지 그를 설득하려고 노력했다.

"김사흔과 무슨 거래를 했지? 그것이 무엇이든 자네의 목숨과 바꿀 수 있는 건 없어! 우선 살아야 하지 않겠는가!"

"아니……. 있어."

계성은 거의 체념한 듯 입가에 미소를 띠었다. 무언가를 그리고 갈망하는 듯한 눈가는 금세 절망을 띠고 눈물을 쏟았다.

"나 같은 놈은 뭐 숨 쉬고 사는 것만이 목적인 줄 알아? 나도 있어, 있다고! 내 목숨보다 더 소중하고 지키고 싶은 어떤 것이, 나 같이 모자란 놈한테도 하나쯤은 있다고!"

목에 핏대를 세우고 소리친 사내가 눈물을 흘리며 돌아섰다. 누군가 활시위를 당길 새도 없이 그가 절벽 끝을 향해 순식간에 달려갔다.

"기다려!"

재헌이 쫓아가며 소리를 쳐 봐도, 쾅! 하늘에서 내리친 우레 속에 삼켜졌다. 단단하게 뭉쳐 있던 검회색의 비무리가 마침내 속 시원한 뇌성에 찢어지며 거센 빗줄기를 퍼부었다.

오전부터 쏟아진 비가 줄기차게 이어졌다. 종일토록 날이 흐리다 이제 본격적인 어둠이 내려앉기 시작한 시각. 부슬부슬 흩뿌리는 비를 맞으며 호판이 병사를 거느린 채 비장하게 전진하고 있었다.

이날을 얼마나 기다렸던가.

진즉 해치웠어야 할 일인데, 빌어먹을 고계성 그놈 때문에 예상보다 지체되었다. 물론 지금까지 요긴하게 써먹기는 했지만…….

윤이환의 막내 겸인이 덕양 김문의 계집종에게 첫눈에 반한 건 천운이었다. 덕분에 애간장을 태우며 점점 더 벗어날 수 없는 수렁으로 그를 유인할 수 있었으니.

이번에도 그랬다. 수사망이 좁혀지고 있으니 일단 국경을 넘으라고 설득했다. 사건이 잠잠해지면 신분을 바꿔 다시 불러들이겠다고. 그땐 혜명 윤문이 몰락하고 그 일가권속 모두가 죽은 후일 테니, 면천된 복영과 도성이 아닌 이 땅 어디에서든 자유로이 살 수 있을 거라고.

한밑천 단단히 떼어 주겠다는 약조도 했다. 그 정도면 둘이 가족을 꾸리고 복영의 아우까지 넉넉히 거둘 수 있지 않겠느냐고 꼬드겼다.

"멍청한 놈. 그게 누구 씨인지도 모르고……."

직접 고삐를 잡은 김사흔이 얄미운 냉소를 흘렸다.

복영은 어려서부터 눈에 띄는 미모였다. 나이가 차면 비첩(婢妾, 종 신분에서 첩이 된 여인)으로 들여앉힐 계획이었는데, 재혼한 처의 눈치를 살피는 동안 아들놈이 덜컥 일을 치고 말았다. 그것으로 끝이 아니었다. 어린 나이에 연상의 여인 맛을 보더니 첫정에 흠뻑 빠져 정신을 차리지 못했다.

참으로 기가 찰 노릇이었다. 처음에는 그리된 게 아까워 노발대발했으나, 고계성의 등장으로 복영의 협조가 필요해지며 상황이 바뀌었다. 고가 놈은 면천된 복영과 떠나길 원했고, 복영은 노비라는 신분에서 벗어나 성욱의 양첩(良妾, 양민의 신분으로 첩이 된 여인)이 되길 바랐으니 중간에서 양쪽을 각각 이용해 먹기도 좋았다.

그 과정에서 어쩔 수 없이 아들놈의 아이를 낳도록 허락했다. 그리하여 복영은 제가 인정받았다고 착각한 모양인데, 어림도 없는 소리. 내색은 안 했지만, 호판은 집에 튼튼한 노비 하나가 더 생겼다는 정도로만 여기고 있었다.

요구를 들어줄 듯 말 듯, 꽤 긴 세월 그 둘을 제 손에 쥐고 써먹었다. 헛된 꿈에 젖어 질질 끌려오던 계성이 마지막에 주저한 까닭도, 국경을 넘으면 너무 오래 복영과 떨어져 있어야 하기 때문이었다.

하나 백 서방이 직접 나서서 이번이 마지막 고비라는 말로 끝내 구워삶았고 가장 필요했던 진술서를 받아 냈다. 혜명 윤문의 윤이환과 세 아들의 하명을 받아 아랫사람으로서 시키는 대로 이행했을 뿐이라는 취지의 내용이었다.

그것으로 쓸모가 다한 줄도 모르고 그는 행장을 꾸려 작별 인사를 하겠다며 서촌으로 향했다. 만약 재헌이 그를 찾아내지 못했다면 간접적으로나마 알려 줄 생각이었다. 그만큼 고계성이 복영에게 진심임을 알고 있었다. 사건의 전모가 밝혀지면 복영 역시 무사치 못할 것임을 잘 아는 그이기에, 죽어서 입을 다물지언정 절대 자백할 리 없었다.

참으로 이해할 수 없는 감정이었지만 호판 자신에게는 잘 된 일이었다. 예측대로 그놈은 몇 시진 전, 자백하여 살길을 모색하지 않고 스스로 절벽에서 떨어져 영원히 입을 다물었다.

이제 남은 것은 진술서 한 장.

모두가 아직 시간이 남았다고 착각에 빠진 이때를 놓치지 않기로 했다. 호판은 대비의 밀지를 받아 안국방으로 향하는 길이었다. 제 손으로 윤이환을 직접 칠 것이며 나머지 핏줄도 사정없이 도륙 낼 계획이다. 오직 윤도경 하나만 살려 직접 품어 주기로 했다.

윤이환의 고명딸이 내 비첩이 된다니……

호판은 즐거움의 비명이라도 지르고 싶었다. 사안이 워낙 중대해 왕의 분노가 크겠지만 어차피 뒷수습은 대비의 몫이었다. 장담하건대, 왕은 모후를 절대 이기지 못한다. 당분간 모자 사이가 냉랭해진다고 해도 전하께선 결국 정전에 나아가 윤이환을 극형으로 다스리라는 어명을 당신께서 직접 내렸다고 알아서 수위를 조절하실 것이다.

"길을 열어라! 호판 대감이시다!"

해가 떨어져 어둠에 잠식된 시각, 김사흔이 병사를 거느리고 나타나자 안국방 사저를 둘러싼 군졸들 사이에 술렁임이 일었다. 재빨리 앞으로 뛰어나온 책임자는 두 눈이 황망함으로 가득했다.

"대감, 저희는 어명을 받고 이곳을 지키는 중입니다. 아무도 드나들지 못하게 하라는 전하의 전교가 있으셨습니다."

"나는 오늘 호조의 수장으로서가 아닌 전하의 하나뿐인 외숙으로서 왕실을 수호하러 온 것이다. 어명을 받들어 무도한 역당을 단죄할 것이니, 더는 토를 달지 말고 길을 열어라!"

왕명이라는 말 아래 주저함은 없었다. 임금의 외숙이 병사까지 이끌고 왔으니 군졸들은 일사불란하게 움직여 길을 터 주었다. 자신들이 이곳에 발이 묶인 동안 윤이환의 죄가 명명백백하게 밝혀졌나 보다고 가늠할 수밖에 없는 상황이었다.

안국방의 대문이 열리고, 말에서 내린 호판은 위풍당당하게 문턱을 넘었다. 부슬비 속에서도 활활 타오르는 횃불의 기세가 매서웠다.

"역적 윤이환과 세 아들은 밖으로 나와 어명을 받으시오!"

우렁찬 수하의 외침에 세 아들이 모습을 드러냈다. 정경부인과 세 며느리도 사색이 되어 안채에서 우르르 몰려나왔다. 겁에 잔뜩 질린 손자들이 그래도 사내랍시고 모친과 조모를 뱅 둘러싸 보호했다.

호판은 가족 전체가 한자리에 모일 때까지 여유를 부리며 넉넉히 기다려 주었다. 그래야 한꺼번에 목을 쳐 단숨에 이 집안을 쑥대밭으로 만들 수 있을 테니까.

모두가 웅성웅성 소란스러운 와중, 사랑채의 서실이 열리고 눈처럼 새하얀 수염의 윤이환이 밖으로 나왔다. 동요가 잦아들고 시선이 집중된 가운데 호판의 뒤를 따른 병사들마저 긴장하여 그를 주시했다.

한순간에 좌중을 휘어잡은 노인은 가늘고 성기게 내리는 빗속을 걸어 맨 앞으로 나왔다. 김사흔을 응시하는 안광에 범접할 수 없는 권위가 흘렀다.

"호판, 나를 역적이라고 하였소?"

"그리 말했으니 그리 들으셨겠지."

이런 처지에서도 꺾이지 않은 기백이 아니꼬워 호판은 아무렇게나 비꼬았다. 그러자 큰아들인 좌승지가 발끈하여 항의했다.

"그 무슨 무례한 언사입니까! 영의정 대감께 예를 갖추십시오, 호판!"

별것 아닌 놈까지 왱왱대는 꼴이 성가셔 수하들에게 눈짓을 보냈다.

그들은 쭉 나와 선 하인들을 무차별적으로 흙바닥에 꿇렸다. 반항하는 이들은 무릎을 쳐서라도 굴복시켰다.

"무슨 짓이야!"

성질머리 고약한 둘째가 제집 하인을 때린 놈에게 발길질을 서슴지 않았다. 얼마 전 윤이환에게서 돌아선 한성부의 관리가 검을 빼 들어 윤주원을 겨냥했다. 그제야 그의 얼굴을 확인한 윤씨 가문 형제가 배신감에 치를 떨었다.

"너, 너 이 새끼……!"

"역적은 말을 삼가시오!"

하루아침에 역도로 불리게 된 처지가 이제야 좀 실감 나는지 정경부인이 충격을 받아 몸을 휘청거렸다.

"어머니!"

며느리와 손자들이 눈물에 젖어 아우성을 치며 노부인을 부축했다. 그런데도 윤이환은 흔들리지 않았다. 여전히 고개를 빳빳이 쳐들고 호령했다.

"이게 무슨 짓이요, 호판! 증좌가 있소? 나와 내 자식이 모반을 꾀했다는 증거가 있난 말이오!"

"중좌가 차고 넘치니 전하께서 병사를 내어 주셨지! 보고도 감이 안 잡히시나!"

호판은 열이 받아 버럭 고함쳤다. 윤이환은 밀리지 않았다.

"교지를 내보이시오. 군사까지 움직여 나를 처단하라 하셨다면 전하께서 교지를 내리셨을 터. 왕명이 적힌 교지를 보이란 말이오!"

"내 살다 살다 너처럼 뻔뻔한 역적 놈은 보지를 못했다! 목숨을 구걸해도 모자랄 판국에, 죄인 주제에 무슨 말이 그렇게 많아!"

허점을 찔린 호판은 되레 펄펄 뛰며 악을 썼다.

"그런다고 네 죄가 없어질 것 같으냐? 네놈이 부리던 겸인 놈이 모든 죄를 자백한 진술서를 남겼다. 필체 감정은 이미 끝냈으니, 추잡한 변명 따위 삼가고 지옥에 가 반성이나 하거라!"

"그 진술서를 가져와! 거기 있는 글귀를 내 하나하나 반박해 주마!"

"그런다고 무슨 소용이 있을까?"

호판이 가볍게 코웃음 쳤다.

"어차피 넌 여기서 내 손에 죽는다. 네 아들과 손자도 오늘 이 집에 피를 흩뿌리고 죽을 것이다!"

잔인한 예고 아래, 병사들이 한꺼번에 검을 빼 들어 혜명 윤문 사람들을 에워쌌다. 김사흔의 악담은 계속 이어졌다.

"너와 세 아들은 죽어서도 효수될 것이며, 손자들은 까마귀

밥으로 산에 내던져질 것이다! 하나뿐인 네 여식? 꽁꽁 감춰 놓았다고 어디 있는지 내가 모를 줄 아느냐? 옛정을 생각해 그 아이만은 내가 살려 직접 취해 주지."

"김사흔 네 이놈……!"

인내의 한계치를 넘긴 노대감이 얼굴이 터져라 고함치며 달려들었다. 일부러 발언의 수위를 높였던 호판도 칼을 빼 들었다. 윤이환을 베는 것을 시초로 눈앞에서 생지옥이 펼쳐질 예정이다.

"가장 먼저 보내 드리리다!"

호판은 눈에 살기를 띠고 검을 높이 쳐들었다. 어느새 코앞까지 다가온 윤이환을 향해 칼날을 힘껏 내리쳤다.

챙!

그러나 눈앞에서 피가 튀는 대신 검과 검이 부딪치는 날카로운 금속성이 울리며 호판의 검이 허공으로 날아갔다. 손목이 떨어져 나갈 듯 강한 자극에 목에서 앓는 소리가 절로 흘러나왔다.

"누가 감히……!"

열이 뻗친 호판은 본능적으로 구부렸던 허리를 펴고 바락 고성을 지르다 숨이 멎었다. 차갑고 뾰족한 쇠붙이가 그의 목 끝까지 들어왔다.

"채 정언!"

물기 어린 주원의 음색이 가뜩이나 예민해진 귀를 찔렀다. 눈동자를 굴려 얼굴을 확인하니 정말 채재헌이었다. 급히 달려와 숨이 거친 그가 겁도 없이 왕의 외숙을 칼로 위협하고 있었다.

"이게 뭐 하는 짓인가? 감히 누구한테 검을 겨누는 것이야!"

"검을 내려라!"

그러나 재헌은 듣는 척도 하지 않고 병사들을 향해 하명했다.

"어명이다. 검을 내려!"

또 다른 어명에 병사들은 혼란에 빠져 서로의 눈치를 살폈다. 누구 말을 들어야 할지 몰라 검을 거두지 못하는데, 어디선가 땅을 구르는 듯한 울림이 일더니 셀 수 없이 많은 금군이 꾸역꾸역 안으로 들이닥쳤다.

검을 뺀 금군이 겨눈 대상은 혜명 윤문 일가를 위협 중인 병사들. 뒤늦게 무언가 잘못됐음을 깨달은 병사들이 누가 먼저랄 것도 없이 너도나도 검을 거두고 두 손을 번쩍 들었다.

곧 죽을 것처럼 몸에 힘이 들어갔던 정경부인이 그제야 안도하며 주저앉았다. 다급해진 호판이 마구 발악했다.

"뭐 하는 거야? 누구 명을 받들고 이러는 거야!"

"왕명을 사칭하는 것은 큰 죄입니다, 호판."

차가운 재헌의 일갈에 윤주원에게서 험악한 욕설이 터져 나왔다.

설마 하였으나 일이 틀어지고 말았음을 인지한 호판은 잘못을 인정하는 대신 끝까지 버티기로 하였다. 그에겐 왕의 모후께서 내려 주신 밀지가 있으니 완전한 사칭이라고 할 수도 없었다. 노기를 누그러뜨린 그가 재헌을 달랬다.

"뭔가 오해가 있었나 보군. 내 전부 설명할 수 있네."

"그건 금부에 가서 하시지요."

속임수는 조금도 통하지 않았다. 금군에게 완전히 제압된 것을 확인한 재헌이 검을 거두고 믿을 수 없는 소식을 덧붙였다.

"고가 계성이 기습 사건의 배후로 대감을 지목하였습니다."

"뭐, 뭐라!"

호판은 눈이 튀어나올 듯 커졌다. 방금 들은 그 말이 사실일 리 없었다.

"사저에서 나온 독초도 해명하셔야 할 겁니다."

"무슨 소리야? 난 그런 거 몰라! 누구한테 죄를 뒤집어씌우려고 이래!"

"호판 김사흔을 역모의 죄를 물어 추포한다!"

"웃기지 마! 고계성은 죽었어! 확인 다 끝났는데 어디서 수작질이야!"

몸이 덜덜 떨렸지만 여기서 수긍하면 끝이라는 것을 알고 있었다. 금군에게 붙잡혀 몸이 결박되면서도 호판은 끝까지 사지를 허우적거리며 죄를 부인했다.

"이거 놔! 난 아니야! 역적은 윤이환이라고!"

아무도 들어 주지 않는 공허한 메아리에 지나지 않았다.

"고 서방!"

다급해진 재헌이 숨겨 두었던 단도를 뽑으려고 했을 때였다. 뒤에서 들려온 익숙한 음색에 파리해져 돌아본 사람은 그뿐만이 아니었다. 벼랑 끝을 향해 달리던 계성 역시 제 귀를 의심하는 눈으로 돌아보았다.

"아가씨……."

"여기까지 어찌 온 거요?"

혼이 빠져 저를 보는 계성을 주시하며 도경은 재헌에게 다가갔다.

"제발 이러지 마시오. 당신이 위험해지면 난……!"

"전 괜찮습니다."

불안해하는 그를 차분히 진정시켰다.

"제가 여기서 고 서방을 설득해 보겠습니다. 혹시라도 위험해지면 나리께서 꼭 지켜 주십시오."

고작 그런 말로 걱정이 사라질 리 만무하지만 지금으로선 모든 방법을 동원해 계성을 말려야 할 때였다. 재헌은 더 이상 그에게 다가가지 않는다는 조건으로 도경이 이 자리에 있는 것에 동의했다.

뒤에 깔린 군사와 곁에 있는 정인의 보호 속에서 도경이 계성을 응시했다. 지레 찔린 그가 과장되게 고성을 질렀다.

"가까이 오지 마십시오!"

계성은 도경이 말할 틈도 주지 않았다.

"아가씨껜 송구합니다. 그렇지만 저도 지켜야 할 사람이 있습니다!"

"복영이 말인가?"

제 말만 하고 돌아선 고 서방의 등에 대고 도경은 주저 없이 아는 이름을 내질렀다.

"자네가 지켜야 한다는 사람이 복영이 맞는가?"

"그 사람한테 무슨 짓을 한 겁니까!"

즉시 돌아본 그가 펄펄 뛰며 성을 냈다.

"복영이가 잘못되면 아무리 아가씨라고 해도 용서치 않을 겁니다!"

"우리 가족을 배신하고 잘도 그런 소리를 하는군!"

도경은 도저히 참아지지 않아 격분했다.

"어쩜 그렇게 뻔뻔하지? 우리 가족은 자네에게 선의를 베풀었어! 갈 데가 없다 하여 받아 주고, 아프면 의원의 진맥을 받게 하고, 자네 부모 기일을 챙기고, 짝을 만나 재혼한다고 해서 진심으로 축하했어! 그때마다 감사하다며 눈시울을 붉혀 놓고 뒤에서 어떻게 이럴 수 있어! 은혜를 원수로 갚아도 유분수지, 최소한의 인의마저 버리려는 것인가!"

"송구합니다. ……정말 송구합니다."

그나마 양심은 남았는지 계성이 닭똥 같은 눈물을 뚝뚝 흘렸다. 검은 하늘에서 뇌편이 번쩍이고 빗발이 거세졌다.

"모든 죄는 소인이 달게 받겠습니다. 하니 제발 그 불쌍한 사람만은 건드리지 마십시오."

"참으로 답답하고 한심하네. 대체 무엇을 위해 그런 희생까지 감수하려는 것인가?"

"꼭 무엇을 얻으려는 것이 아닙니다. 소인은 그저 한 사람이 행복하기만을 바랍니다."

"그래, 자네가 여기서 죽는다면 그녀는 다른 사내와 알콩달콩 행복하게 살겠지!"

자신이 사모하는 여인을 위해 한 가문 전체를 풍비박산 내려는 그에게 누를 수 없는 분노가 치솟았다. 도경이 울분을 터트리며 독설을 퍼붓자 그는 상처 받은 얼굴을 하다가도 꿋꿋이 떨치고 순진한 소리나 해 댔다.

"이 모자란 놈만 생각하며 그녀가 평생 홀로 늙기를 원치 않습니다. 다른 사내의 지어미가 되어 아이를 낳고 살다가, 아주 가끔 저를 떠올려 주는 것만으로도 소인은 충분합니다."

"그럴 틈이나 있겠는가? 복영이는 이미 훨씬 전에 아이도 낳고 다른 사내의 지어미가 되었네!"

"……예?"

냉소 어린 직설에 놀란 사람은 비단 고계성만은 아니었다. 곁에 있던 재헌의 고개가 저절로 도경에게로 향했고, 등으로도 군사들의 시선이 한꺼번에 날아들었다.

삽시에 멍해졌던 계성은 의심을 떨치듯 고개를 강하게 흔들었다. 도경을 향해 눈을 지릅뜨고 험악스레 윽박질렀다.

"그 사람의 신분이 천하다 하여 무시하지 마십시오! 그런다고 제가 속아 넘어갈 줄 아십니까?"

"믿고 안 믿고는 자네의 자유일세. 하나 잘 생각해 보게. 내가 어떻게 복영이를 알았을까?"

손이 거칠었던 흔적이 있어 대충 짐작하였지만, 계성의 반응으로 도경은 그녀가 호판 댁의 노비일 거라고 확신했다. 그렇다면, 내지르면서도 긴가민가했던 나머지 하나도 짐작대로일 가능성이 높아 끝까지 밀고 나가기로 했다.

　"복영이 그 여인이 고운 옷을 차려입고 김성욱과 애정 행각을 벌이는 걸 열비가 보았네. 뿐인 줄 아는가? 교령의 상단에 패물을 보러 와, 우린 김 도령과 정혼하는 양반댁 영양인 줄 알았어. 자네가 이렇게 목숨 걸고 도망치는 중인데도 그녀는 한가롭더군. 어떻게 알았냐고? 자네를 쫓아 여기 오기 직전, 들뜬 얼굴로 패물을 구경하고 옷감을 맞추는 그녀를 직접 보았네. 내가 혼인 선물로 건넨 그 노리개를 보란 듯이 가슴에 차고 말이야!"

　"거짓말!"

　계성은 광인처럼 방방 뛰며 빗속에서 괴성을 질렀다. 도경은 멈추지 않았다.

　"나이 차가 많이 난다는 그 아우! 정녕 복영이의 아우가 맞는가?"

　"아가씨!"

　"잘 생각해 보게! 중간에 그녀가 몇 달 동안 어딘가 다녀오겠다고 한 적이 없었는가?"

　마지막 질문에 흠칫한 그가 머리를 쥐어뜯으며 흙바닥에 털썩 주저앉았다. 대답은 듣지 않아도 알 것 같았다.

　계성은 절망에 잠겨 비실거리면서도 끝까지 복영을 단념하지 못했다.

"이미 진술서를 써 놓고 왔습니다. 만약 저를 구슬리기 위해 거짓말을 하셨다면 즉석에서 혀를 깨물고 죽을 겁니다. 그럼 남는 것은 그 진술서 한 장뿐이겠지요."

내려가서 같이 확인하자고 했더니 그는 끝까지 날을 세우면서도 차마 죽지 못했다.

도경은 재헌과 대복, 군관, 그리고 정의 호위를 받아 계성과 함께 누각골로 향했다. 혹시 몰라 당사자 몰래, 고계성이 절벽에서 뛰어내려 자결했다는 소식이 퍼지도록 조치한 후였다.

누각골에 당도해 진을 치고 기다렸다. 한 가닥 희망을 품으면서도 언제 확인할 수 있을지 미지수여서 조바심이 났는데, 하늘의 뜻이었을까. 재헌에게 맞아 자리보전했다는 김성욱이 얼굴에 멍 자국을 달고 나타났다.

그는 주변을 둘러보다 복영의 집으로 쏙 들어갔다. 안색이 잿빛이 된 계성이 낮은 담장에 달라붙어 콧소리가 섞인 복영의 호들갑을 들었다.

"어머, 도련님! 괜찮으셔요? 잘생긴 얼굴에 웬일이야, 이게! ……이런 몸으로 다녀도 괜찮으신 거예요?"

"그 새끼 들켰다며?"

"……예. 지금쯤 죽었을 겁니다."

약간의 착잡함이 어린 답변이었다. 사람이 죽었다는 소리를 듣고도 김성욱은 쿡쿡 웃으며 즐거워했다.

"이제 자유네. 그동안 역겨웠지?"

"말도 마십시오. 마지막까지 얼마나 끈질기게 굴던지, 징그러워서 혼났습니다."

"네 몸에 손 못 대게 한 건 맞지?"

"당연하죠! 절 만질 수 있는 사내는 오직 서방님뿐입니다."

눈을 내리깔며 성욱에게 안기는 복영의 모습을 끝으로 계성이 돌아섰다. 비틀비틀 걷던 그는 모퉁이를 돌아 복영의 집이 시야에서 사라지자 바닥에 철퍼덕 주저앉아 통곡했다.

"흐흑……. 죽은 제 아내는…… 찢어지게 가난한 집안의 장녀였습니다. 어려서부터 삯품을 팔아 부모를 돕고, 맛있는 게 생기면 동생들에게 먼저 나눠 주기 바빴지요. 한 동리에서 같이 자라 사정을 전부 아는 소인은 아내를 호강시켜 주고 싶었습니다. 하지만 능력 없는 가장을 잘못 만나 고생만 실컷 하다 죽었습니다."

아기를 낳다가 눈을 감았다는 아내 이야기를 꺼내며 그는 격한 눈물을 쏟았다.

"복영이를 처음 보았을 때…… 죽은 아내가 살아서 돌아온 줄 알았습니다. 몇 번을 쫓아가 보고 또 봐도 제 아내와 똑 닮은 얼굴이었습니다. 그래서 찾아가는 걸음을 멈추지 못했습니다. 이제는 고생시키지 않고 뜨스운 밥을 먹일 수 있다는 안타까움에 더욱 참지 못하였습니다. 저 사람이 꼭 죽은 제 아내 같아서…… 그때 해 주지 못한 것을 다 해 주고 싶어서……. 그러면 안 된다는 것을 알면서도 멈추지 못했습니다. 그러다 어느 순간 감당할 수 없을 만큼 깊이 관여돼 발을 빼지도 못하였습니다."

계성은 꺽꺽 울며 진흙이 된 땅바닥에 몇 번이고 머리를 박았다.

"이제 보니 하나도 닮지 않았는데⋯⋯. 내 아내가 아니었는데⋯⋯! 소인이 미쳤었나 봅니다!"

빗소리와 뒤섞인 사내의 울음이 크고 구슬펐다. 가슴 아픈 사연이긴 하였으나 너무 늦은 후회였다.

한참을 오열한 계성은 자포자기하여 죄를 전부 실토했다. 재헌은 그 즉시 군사를 꾸려 호판 댁에 쳐들어가 집 안을 샅샅이 수색했는데 김사흔은 부재중이었다. 독초를 증거물로 확보한 뒤에야 호판이 병사를 움직였다는 소식이 전해져 미친 듯이 말을 달렸다.

입궐하여 간단히 보고를 올리고 왕이 내어 준 금군을 이끌고 안국방으로 말을 몰았다. 새벽부터 쉴 틈 없이 움직여 체력이 거의 고갈되어 있었지만 힘들어할 새도 없었다. 혹시라도 늦을까 봐 속이 바짝 타들어 사력을 다해 빗속을 달렸다.

윤 대감의 머리 위로 횃불이 비친 검날이 반짝였을 땐 숨도 쉬지 못하고 내달렸다. 과거, 가족을 잃고 홀로 죽었던 도경의 고통을 상기하며 재헌은 온 힘을 다해 정확하게 검을 휘둘렀다.

호판은 끌려 나가는 중에도 악을 쓰며 몸을 비틀었다. 뒤늦게 열비와 도착한 도경은 비에 젖은 어둠 속에서 저와 제 가족,

그리고 재헌을 망쳤던 진짜 범인을 지켜보았다.

속 시원한 광경이었지만 영문도 모르고 당했던 과거가 억울해 눈물이 멈추지 않았다. 저자가 가진 모든 것을 빼앗기고 불행해지길, 예전의 나처럼 돌아갈 곳이 없어 눈물만 흘리다 홀로 고독하게 눈을 감길.

할 수 있는 온갖 저주를 퍼붓고 집으로 뛰어 들어갔다. 맥을 놓은 노모가 바닥에 주저앉아 있는 모습에 가슴이 찢어져 절규했다.

"어머니!"

소리 내어 울음을 터트리며 빗속을 달렸다. 질퍽해진 땅에 아무렇게나 무릎을 꿇고 늙은 어머니를 끌어안았다.

"도경아! 도경아, 흐흑…… 괜찮으냐, 아가야……."

주름진 얼굴이 빗물과 눈물로 범벅되어 있었다. 얼굴을 더듬는 두 손에 가시지 않은 떨림이 여전했다. 세 오라버니와 올케, 조카들, 심지어 태산같이 듬직했던 부친의 눈가에도 숨길 수 없는 눈물 자국이 새겨져 있었다. 저승문 앞에서 살아 돌아온 가족은 서로를 시선으로 쓰다듬는 것으로, 모두가 숨 쉬고 살아 있음을 확인하는 것으로 안도의 눈물을 흘렸다.

한쪽에선 재헌이 사태를 수습하며 지옥에서 되살아난 가족을 지켜보고 있었다. 검은 빗발 속에서 저를 보고 있는 그의 모습이 꿈만 같았다. 지난 생이라고 믿고 있는 그 삶이 실은 꿈이었는지, 아니면 지금 이 순간이 죽기 직전 떠올리는 현실 같은 꿈인지 구분되지 않았다. 도경은 가슴이 선득해 그에게 눈인사를 건네고 모친을 부축해 안채로 모셨다.

그날 밤, 정경부인이 놀란 가슴을 이기지 못하고 몸져누웠다. 도경은 모친 옆에 붙어 직접 병시중을 들었다. 밤에도 이부자리를 한 채 더 깔게 해 어머니 곁에서 잠을 청했다.

빗발이 굵어져 억수같이 쏟아졌다. 꼭 예전의 그 밤을 떠올리게 하는 흉포한 비였다. 다만 차이가 있다면, 그때는 이 비가 그치는 날이었고 오늘은 시작하는 날이었다. 약간의 시차는 있었지만, 도경은 이제야 정말 확신할 수 있었다.

드디어…… 모든 것이 바뀌었다고.

가까이서 들리는 어머니의 곤한 숨소리가 안쓰러워 뜨거운 눈물이 주르르 흘러내렸다.

호판의 만행이 낱낱이 드러났다. 사람들은 혜명 윤문과 예성 채문의 뒤통수를 친 그가 마지막에 멋대로 병사까지 움직였다는 사실에 경악을 금치 못했다.

왕의 재가 없이 병권을 휘두를 수 있는 일인가.

근본적인 의문에 대비와 병판을 떠올리는 건 자연스러운 수순이었다. 아무리 뒤에서 실권을 쥐고 흔들어 온 대비라지만 결코 묵과할 수 없는 월권이었다.

사건이 알려진 다음 날부터 끝도 없이 많은 상소가 쇄도했다. 대비의 국정 개입이 정도를 벗어나 모두의 걱정을 사더니 결국 나라의 기강이 무너졌다는 사대부와 유생들의 정당한 울분이었다. 그들은 관련자 전원을 엄벌로 다스리는 것은 물론 대비가 조정 일에서 손을 떼고 별궁으로 완전히 물러나야 한다고 주장했다.

이제껏 대비전의 덕을 봤던 이들도 그들에게 편승했다. 뜻을 같이하던 파벌의 주요 인물들이 줄줄이 엮여 망하는 줄 알았는데, 윤이환이 그들과 분리되며 기적적으로 살길이 열린 까닭이었다. 그들은 혜명 윤문이란 방패를 두르고, 처음부터 갈라져 있던 세력인 양 대비와 호판을 철저히 배척했다.

이렇듯 모두에게 소외되는 줄도 모르고, 금부의 옥에 갇힌 김사흔은 반성은커녕 여전히 살길을 궁리하기에 급급했다. 불결한 옥사의 환경도 짜증스러웠고, 이 지경이 되었음에도 한번와 보지 않은 대비를 향한 역증도 커졌다.

"채재헌은 죄를 지어도 방면하더니, 피가 섞인 외숙은 그깟 실수 한번 했다고 이리 더러운 곳에 마냥 방치해?"

머리가 굵어지며 제멋대로 구는 왕에 대한 원망도 서슴지 않았다. 그러면서도 제가 저지른 짓이 참형당해도 할 말이 없을 정도임을 알고 있어 초조하게 입속의 연한 살만 깨물었다.

이대로 주저앉을 순 없다. 여기까지 어떻게 왔는데……!

속이 바짝바짝 타들어 밤이 깊은 시각에도 잠들지 못했다. 입술을 질겅질겅 씹다가 불안감이 해소되지 않아 자해라도 할 판인데 부스럭, 사람의 움직임이 귀에 꽂혔다. 고개를 번쩍 들어 앞을 보니 간소한 차림의 대비가 너울을 벗고 있었다.

"마마!"

자리에서 벌떡 일어선 그는 최대한 음성을 낮춰 희망의 동아줄을 환영했다. 썩어 문드러진 속에 안도감이 퍼지며 두 눈이 축축하게 물기에 젖었다.

"살려 주십시오, 마마! 무슨 수를 쓰든 뒷수습을 깨끗이 할 테니 제발 여기서 나가게만 해 주십시오!"

"그걸 지금 말이라고 하는가? 무슨 일을 그리 허술하게 하는 게야!"

"면목이 없습니다. 마지막에 하필 채재헌이 나타나 일을 망치는 바람에……."

"어이구, 이 답답한 사람아! 사저에서 증거가 발견되고, 고계성이라는 놈이 죄를 자백한 마당에 윤 대감을 죽이기까지 했으면 어쩔 뻔했어!"

생각할수록 암담해 호판도 죽을 맛이었다.

"안사람과 아이들은 어쩌고 있습니까?"

"말해 뭐 하나? 집에 갇혀 오도 가도 못 하는 신세라네. 여은이랑 성욱이는 또 어떻고? 대체 그것들은 어디로 사라진 게야?"

"예? 그게 무슨 말씀이십니까? 성욱이가 없어졌습니까?"

"자네 무슨 말을 그렇게 하는가? 여은이가 없어진 건 알고 있었고?"

더는 숨길 계제가 아니었기에 호판은 한숨을 쉬며 이실직고했다.

"여은이 그년은 집에서 부리던 놈과 눈이 맞아 도망쳤습니다."

허헉, 헛숨을 크게 들이켠 대비가 가슴을 움켜쥐고 탄식했다.

"하이고, 기가 막혀……! 그래서 감우당을 떠나 소식이 끊겼던 것인가?"

"사람을 풀어 찾고는 있습니다."

"덕양 김문 처자가 그런 놈하고 눈이 맞아 도망친 걸 외부 사람이 알고 있다고?"

"그럴 리가요! 제가 의뢰한 건 그 사내놈입니다. 여은이가 그리된 걸 어찌 밝히겠습니까!"

호판은 말해 봤자 열만 뻗친다는 듯 화제를 돌렸다.

"그년 얘긴 그만하고 성욱이 얘기 좀 해 보십시오. 설마 우리 성욱이도 수배된 겁니까?"

"왜 아니겠나? 그놈이 벌써 종년을 첩으로 들였다며? 따로 마련한 집을 밖에서 지키다 덮쳤다고 하는데, 그걸 어떻게 알아차렸는지 감쪽같이 사라졌다고 하더군."

"마마, 제가 나가야 합니다. 제발 저를 여기서 꺼내 주십시오!"

"그러게 내 뭐라 그랬나? 위험하다고 하지 않았는가!"

대비는 사정하는 아우에게 대답 한마디 주지 않고 오직 그를 탓하는 말만 늘어놓았다.

"경거망동하지 말라고 그리 당부하였거늘, 병사까지 멋대로 움직였으니 이제 어쩔 것인가?"

"그게 무슨 말씀이시옵니까? 마마께서도 동의하신 일이 아닙니까! 제가 병사를 멋대로 움직였다고요? 이번에야말로 확실히 처리하라며 밀지까지 내리시곤 왜 갑자기 아닌 척 발을 빼려 하십니까!"

"닥치시게!"

흥분한 호판이 거세게 항의하자 대비는 누가 들을세라 고압적으로 찍어 눌렀다. 그런다고 깨갱거릴 그가 아니었다.

"왜 이러십니까, 마마. 전 마마를 위해 지금껏 궂은일을 마다하지 않았습니다. 이번 일도 마마의 한풀이를 해 드리려다가 이 사달이 난 것 아닙니까!"

"그 목적이 무엇이든 성공하지 못한 일은 나를 위한 것이 아닐세!"

"하여 너 홀로 독박을 써라? 제가 혼자 죽을 줄 아십니까!"

"어디 마음대로 해 봐! 너 죽고 나 죽고 다 같이 죽으면 되겠네! 두 남매가 사이좋게 죄인이 되어 가문이 몰락하면, 선산에 누워 계신 부모님께서 참으로 잘했다, 칭찬하시겠어!"

호판의 호전적인 공격에 대비는 그보다 더한 성질머리로 대응했다. 두 남매는 서로를 죽도록 쏘아보다 동시에 혀를 차며 고개를 돌렸다. 냉랭해진 옥사엔 밖에서 쫙쫙 쏟아지는 빗줄기 소리만이 요란했다.

양쪽에서 씩씩거리는 숨이 점차 잦아들었다. 열기를 식히고 다시 이성을 찾은 대비는 이 밤에 여기까지 걸음 한 이유를 솔직하게 털어놓았다.

"무마하고 넘기기엔 일이 너무 커졌어. 자넨 영상의 목에 칼을 겨누고도 그를 죽이지 못했으니 이제 그 대가를 치러야 해! 뿐인가, 채 정언의 몸을 그리 만든 독초가 사저에서 발견되기까지 했지."

"그래서 하나뿐인 아우를 토사구팽 하시려는 겁니까?"

"나라도 자리를 지키고 있어야 후일을 도모할 수 있다고 말하는 것이네! 내가 이번 사태의 책임을 나눠진다고 해도 어차피 자네는 처벌을 면하지 못해. 그러느니 내가 대비전에 앉아 자네와 자네 식구들의 뒤를 봐주는 편이 훨씬 낫지 않은가!"

미치도록 화가 북받치지만, 그것이 또 틀린 주장도 아닌지라 호판은 반박하지 못했다. 아우의 심정적 변화를 눈치챈 대비도 궁지에 몰린 그를 더는 다그치지 않았다.

"어느 쪽이 자네에게 유리할지 잘 생각해 보고 결정해. 선택은 자네의 몫이네."

길게 얼굴을 맞대 봤자 동기간끼리 의만 상할 뿐이었다. 대비는 측은한 눈으로 아우를 일별하고 주저 없이 돌아섰다.

어둠 속으로 사라지는 누님의 뒷모습을 호판은 폭발할 것 같은 시선으로 노려보았다. 문초를 당한 뒤 흉한 몰골로 쫓겨날 자신을 생각하니 미치고 팔짝 뛸 노릇이었다. 그는 당장에라도 대비를 부르며 광분할 듯하다가, 속에서 터지는 화기를 간신히 누르고 자리에 앉았다.

본디 이와 같은 상황에선 창살 안쪽의 사람이 불리한 게 당연한 이치였다. 그가 아무리 이성을 잃고 대비에게 비난을 퍼부었다고 해도, 유일하게 남은 동아줄을 끊을 정도로 미치지는 않았다.

팔팔 끓는 노염을 삼키고자 눈을 감았다. 하늘을 뒤흔드는 천둥과 번개가 그의 시끄러운 마음을 고스란히 대변하고 있었다.

퍼붓듯 쏟아지던 빗줄기가 그치고 물기가 남은 하늘에 태양이 다시 떠올랐다. 워낙 많은 물을 뿌려 축축했던 대기는 하루가 지나고 이틀이 흐르자 깨끗하게 말라 쾌청한 날씨를 선사했다.

안국방 윤이환의 거각에도 다시 웃음이 퍼지기 시작했다. 이틀 정도 앓아누웠던 정경부인이 도로 기운을 차렸고, 삼 형제도 당당히 등청해 이번 사건에 대해 목소리를 높였다. 병을 이유로 윤 대감이 아직 문밖출입을 삼가고 있지만, 실제로는 대부분의 시간을 서실과 후원에서 보내며 깊은 고뇌에 빠져 있었다.

"충격이 크시겠지. 언제나 완벽하다고 자부하셨던 분 아니냐. 한데 주변 단속에 실패해 가족이 몰살당할 뻔했으니 이런저런 생각이 많으실 것이다."

도경도 무원의 의견에 동의했다. 가뜩이나 속이 시끄러우실 테니 부친의 두문불출을 걱정하기보다 차를 올리고 말벗이 되어 드리며 조용히 곁을 지켰다.

뜻밖의 전갈도 날아들었다. 날이 개고 해가 화창한 어느 오전, 바깥채에서 전해진 소식에 얼굴에 화색이 돌아 행랑으로 달려 나갔다.

"제발 뛰지 마십시오! 그러다 넘어지십니다!"

쫓아오는 열비의 잔소리를 듣는 둥 마는 둥 속도를 일관되게 유지해 행랑 마당으로 나가니 반가운 얼굴이 기다리고 있었다. 귀가 따갑도록 대지로 내리꽂히던 비가 그쳤음에도 여전히 살아 숨 쉬는 정이었다.

"정아!"

코끝이 시큰해 그를 불렀다. 훌쩍 돌아본 아이가 제법 반갑게 미소하며 고개를 숙였다. 도경은 한달음에 쫓아가 안부를 물었다.

"잘 지냈니?"

"예. 그날 이후 집에서 계속 빈둥거렸습니다."

"진짜 다행이다."

약간 생뚱맞은 소리였다. 정은 의문이 실린 눈으로 도경을 보았다.

"무엇이……?"

네가 살아 있어서!

솔직히 밝힐 수 없는 심정을 뒤로하고 적절한 맥락을 찾아 덧붙였다.

"그동안 나 때문에 고생이 많았잖아. 너한테도 휴식이 필요해 보였어."

답변이 그럴듯했는지 그에게서 보였던 의문이 스르르 녹아 없어졌다.

"근데 여긴 어쩐 일이야?"

"도련님의 서찰입니다."

도경은 재헌에게서 온 서신을 기쁘게 받으면서도 의아함을 감추지 못했다.

"설마 이게 다야? 너한테 고작 이런 심부름을 시켰다고?"

틈만 나면 무과 공부나 하라며, 소소한 일에는 정을 동원하지 않는 그였다. 직접 무예를 봐 주고 학문을 게을리하지 않는지 점검까지 한다면서, 이런 사소한 일에 정을 보냈다는 게 너무나도 이상했다. 더군다나 이번엔 큰일을 치르며 시간을 많이 허비하기도 했는데.

분명 다른 의도가 있다는 확신에 정을 빤히 보니, 그는 민망해하다 마지못해 실토했다.

"저도 잘 모르겠습니다. 도련님께서 왜 그렇게 생각하시는지 알 수 없지만…… 그냥…… 소인을 보면 아가씨께서 반가워하실 거라고, 이번만 직접 가 달라고 하셨습니다."

아…….

도경은 두 눈을 빠르게 깜박여 눈치 없이 차오르는 눈물을 억지로 가라앉혔다.

언제부터였던가.

아마도 방면된 재헌과 저자의 그 자리에서 재회했을 때부터였을 것이다. 불쑥불쑥 건네는 말과 행동이 가슴 한편에 어떤 의문을 품게 했다. 하루아침에 떠올린 과거의 모든 기억을 그라고 떠올리지 말라는 법은 없었으니까.

만약 그렇다면 재헌이 오늘 사소한 일로 굳이 정을 보낸 의도는 하나밖에 없었다. 더 이상 그 밤의 일로 자책하고 괴로워하지 말라고. 정은 이렇게 건강히 살아 있다고.

도경은 상전의 말을 전하고 혼자서 머쓱해하는 정을 향해 활짝 웃었다.

"나리의 말씀이 맞았다. 너를 여기서 다시 보니 한 조각 박혀 있던 묵은 슬픔마저 흔적 없이 사라졌어. 와 줘서 정말 고맙다."

진심이 담긴 인사에 정이 쑥스러운 미소를 짓는데, 뒤에서 지켜보던 열비가 성화를 부렸다.

"인사 끝나셨으면 얼른 서찰 좀 읽어 보십시오. 무슨 소식일지 궁금합니다. 그 망할 놈들 이야기도 있을까요?"

정도 무척 궁금한 표정이라 서둘러 개봉해 보았다. 쭉 읽어 내린 도경이 궁금해하는 부분만 요약해 주었다.

"죄인들이 오늘 유배지로 떠날 예정이라는구나."

"정말요?"

"자세한 얘기는 오후에 들러 해 주시겠다고."

"그때까지 언제 기다립니까!"

시무룩해져 투덜거리던 열비가 이내 도경을 향해 두 눈을 반짝였다.

"아가씨, 같이 구경 가면 안 됩니까? 그 망할 것들 귀양 가는 모습이요, 쇤네 꼭 두 눈으로 직접 보고 싶습니다!"

도경은 멈칫하면서도 안 된다는 소리가 나오지 않았다. 한 번도 고려해 보지 않았지만, 꽤 구미가 당기는 제안이었다.

내친김에 정의 호위를 받아 외출했다. 혼잡한 거리가 예상돼 쉬엄쉬엄 걸어 나온 도경은 일행과 함께 인파 속에 몸을 맡겼다. 사건에 연루된 고관대작들은 삭탈관직 되어 삼수갑산과 외딴섬 등으로 뿔뿔이 유배를 떠나게 되었다. 대비는 거처를 법궁에서 이궁으로 옮기며 운신의 폭이 좁아졌다. 도성 문 근처에 모여 죄인을 기다리는 백성은 하나같이 성난 얼굴들이었다.

행렬은 예상보다 시시했다. 사실 행렬이랄 것도 없었다. 장형이나 태형이 집행된 신분이 낮은 자들은 압송관인 포졸을 따라 절뚝거리며 걸었다. 그마저도 대열을 이루어 함께 걷는 것이 아니라 배소(配所, 귀양살이하는 곳)에 따라 알아서 따로따로 향하고 있었다.

속전(贖錢, 죄를 면하기 위해 바치는 돈)을 바쳐 장을 면한 조정의 중신들은 신체적으로는 말끔하였으나 하나같이 줄초상이라도 당한 듯 죽상이었다. 소박한 차림에 말을 타고 정해진 목적지로 향하는 모습이 초라하기 그지없었다.

김사흔 또한 말 한 필에 몸을 맡기고 배소 단자를 챙겨 씁쓸하게 도성을 떠났다. 그에게 정해진 배소는 남쪽 끝자락에 있는 낙도라고 하였다. 혜명 윤문에 누명을 뒤집어씌우고 빠른 척결을 위해서였다는 핑계로 군사까지 움직인 자였다. 그런 그가 목숨을 구한 건 오직 대비의 아우라는 이유 때문이었다.

세간의 민심은 흉흉했다. 누님을 믿고 임금을 기만하고, 예성 채문의 장손을 죽이려 했으며, 영의정의 목에 칼까지 들이대었으니 천하의 나쁜 놈이 따로 없었다. 사람들은 그새 얼굴이 반쪽이 된 김사흔을 향해 손가락질과 비난을 서슴지 않았다.

"인물도 별 볼 일 없구먼, 인간의 탈을 쓰고 어쩜 저리 흉악할 수가 있어! 에라이, 이 나쁜 놈아!"

"세상 참 불공평해. 저리 많은 죄를 지었어도 대비마마의 하나뿐인 아우라고 사지 육신 멀쩡한 것 봐!"

"모르는 소리 하지 마소. 저 짝 섬에 처박아 놨다가 대비마마 승하하시는 날 사사할 거라는 말이 유력하다오."

"그게 참말이요?"

김사흔의 꽁무니가 시야에서 사라지자 사람들은 근거 없이 떠도는 풍설에 관심을 가졌다. 도경의 일행도 그들의 술렁임에 귀를 기울였다.

"하긴, 이번에 장을 면하느라 갖다 바친 재산도 상당하다고 들었소. 가세가 대폭 쪼그라들었다고 하더이다."

"거참. 큰딸도 비구니가 됐다고 하던데, 부인과 두 딸이 입에 풀칠이나 할 수 있을지……."

"비구니? 행방불명된 게 아니고?"

사람들은 기절할 듯 놀라 새로운 소식을 전해 준 사내를 바라보았다. 도경과 정도 그들을 따라 기막힌 소문에 집중했다.

　"그 댁 큰아가씨가 부친이 지은 죄를 알고 스스로 속세를 떠났다는구먼. 머리 깎고 중이 되어 업을 갚겠다면서 말이야."

　"하이고, 집안에 망조가 들었는데 그 아들놈은 쥐새끼처럼 어디 숨어 있을꼬. 죄를 지었으면 벌 받을 생각을 해야지……."

　"제일 먼저 도성 밖으로 튀었다잖소. 하여간 몹쓸 놈이여. 그 첩년도 장형을 맞다가 장독이 올라 뒈졌다는데……."

　이어지는 대화에선 며칠 뒤 고계성이 참형에 처해진다는 소식도 전해졌다. 속이 시원해지기보다 하나같이 무거워지는 말들이라 도경은 끝까지 듣지 못하고 돌아섰다.

　열비의 안색도 어두웠다. 참으로 지독하게 배신해 치를 떨게 한 자였으나, 그래도 오랜 세월 한 울타리에서 동고동락한 사이였다. 아무리 자초했다고 해도 고 서방의 처참한 최후를 속 시원히 반길 수는 없는 노릇이었다.

　"정아……."

　각각 싱숭생숭해하며 한참을 걷다가 도경이 불현듯 입을 열었다.

　"교령에겐 가 봤니?"

　"어제 가 봤습니다."

대화는 그것으로 끝이었다. 열비가 무슨 소리인지 궁금해했지만, 모른 척하였다. 정에게서 다른 말이 없는 걸 보면 별일 없다는 뜻인 것 같아 도경은 그저 터벅터벅 걷기만 했다.

마지막으로 김성욱을 목격했던 그날, 근처에 있던 의원에 들어가 고 서방의 진술서를 받아 냈다. 재헌은 군사를 이끌고 호판의 사저로 향했고, 남은 이들은 복영의 집으로 쳐들어가 범죄 용의자의 신병을 확보하고자 했다.

도경은 누각골이 정리되는 것만 보고 떠나려고 했는데 문제가 발생했다. 어떻게 눈치를 챘는지 김성욱은 사라지고, 집에는 복영과 그녀 옆에 늘 붙어 다녔던 여인만 겁에 질려 달달 떨고 있었다. 집 안을 샅샅이 수색한 관군은 성욱이 도망쳤다는 결론을 내리고 나머지 두 여인만 포승줄에 묶어 호송했다.

모두가 떠난 뒤, 아무래도 이상해 정과 함께 그 집에 들어가 보았다. 여기저기 물건이 널브러져 엉망이었다. 더는 지체할 수 없다는 정의 재촉에 그곳을 떠나려고 했는데 어디선가 아이의 울음소리가 들렸다. 안방에 있던, 자그마한 문갑 속에서 나는 소리였다.

급히 문을 열어 보니 얇은 요에 돌돌 말린 어린아이가 눈물이 범벅되어 오들오들 떨고 있었다. 서너 살이 아니라 이제 겨우 두 살쯤 되었을까. 어미를 닮아 예쁘장하게 생긴 사내아이였다.

순간적으로 가슴이 내려앉았다. 죄는 미우나 자식이 걱정돼 이불에 덮어 숨겨 놓은 모성을 무시할 순 없었다. 아무것도 모

르는 아이가 발칵 뒤집힌 덕양 김문에 보내져 온갖 냉대 속에
서 지낼 생각을 하니 그것도 내키지 않았다. 누더기에 말려 남
의 집 앞에 버려졌던 정도 도저히 매정하지 못했다.

두 사람은 모두의 눈을 피해 아이를 안아 들고 교령을 찾아
갔다. 급한 대로 거기에 데려다 놓긴 했는데, 도경은 남몰래
고민이 깊었다. 이제 어미를 잃고 아비까지 죄인이 되어 쫓기
는 신세이니 아이의 미래는 온전히 저에게 달린 것이나 다름
없었다.

"근데요, 아가씨. 김성욱 그놈은 어디 있을까요?"

길고 무거웠던 침묵은 집 근처에 다다라 열비가 던진 질문으
로 인해 흩어졌다.

"글쎄."

"아까 오면서 현상금을 내건 그놈의 용모파기를 보았습니
다. 잡으면 이백 냥이나 준다던데, 쇤네 그놈이나 잡아다 부자
될까 봐요."

실없는 농담에 모두에게서 웃음이 터졌다. 축 가라앉았던 분
위기가 부드럽게 풀리자 열비는 사명감을 띠고 더욱더 경망을
떨었다. 부자가 되면 하고 싶은 것과 사고 싶은 것을 나열하다
가, 집 근처에 다다라 저 앞을 가리켰다.

"어, 저기 정언 나리께서 오셨습니다!"

심장이 펄쩍 뛰어오른 도경이 고개를 들어 그를 바라보았다.
서찰에 적혀 있던 약속 시간보다 일찍 도착한 그가 집 앞에서
서성이고 있었다.

비 내리던 그 밤, 간단한 눈인사만 나누고 헤어진 뒤 내내 마음이 좋지 않았다. 저를 위해 죽도록 뛰어다닌 사내를 그런 식으로 보낼 수밖에 없었나, 사태가 수습된 뒤에야 후회했다.

"나리!"

도경은 미안함과 반가움을 절반씩 띠고 소리쳤다. 초조하게 대문을 주시하던 그가 소리가 난 쪽을 재깍 돌아보았다. 시선이 마주치자 걱정이 지워지며 그가 환히 웃었다.

근사한 그 모습에 가슴이 뛰어 장옷도 열비에게 내동댕이치고 그에게 달려갔다. 붉은 치맛자락이 바람에 나부꼈다. 노리개의 술이 현란하게 흔들리고, 백색의 저고리가 오후의 볕에 반짝거렸다.

도경은 열심히 달리며 그를 향해 활짝 미소 짓다가 삽시에 표정이 굳어 공포에 휩싸였다. 저 멀리, 누군가 그에게 화살을 겨누고 있었다. 증오와 원한에 타오르는 눈빛이 매우 사나웠다.

김성욱.

그가 팽팽하게 당겼던 활시위를 놓는 순간.

"나리!"

도경은 본능적으로 몸을 던져 재헌을 얼싸안았다. 숨도 쉬어지지 않을 만큼 맹렬한 통증이 등으로 꽂혔다. 열비의 비명이 허공을 갈랐고, 얼떨결에 저를 끌어안은 재헌은 정신이 반쯤 나간 모습이었다.

기별지 사건으로 그가 옥에 갇혔을 때 도경은 밤을 꼴딱 지새우며 두려움에 떨었다. 혹 산에서 맞닥뜨려야 했던 불행을 피해 갔기 때문에 그에 준하는 난관이 재헌 앞에 도사리는 것이 아닐까 하여. 또다시 아슬아슬 피해 간다고 해도 언젠가 그가 직격탄을 맞을 때까지 끔찍한 불운이 계속해서 이어지는 것이 아닐까 하여.

잠도 자지 못하고 걱정했던 도경은 마지막에 언제나 두 손 모아 빌었다. 어떤 식으로든 이 사람이 불행해져야 할 운명이라면 차라리 그것을 내가 짊어지게 해 달라고. 기적적으로 다시 찾은 생에서만큼은 부디 그가 끝까지 편안하고 안락하게 해 달라고.

간절했던 바람대로 그를 대신해 이 몸으로 비운을 막을 수 있어 정말 다행이었다. 그럼에도 처절하게 무너져 눈물로 뒤덮인 그를 보고 있자니 왠지 실수한 것 같았다.

그래도 어쩔 수 없다.

당하느냐, 지켜보느냐.

둘 중 하나를 택해야 한다면 도경은 당연히 당하는 쪽이 나았다. 망가질 대로 망가져 세상을 등진 채 죽을 날만 기다리는 그를 보는 건 한 번으로도 버거웠다. 쓸모없이 나약하여 이런 이기적인 선택을 할 수밖에 없었던 자신을 강해진 그가 이해해 주기를 바랐다.

숨 쉴 때마다 견딜 수 없는 통증이 밀려와 이제 그만 멈추고 싶었다. 그가 울부짖고 있었지만 아무 소리도 들리지 않았다.

시선이 점점 아래로 떨어졌다. 깨끗한 그의 진줏빛 답호에 붉은 색감의 꽃잎이 화려하고 탐스럽게 만개해 있었다. 그것이 저에게서 튄 핏자국이었음을 뒤늦게 자각하며 도경은 스르르 의식을 놓았다. 단주를 차고 있는 손목에서 따뜻한 온기가 느껴졌다.

무명의 위패

초목의 내음이 향기로운 어느 오후, 어린 자영이 꽃 그림을 한가득 가슴에 안고 작은 사랑채를 찾았다. 서책을 읽던 큰 오라버니의 맞은편에 앉아 아직 여물지 않은 손으로 백지에 담긴 고운 빛깔의 꽃을 보여 주었다.

허락도 없이 무작정 들어와 독서를 방해하는 누이를 재헌은 나무라지 않고 지켜보았다. 야무진 손가락이 가장 먼저 모란을 가리켰다.

"설명이 필요 없는 화중왕입니다. 신분 고하에 상관없이 모두가 우러러보는 귀한 꽃이지요. 혹 모란이 식상하시다면 여기 꽃송이가 크고 탐스러운 함박꽃도 있습니다."

"지금 무얼 하는 것이냐?"

"눈 속에서 피는 매화와 동백은 어떻습니까? 눈을 감고 설경 속에 처연하게 핀 꽃을 상상해 보십시오."

"상상하면?"

"세상에 존재하지도 않는 꽃을 그리는 것보다 훨씬 즐거울 겁니다."

자영은 그 밖에도 향일화(해바라기)와 국화, 석죽화 등을 차례로 보여 주며 준비해 온 말을 조잘거렸다.

그렇게 한참을 떠들어 대는데 어째 정수리가 따가웠다. 시간이 너무 지체되었나, 괜히 찔려 시선을 드니 아니나 다를까, 보라는 꽃은 안 보고 오라버니가 저를 뚫어지게 응시하고 있었다. 네 죄를 스스로 불라는 눈빛이었다.

자영은 딴청을 부릴까 하다가 그냥 뻔뻔해지는 쪽을 선택했다.

"우연이었습니다."

"어디서부터 어디까지 들은 것이냐?"

"무슨 꽃을 좋아하느냐. 하백을 좋아한다. 그런 꽃은 없다. 딱 그렇게만 들었습니다."

거짓이 아니었다. 어쩌다가 조부와 오라버니가 그런 대화를 나눴는지도 알지 못했다. 할아버님께 어리광이나 부릴까 하여 갔다가 그 부분만 귀에 쏙 들어왔다. 솔깃해져 더 듣고 싶었지만, 타인의 대화를 함부로 엿들어선 안 된다는 가르침이 생각나 얼른 돌아섰다.

문제는 그 이후. 잠깐 들은 대화가 머릿속에서 떠나지 않았다. 존재하지 않아 어떤 모양인지도 모를 꽃을 좋아하는 오라버니가 안타까웠다.

"세상에 예쁜 꽃이 얼마나 많은지 아십니까! 생김새도 정확지 않은 상상 속의 꽃은 그만 잊으시고 이 중에 하나를 골라 보십시오. 정 미련이 남으시면 이 동백은 어떠십니까?"

자영은 눈을 초롱초롱하게 뜨고 어떤 대답이 돌아올지 기다렸다. 오라버니의 입가에 옅은 미소가 지어졌다. 그러더니 길쭉한 검지로 모란을 가리켰다. 자영은 신이 나서 환호했다.

"역시 모란이지요?"

"꽃 중에 으뜸은 모란이라 하지만 가슴속에 피어난 단 하나의 꽃은 여름밤의 동백이다."

"예?"

연서의 구절과도 같은 그 말에 자영은 눈을 크게 뜨고 오라버니를 바라보았다. 다음으로 재헌은 한사(寒士)로 지칭되는 매화와 동백을 가리켰다.

"설경 속 붉은 꽃이 매화의 벗이라면 월백 아래 붉은 꽃은 이 마음의 주인이다."

점점 더 모를 소리였다. 자영이 고개를 연신 갸우뚱거리니 재헌이 손을 내리고 옅게 웃었다.

"다른 꽃은 필요 없다고. 네 제안은 고마우나, 이 오라비의 가슴엔 이미 붉은 꽃이 피어 있다."

"하지만……!"

자영은 냉큼 반박하려다 그만두었다. 동백을 내려다보는 오라버니의 눈빛이 유독 다정했다.

동백과 하백.

하나는 추울 때 피고 다른 하나는 더울 때 피는 차이일 뿐, 어쩌면 두 꽃이 똑같이 생겼을 수도 있겠다는 생각이 문득 들었다.

동백을 닮았다는 한 아리따운 규수에 관한 소문을 들은 건 한참이 지난 후였다.

"윤 규수가 정말 동백을 닮았어?"

"동백이 아니라 하백이라니까!"

"그게 그거지!"

"아니지. 왜 남의 태몽을 바꿔? 한여름 밤에 핀 동백을 꺾었다잖아! 그러니까 하백이라고 해야지!"

시답잖은 일로 아옹다옹하는 동무들 사이에서 자영은 우물쭈물 찻잔만 만지작거렸다.

여름밤의 동백.

시간이 흘렀어도 절대로 잊을 수 없는 꽃이었다. 자영은 몇 년 전, 오라버니의 가슴속에 피었다는 그 붉은 꽃이 혜명 윤문의 하백과 조금이라도 관련되어 있을까 봐 가슴이 쿵쿵 뛰었다.

동무들과 함께 있는 내내 마음이 무거웠다. 견디고 견디다 더는 참을 수 없어 그들을 보낸 뒤 작은 사랑채로 달려갔다. 아직 퇴청하실 시각은 아니었지만, 방을 지키고 있다가 떠볼 심산이었다.

화가 나서 주인 없는 방을 신경질적으로 열었다. 자영은 안으로 발을 들여놓으려다가 텅 빈 방에 감도는 오라버니 특유의 그윽한 향내가 서글퍼 움직임을 멈췄다. 가슴이 욱신, 통증을 호소하며 뾰족했던 신경이 제멋대로 가라앉았다. 어린 시절이었지만 아직도 기억이 선명했다. 한 번씩 대군과 오라버니가 대궐로 불려 가 집이 발칵 뒤집히곤 했던 그날들이…….

전하의 심술이 끝난 뒤 모두가 대군에게 붙어 정신없던 그때, 언제나 한참 늦게 도착한 큰 오라버니는 이곳에 쓰러져 홀로 신음했다. 그런데도 원망하거나 힘들다는 말 한마디 하지 않았다.

어린 자영은 그런 재헌을 볼 때마다 숨죽여 울었다. 시달리다 못해 피폐해진 속을 숨기고 내색하지 않는 오라버니가 너무너무 가여웠다.

그런데 그 상처 많은 가슴속에 붉은 꽃이 피었다고 말했다. 무채색의 황폐함 속에서도 붉게 피어난 꽃이라면, 그래서 조금이나마 그때의 오라버니에게 위로가 되었다면, 설사 그 꽃이 안국방의 하백일지라도 모르는 척해야 하지 않을까.

자영은 눈물이 그렁해져 작은 사랑채의 방문을 조심스레 닫고 돌아섰다. 이 문제에 관한 한 침묵하기로 했다. 늘 그리고 바라던 여름밤의 동백이 안국방의 하백이라면 아무도 모르는 가슴속에 비밀스럽게 간직되어야 한다. 그 누구보다 오라버니께서 제일 잘 아는 사실일 것이다.

언제나 진중하고 차분했던 재헌의 낯빛이 어느 날부터인가 환히 빛나기 시작했다. 자영은 큰 오라버니의 그런 모습을 지켜보며 내심 안도했다. 앞으로는 오라버니께서 그저 행복하기만을 기원했다.

그날은 고모할머님 댁에 다녀오던 길이었다. 집에서 가까워 시비를 거느리고 걸어갔는데, 돌아오는 길에 챙겨 주신 약재를 깜박 두고 온 걸 알아챘다. 자영이 기다리는 동안 시비가 후딱 다녀오기로 했다.

장옷을 뒤집어쓴 채, 날이 쌀쌀한 만큼 상쾌한 공기를 들이마셨다. 그때, 반가운 얼굴이 눈에 들어왔다. 양쪽 입꼬리가 저절로 위로 휘어졌다.

"오라버니!"

소리가 작았는지 재헌은 누이를 보지 못하고 골목으로 사라졌다.

어?

저쪽은 고모할머님 댁과 갈라지는 길이었다. 이 근처에 조부께서 별급으로 주었다는 오라버니의 서옥이 있다는 말이 언뜻 떠올라 후다닥 쫓아갔다. 이참에 어디인지 알아 둘까 하는 장난기도 샘솟았다.

이리저리 뛰어다니다 간신히 재헌의 꼬리를 잡았다. 집에 당도해 문턱을 넘을 때 '오라버니!' 하고 나타나면 어떤 표정을 지으실지 상상만으로도 재미있어 홀로 킥킥거렸다.

마침내 어느 집에 당도한 재헌이 대문을 놔두고 간문을 열었다. 이때다 싶어 두 발을 빠르게 놀리며 힘차게 입을 뗐다.

"오······!"

"나리!"

그러나 모았던 힘을 채 내지르기도 전에 안에서 낯선 여인의 목소리가 먼저 울렸다. 자영은 몸에서 힘이 빠져 쫓아가는 것을 멈추었다. 재헌이 빠르게 안으로 들어가고 뒤이어 문이 닫히는 광경을 우두커니 바라보기만 했다.

오라버니가 집에 여인을 숨겨 두었다니······.

천지가 개벽할 일이었다. 분내에 취해 아무 여인이나 돌아보는 사내가 아니었기에 더욱더 충격이 깊었다.

누구일까?

속으로 던진 질문에 오래전부터 모르는 척하는 중인, 얼굴도 모르는 한 여인이 떠올랐다. 그럴 리가 없다고 부정하며 한참을 안절부절못하다 작은 사랑채로 향했다.

며칠 전의 일이었다.

'오라버니, 소녀 자영입니다.'

재헌을 찾은 자영은 대답도 듣지 않고 문을 열었다 서둘러 무언가를 치우는 오라버니를 목격했다. 그 시각엔 항상 서책만 붙잡고 계신 분이었기에 언뜻 눈에 들어온 그림이 신기하면서도 다른 말은 하지 않았다.

하지만 새로운 사실을 알고 나니 그때 일이 제일 먼저 떠올랐다. 혹시 몰라 빈방에 들어가 문갑을 뒤졌다. 한 뭉치의 그림을 어렵지 않게 찾아냈다. 재헌이 직접 그린 듯한 그림은 하나

같이 아름답게 핀 동백이었다. 그중에서도 며칠 전에 얼핏 본 그 그림이 의미하는 바는 너무나도 명확했다.

여름 꽃 사이에 도드라지게 피어난 동백.

월백 아래 붉은 꽃이 이 마음의 주인이라던 재헌의 오래전 고백이 귓가에 생생히 살아났다. 과거를 통틀어 한 번도 보지 못했던 오라버니의 밝은 얼굴. 어느 날부터인가 종종 보였던 까닭 모를 미소가 어디에서 비롯되었는지 그제야 확실히 알 것 같았다.

"진장방 오라버니의 가옥에 여인이 드나들고 있다는 걸 알고 있다."

며칠간 재헌의 움직임을 주시했던 자영은 정이 진장방 가옥의 일을 처리하고 있음을 잡아냈다. 하여 오라버니가 등청한 어느 한가로운 오전, 그를 따로 불러 몰래 추궁했다.

깜짝 놀란 정에게 거짓말은 용납하지 않겠다는 단호한 의사를 내비쳤다. 눈으로도 확인하였다는 간접적인 표현이었는데, 말귀를 알아들은 그는 무작정 아니라고 부정하지 못했다.

"어차피 길게 갈 인연이 아닙니다. 모르는 척해 주십시오, 아가씨!"

"그건 네 대답 여하에 따라 달라진다. 지금부터 내가 묻는 말에 솔직하게 대답해야 할 것이다."

이쪽에서 어디까지 알고 있는지 몰라 정이 긴장하는 모습이었다. 바라던 그림이었기에 자영은 과감히 내질렀다.

"그 여인이 윤이환의 고명딸이냐?"

정의 낯빛이 백지장처럼 하얗게 질렸다. 자영은 공세를 멈추지 않았다.

"넌 언제부터 알았지?"

"……."

"대답해!"

"……큰 도련님의 호위를 맡으며 스승님한테서 전해 들었습니다."

"대복한테서?"

눈앞이 아득해질 정도로 기가 막힌 대답이었다.

도대체 언제부터 그녀를 마음에 담았는지 가늠조차 되지 않았다. 대복이 알고 있을 정도라면, 하백 이야기를 듣기 훨씬 전부터라는 추측만 가능했다. 모든 것이 불분명하지만 이왕 말을 꺼냈으니 자영은 강하게 밀고 나갔다.

"그 규수와 오라버니의 연이 오래되었음을 알고 있다. 그러니까 네가 아는 모든 것을 나한테도 알려 줘."

"아가씨!"

"모르겠느냐? 난 어느 정도 알면서도 지금까지 계속 모르는 척해 왔다. 그러니 이젠 전부 알아야겠어! 혹시 모를 사태가 벌어질 때를 대비하기 위해서라도 넌 나한테 숨기는 게 있어선 안 돼!"

좌불안석하던 정은 피할 수 없는 상황임을 받아들이고 고민을 거두었다. 당분간 꼭 침묵해 달라는 조건을 전제로 그동안의 일을 차근차근 알려 주었다.

이야기를 들으면 들을수록 자영은 벌어진 입을 다물지 못했다. 마지막엔 저도 모르게 속에서 앓는 소리가 새어 나왔다.

"도대체…… 대복은 대체 무슨 생각이었던 거지?"

"조용히 지켜보되 수위를 넘기면 알려 달라고 하였습니다."

"네가 보기엔 오라버니가 아직 수위를 넘기지 않은 것 같으냐?"

정은 대답하지 못하고 고개를 숙였다. 눈가가 붉어진 자영이 속에서 치미는 감정을 이기지 못하고 자리에서 일어섰다.

"앞장서."

"어디를 가려고 그러십니까?"

"어떻게 생겼는지 구경이라도 하려고 그런다."

"아가씨!"

만류하는 정을 뿌리치고 자영은 윤도경이 아닌 안국방 아기씨의 자리를 찾아갔다. 겨울이라 썰렁하지만, 봄이 오고 나무에 싹이 나면 시원한 그늘이 드리워지는 명당에 자리 잡고 있었다. 거기서 자영은 귀퉁이에 새겨진 찌그러진 동백도 확인했다.

길게 갈 인연이 아니라고?

이미 오랜 세월이 흘렀다. 그럼에도 오라버니의 가슴속에 피었다는 그 붉은 꽃은 이토록 싱싱하고 아름다웠다. 손으로 꺾어 치워 버릴 수도 없는 꽃이기에 영원히 시들지 않을 수도 있었다.

자영은 가슴이 답답해 먼 하늘을 올려다보았다. 한 번도 겪어 보지 못한 거센 폭풍이 불 것 같은 강한 예감이 들었다.

가회방에 불운이 닥쳤다. 언젠가 마주하리라고 예상했던 그런 수준의 폭풍이 아니었다. 평화로운 봄날, 왕실 사냥터에서 전해진 비보는 예성 채문 전체를 초토화시켰다.

중궁의 서거와 맞물려 찾아온 비극은 온갖 소문을 생성했다. 사람들은 예성 채문의 장손이 산송장이 되었다고 떠들더니, 어느 순간 이미 상을 치르고 선산에 묻혔다는 소문까지 곳곳으로 퍼져 나갔다.

악몽 같은 시간이었다. 백약이 무효해 상태는 갈수록 악화되었다. 그나마 오라버니를 이승에 붙잡아 두는 건 찌그러진 동백이 수 놓인 오래된 수주머니라는 사실에 남몰래 오열했다.

자영은 연모하는 여인과 작별하는 것조차 실패한 오라버니가 체념하여 감우당으로 내려가는 뒷모습을 펑펑 울며 지켜보았다. 긴 세월, 악귀 같은 선왕에게 시달리다가 이제야 자유로이 숨 쉬던 분이었다. 편안한 미소를 짓기 시작한 건 그보다도 훨씬 짧았다. 누구보다 행복해져야 할 사람이 허무하게 빛과 미래를 빼앗기고 죽을 날만 기다리고 있다는 사실이 모두를 비탄에 빠트렸다.

하루하루 사는 것이 고역이었다. 범인이라도 잡혔다면 이 억울함이 덜했을까. 자다가도 벌떡벌떡 일어나 울음을 토했다. 실의에 빠진 자영이 어느 날 듣게 된 소식에 이성을 잃고 반응한 건 결코 우연이 아니었다.

"자수 모임에…… 윤 대감 댁 여식이 포함되었다고요?"

"그래, 안다. 내가 이리 속이 터지는데 네 속은 어떠할까! 그래도 어쩔 수 없다. 대비전이 직접 나서서 추천하셨으니 싫어도 받아들이는 수밖에. 재헌이가 저러고 있을수록 재윤이라도 빨리 장가를 보내야 할 것 아니냐!"

정부인은 형님을 핑계로 혼인할 생각조차 안 하는 재윤을 거론하며 답답해했다. 고모할머님의 불평이 귀에 하나도 들어오지 않았다. 자영은 달달 떨리는 손을 꽉 말아 쥐고 입술을 빠르게 달싹거렸다.

"모임을 어디서 하실 생각입니까?"

"그냥 가회방에서 하려고 했다만, 그럼 두 남녀가 마주할 일이 별로 없을 것 같고……. 북문 밖에 있는 삼계동 별저가 어떨까 하는데."

"청학동은요?"

"뭐?"

정부인은 방금 뭘 잘못 들었나 하는 표정이었다.

"감우당이 좋겠습니다. 원래 봄이면 늘 가는 곳이잖아요!"

기막혀하는 어르신의 반응에도 자영은 뭐에 홀리기라도 한 듯 적극적으로 딱 한 곳만을 고집했다.

이판과 정부인이 강하게 반대했다. 정도 펄쩍 뛰며 이번만큼

270

은 동의할 수 없다고, 즉흥적인 계획을 비판했다. 그럼에도 결국 감우당으로 향하게 된 이유는 아무도 예상치 못했던 채 대감의 찬성 덕분이었다.

골똘히 생각에 잠겼던 조부는 모두의 앞에서 자영의 편을 들어주었다.

"뜻대로 하려무나."

"하지만 아버님, 큰애가 요양하는 곳입니다!"

"서옥과 원림의 출입을 막았으니 부딪칠 일도 없겠지. 게다가 재헌이의 허락을 받아 오지 않았느냐. 이런 핑계로나마 그 아이 곁에 있을 수 있다면, 무리하지 못할 것도 없다."

마지막에 표출된 노대감의 진짜 속내에 이판은 더 이상 반대하지 못했다. 그 역시 처음 이 제안을 들었을 때, 바로 그런 점 때문에 솔깃했던 것이 사실이었으므로.

그리하여 자영은 말로만 듣던 윤도경을 청학동의 별저에서 처음으로 마주했다. 재헌의 비유대로 붉은빛의 색채가 어울리는 여인이었다. 과할 법한 치장도 자신만의 아름다움으로 승화시키는 밝고 빛나는 태양 같았다.

그 화려함 속에서 무의식중에 슬쩍슬쩍 드러나는 저 깊은 곳의 그늘이 처연했다. 바로 그것이 오라버니께서 남기고 간 흔적이라는 것을 어렵지 않게 헤아릴 수 있었다.

정은 재헌에게 끝까지 도경의 존재를 숨기려고만 했다. 그의 눈물겨운 노력을 자영은 말리지 않았다. 나머지는 하늘의 뜻이라고 여기며 자수에 집중하고, 윤도경을 조용히 지켜보았다.

그러던 어느 날, 차분했던 윤 규수가 연달아 바늘에 손가락을 찔리기 시작했다. 수 놓기에 집중하지 못하고 딴생각에 잠긴 그녀는 금방이라도 울 것 같은 얼굴이었다.

드디어 만났구나.

정확하게 꿰뚫은 자영도 울고만 싶었다. 뭘 어쩌겠다는 계획을 세우진 않았지만, 담장에 가로막혀 슬퍼하는 그녀에게 원림으로 향하는 비밀의 문을 열어 주었다.

기습 사건의 범인 중 한 명이 잡히며 물밑에서 파란이 일었다. 조부께서 대로하시고, 부친은 가슴을 움켜쥐고 쓰러지셨다. 격분한 자영은 도경에게 쫓아가 뺨을 후려치고 싶은 충동을 간신히 참았다.

원림의 문을 열어 주고 그녀가 오라버니에게서 헤어나지 못하는 모습을 몰래 지켜보았다. 볼 때마다 죄스럽고 가책에 시달렸다. 윤도경은 편견과 달리 지고지순한 여인이었다. 그런 사람의 인생을 잘못된 길로 안내했다는 자책에 밤마다 괴로웠는데 더는 그럴 필요가 없어졌다.

자영은 격노한 조부가 움직이기 전에 선수를 쳐 당당히 물었다.

"진심이었습니까?"

"무슨 말씀이신지……."

"조금 전에 소저께서 하신 말씀 말입니다. 저희 오라버니께 시간이 얼마 남지 않았더라도 마지막까지 함께 있고 싶다는 그 말, 진심이었습니까?"

그렇다는 도경의 대답을 들으며 자영은 그녀를 증오했다. 윤이환이 벌인 사달이니 그 여식이 모든 책임을 떠맡게 하는 것도 일종의 복수라고 생각했다.

망가질 대로 망가진 오라버니 옆에서 윤도경이 몸과 마음을 바쳐 속죄하기를 바랐다. 이름 없는 산골의 아낙이 되어 가슴 졸이며 살다가, 지아비가 먼저 세상을 뜨고 나면 비통에 젖어 아파하길 바랐다. 죽는 그 순간까지 오라버니만 그리워하다가 외롭게 눈을 감으라고 저주했다.

하지만…….

그날 밤 자영은 해 줄 수 있는 게 아무것도 없으니 용서라도 하게 해 달라는 재헌의 처절한 울부짖음을 들었다. 참으로 답답한 소리에 화가 나면서도, 밖에서 오라버니를 따라 펑펑 우는 자신을 발견했다.

저렇게나 연모할 수도 있는 거구나.

윤도경을 향한 저주는 재헌의 저런 마음을 모욕하는 행위와 다르지 않았다. 직전까지 먹었던 모진 마음이 아픈 오라버니의 진심 앞에서 조각조각 무너져 버린 밤이었다.

지루한 비가 계속 이어졌다. 도경을 내친 재헌이 앓아누웠고, 복수를 포기한 자영은 그녀를 찾아가지 않았다. 하루빨리 이 비가 그치고 별채의 그녀가 입궐해 주기를 바랐다. 그래야 재헌도 모든 것을 포기하고 마음을 정리할 수 있을 테니까.

애초에 그녀를 여기까지 끌어들이는 게 아니었다. 자영은 괜한 짓을 벌여 가뜩이나 힘든 오라버니께 상처를 드렸다는 자괴감에 의기소침해졌다.

어느 저녁, 멍하니 앉아 빗소리를 듣고 있을 때였다. 핏기가 사라진 얼굴로 나타난 정이 끔찍한 소식을 전했다.

"그게 무슨 소리야? 혜명 윤문 사람들이 몰살당했다니!"

"어젯밤에 벌어진 일이랍니다. 김사흔 대감이 앞장섰고요."

"그럼 윤 규수는? 입궁을 앞두고 있었잖아!"

"도련님을 안심시키기 위해 큰 대감마님께서 거짓말을 하신 듯 보입니다."

자영은 사지가 떨리고 눈물이 터졌다. 생전 처음 보는 조부의 그 사나운 분노를 지나치게 과소평가하고 있었다. 평생을 지켜 온 평정이 무너져 복수심에 삼켜지고도 남을 만큼의 노염을 뿜고 계셨는데…….

죄인이 된 윤도경의 앞날은 안 봐도 뻔했다. 아무리 윤이환의 딸이라지만, 오라버니가 그토록 사모하는 여인을 잔인한 피바람 속에 내버려 둘 수는 없다. 자영은 두 눈이 눈물로 젖어 정에게 매달렸다.

"도와줘, 정아! 너밖에 도와줄 수 있는 사람이 없어!"

"뭘 어쩌시려는 겁니까?"

"이대로라면 윤 규수는 죽거나 관비가 될 거야. 그러느니 차라리 오라버니랑 떠나게 해 주자. 너도 알잖아. 그 사람이 잘못되면 오라버니도 죽어!"

자영은 하염없이 눈물을 흘렸다. 윤도경을 증오하고 저주했으나 이런 식으로 그녀가 잘못되길 바란 것은 아니었다. 피붙이가 전부 몰살당하고 세상에 홀로 남은 그녀가 가족 소식을 듣게 될까 봐 두려웠다.

이건 잘못된 복수였다.

서로를 향해 검을 겨눈 두 가문의 남녀가 앞으로도 계속 서로만을 바라볼 수 있을까.

쉽지 않다는 걸 알지만 그래도 일단 윤도경을 살려야 했다. 그녀를 빼내 어딘가에 감춰 두었다가 재헌에게 사실대로 밝히고, 두 사람이 원하는 길을 만들어 주는 게 자영이 할 수 있는 최선이었다. 그리고 정도 이번만큼은 그녀의 의견에 동의해 주었다.

깊은 밤, 자영은 잠들지 못하고 방 안을 뱅뱅 돌았다.

정이 움직일 시각이었다.

도경과 빠져나가 은신처에 데려다주고 오려면 시간이 제법 걸릴 것이다. 한숨 자고 일어나도 될 정도의 시간이지만 속도 없이 그럴 수 있을 리 없었다.

불안한 와중에 퍼붓는 뇌우가 사나워 깜짝깜짝 놀라기를 여러 번. 저절로 한숨이 푹푹 나오는데, 강한 빗소리를 뚫고 어디선가 인위적인 소리가 규칙적으로 들렸다. 모두가 잠든 이 시각, 누군가 밖에서 닫힌 창을 향해 작은 돌 같은 걸 던지고 있었다.

분합문을 열고 고개를 살짝 내밀었다. 대청으로 나가 확실하게 확인할까 말까 망설이는 사이 어둠 속에서 대군이 소리도 없이 튀어나왔다.

"자가!"

"쉬잇!"

안으로 자영을 밀어 넣은 대군은 주위를 살피고 방으로 들어와 문을 닫았다.

"내가 깨웠니?"

"아니요. 안 자고 있었습니다."

갑작스레 들이닥친 대군의 등장으로 자영은 넋이 나가 대답했다.

"혹시 정혼 소식 들었어?"

"정혼이요?"

영문을 몰라 그가 한 말을 되풀이하다가 곧 숨을 들이켜고 반문했다.

"재윤 오라버니의 정혼 상대가 정해진 겁니까?"

"아니! 너 말이다, 너!"

독약이라도 삼킨 듯 대군에게서 쏟아진 대답에는 고통이 가득했다.

"제가…… 도대체 누구랑……?"

"혜명 윤문이 멸문되었다. 알고 있니?"

머릿속이 복잡해진 자영은 힘없이 고개만 끄덕였다.

"어르신께서 덕양 김문과 결탁하며, 나의 안전과 혜명 윤문의 몰락을 조건으로 너와 김성욱의 혼사를 추진하기로 하셨어."

자영은 눈앞이 어찔하여 제자리에 털썩 주저앉았다. 조부께서 그리 결정하셨다면 따를 수밖에 없었다. 호판의 아들이라면 여은의 쌍둥이 아우. 평판도 꽤 좋은 사람이라고 들었다.

그런데도 자영은 좌절감에 몸이 떨렸다. 오랫동안 연모했던 사내에게서 다른 사내와의 정혼 소식을 듣게 될 줄은 몰랐다. 그것도 윤 규수의 식구를 모조리 죽이는 대가로······.

무언가 크게 잘못되고 있다는 느낌에 눈물이 앞을 가리는데, 똑같이 몸을 낮춘 대군이 자영의 손을 덥석 잡았다.

"떠나자."

"······예?"

"아직도 모르겠니? 나한테 여인은 너 하나뿐이야! 처음부터 그랬다. 한 번도 흔들린 적이 없었어!"

"하지만······."

긴 세월, 한 사내의 등만 바라봐 온 사람으로서 믿기지 않는 고백이었다.

"고아가 된 불쌍한 왕자를 거두는 것과 가족이 된 대군을 지키는 건 전혀 다른 문제야! 내가 너랑 조금이라도 엮일까 봐 사방에서 눈을 시퍼렇게 뜨고 경계하는데 어떻게 내색을 해! 왕실에 원자가 태어나 후계가 안정되면 전하를 알현해 청하려고 하였다. 채가 자영을 연모하니 부디 이 아우를 가엾게 여기시어 가례를 윤허해 달라고!"

대군은 속이 타들어 가는 듯 상체를 숙여 자영의 두 손에 이마를 내렸다.

"자영아, 이럴 수는 없어. 네가 다른 사내의 아내가 되는 걸 내가 어떻게 지켜봐! 그런 세상에서는 내가 살 수가 없다! 제발…… 제발 나랑 떠나자, 자영아!"

어느새 무릎이 축축하게 젖고 있었다. 대군의 고백이 진심임을 깨달은 자영은 기쁨과 슬픔이 똑같은 크기로 왈칵 치밀어 눈물로 쏟아졌다.

그의 상체를 세우고 가는 손가락으로 눈물을 지워 주었다.

"자가께서도 저 때문에 그토록 오래 아프셨다니…… 너무 기쁩니다."

미소와 울음이 합쳐진 대답의 여운은 대군의 입술 속에 삼켜졌다. 두 사람은 서로를 끌어안고 입술의 온기를 나누었다. 가쁜 숨을 내쉬며 떨어졌다가 다시 입술을 겹치고 깊이 포옹하기를 반복하던 중 어렴풋이 누군가의 비명을 들은 것 같았다.

감았던 눈을 살며시 떴던 자영은 착각이라고 여기며 도로 감으려다가 깜짝 놀랐다. 대군의 고개도 바깥쪽으로 돌아갔다. 어느덧 빗소리가 멈춘 바깥에서 누군가 통곡하는 소리가 점점 크게 들려왔다. 그 기이한 소리에 귀를 기울이던 자영은 경악실색하여 벌떡 일어섰다.

"예천댁입니다!"

정, 그 불쌍한 아이가 세상을 떠났다. 윤도경이 호수에 몸을 던져 자결했고, 큰 오라버니가 그녀를 따라갔다. 아버지가 몸져누웠으며 조부는 식음을 전폐했다. 혜명 윤문처럼 멸문당하진 않았지만, 튼튼했던 기둥이 우수수 쓰러져 예성 채문 역시 쑥대밭이 되어 갔다.

상을 치르고 한동안 정신을 놓았던 자영은 친척 어른과 몇 통의 서신을 주고받은 뒤 외출을 결정했다. 그새 까칠해진 얼굴로 시비 하나만 거느리고 동문으로 향하는데, 맞은편에서 씩씩거리며 걸어오는 한 아낙이 있었다.

헝클어진 머리와 독기를 띤 눈동자, 끊임없이 구시렁거리는 혼잣말…… 예천댁이었다.

"또 무당한테 가나 봅니다."

자영도 알아보지 못하고 문을 휙 빠져나가는 그녀를 보고 시비가 목이 메어 중얼거렸다.

배 아파 낳아 주진 못했어도 정은 그녀가 친자식처럼 마음을 다해 키운 금쪽같은 아들이었다. 그런 귀한 자식을 하루아침에 떠나보내고 예천댁은 정신이 오락가락하는 중이었다.

방구석에 처박혀 넋을 빼고 있다가도 정신이 돌아오면 그동안 모은 재산을 바리바리 싸 들고 굿을 하러 다녔다. 하루는 정의 극락왕생을 빌고, 또 다른 날엔 제 아들을 죽게 한 윤도경의 저주를 빌었다.

도경의 유모와 열비가 목숨을 끊기 전 진범이 누구인지 밝혔음에도 소용없었다. 예천댁은 제 아들을 죽게 한 범인이 결국 윤도경이라고 철석같이 믿었다. 원한에 휩싸인 그녀를 볼 때마다 자영은 속으로 자신을 책망했다.

그날 밤에 정을 보낸 사람은 너였잖아?

예천댁의 주장대로라면 너야말로 정을 죽게 한 사람이지.

왜 네 죄를 불쌍한 윤 소저한테만 전부 뒤집어씌우는 거야?

내면에서 울리는 양심의 꾸지람을 들으며 한 번씩 혼을 빼고 울먹거렸다.

"얼른 가세요, 아가씨."

방금도 순식간에 눈가가 벌게졌던 자영은 시비의 재촉에 겨우 정신을 차렸다. 해야 할 일이 있어 입술을 깨물고, 예천댁이 활짝 열어 놓고 나간 동문으로 발을 옮겼다.

서찰을 주고받은 당숙 어른은 포청에 계신 분이었다.

목숨을 버린 윤도경은 음행녀라는 억울한 누명까지 쓰고 있었다. 꼭 살리고 싶었지만 그러지 못했으니 망자가 된 그녀의 명예라도 되찾아 주고 싶었다. 자영은 포청에 잡혀 있다는 그 화공을, 새빨간 거짓으로 죽은 이를 능욕 중인 사기꾼을 만나 담판을 지을 예정이었다.

주위의 눈을 피해 은밀히 행하는 일이라 한참을 기다리다, 어스름한 저녁이 되어서야 안내받을 수 있었다. 당숙께서 미리 준비해 둬 굳이 입을 열지 않아도 절차는 매끄럽게 진행되었다. 맨 마지막 단계에 이르러 시비의 입장이 차단되고 자영 혼자서만 안으로 들어갔다.

어둡고 썰렁한 그곳에 등불이 안을 밝게 비추고 있었다. 자신을 위한 배려라는 것을 알 수 있었다. 한 발 한 발 내딛다 끝자리에 다다라 발을 멈추고 창살 안을 들여다보았다. 몸을 웅크린 한 사내가 있었다.

저 안에서 무엇을 얻겠다고 이미 돌아가신 분을 욕보인단 말인가!

분노가 차올라 노려보니 기척을 들은 사내가 고개를 들었다. 꽤 낯익은 인상이었다. 저번 잔칫날 감우당에 왔던 사당패의 일원인가 싶어 자세히 들여다보다가,

"너……!"

뒤늦게 얼굴을 알아보고는 몸에서 힘이 쭉 빠져 창살에 손을 짚었다.

곱상한 외모와 목에 난 상처. 길쭉하고 말랐으나 치마를 벗고 저러고 있으니 영락없는 사내였다. 도저히 믿기지 않아 눈을 크게 뜨고 그녀를, 아니 그를 바라보았다.

사내는 벼락이라도 맞은 듯 창백해져 마른침을 삼켰다. 그때마다 목에 툭 튀어나온 후골이 꿀렁꿀렁 움직였다. 상처가 아니라 바로 이 울대뼈 때문에 그동안 목에 천을 대고 있었다고 자백하는 것처럼.

자영은 하 기가 차고 가슴이 떨려 숨을 몰아쉬다가 비통에

젖어 울먹거렸다.

"너 두이지? 두이 맞지!"

사내가 입을 닫고 고개를 숙였다. 말을 못 하는 척 위기를 모면하려고 하나 본데 더는 통하지 않는 수작이다. 당숙의 서찰을 통해 똑똑히 확인한 사실이었다. 윤도경과 놀아났던 광대 놈이 그녀와의 관계를 시인했다고. ……하긴, 성별도 바꿔 살아온 저자한테 그깟 거짓말쯤이야 어려운 일도 아닐 터였다.

자영은 울화가 치밀어 다그쳤다.

"입을 다문다고 모든 일이 해결돼? 날 속일 생각은 마라. 이대로 입을 열지 않거나 사실대로 말하기 싫다면 내 당장 당숙께 찾아가 고할 것이다. 네가 여은 낭자 곁에 붙어 있던 시비와 얼굴이 똑같다고 말이다!"

"안 됩니다!"

그제야 고개를 번쩍 든 두이가 자리를 박차고 일어나 쫓아왔다. 그 꼴을 보자니 절로 눈물이 뚝뚝 흘렀다. 뭐 이런 일이 다 있나, 도무지 현실 같지 않았다.

"제발 그러지 마십시오! 이제 다 끝났는데 왜 그걸 들쑤시려고 하십니까. 저 하나만 죽으면 조용해질 일입니다!"

"닥쳐!"

자영은 분노를 누르지 못하고 소리쳤다.

"도경 낭자가 자결했다. 천한 광대와 놀아나다 집안을 망하게 했다고, 죽어서도 지탄받고 있어! 사람을 그 지경으로 몰아 놓고 너 하나만 죽으면 끝이라고? 네가 지금 무슨 짓을 했는지 알아? 무고한 사람이 죽었다. 불쌍한 여인이……! 모든 것을 잃고 스스로 목숨을 끊었다고!"

"다른 사람의 목숨은 제 알 바 아닙니다!"

눈이 뒤집혀 바락바락 소리친 두이가 창살 너머에서 무릎을 꿇고 두 손을 모아 빌었다.

"제발……. 제발 소인이 죄인으로 죽을 수 있게 해 주십시오. 아가씨만 모르는 척하시면 됩니다."

"이대로 순순히 죽겠다? 대체 무엇을 위해 이리하는 것이냐?"

자영은 제가 다 억울해 속이 터질 지경이었다. 이해할 수 없었다. 가족도 없는 혈혈단신이라고 들었는데 대체 무엇을 지키고자 자신의 목숨까지 버리려고 하는지……!

질린 기색의 자영은 도리도리 고개를 젓다가 일순 여은의 얼굴이 뇌리를 스쳐 표정을 굳혔다.

"여은 낭자 때문이구나!"

"아닙니다!"

"그래? 내 당장 가서 확인해 보지!"

"아가씨!"

자영이 지체 없이 발을 떼자 자리에서 벌떡 일어선 그가 창살에 달라붙어 애원했다.

"제발 살려 주십시오. 저희 아가씨가, 저희 아가씨가 홑몸이 아니십니다!"

경악하여 두이를 돌아보았다. 두 뺨이 온통 눈물로 뒤덮인 그가 두 손을 모아 싹싹 빌었다.

"일이 잘못되면 다 죽습니다! 호판 대감께서 어느 목숨도 살려 두지 않겠다고 하셨습니다. 대비전에서도 승낙하신 일입니다!"

"참으로 잔인하구나."

그의 처절한 몸부림 앞에서 자영은 어떠한 공감이나 연민도 느끼지 못했다.

"네 정인의 목숨은 그토록 소중하면서 남의 생명은 함부로 해도 괜찮다는 것이냐? 죄 없는 사람이 죽었다. 네가 죽인 것이다! 그깟 연정을 위한다는 이유로 네가 여러 사람을 죽게 했어!"

"호판 대감께 문제가 생기면 예성 채문도 무사치 못할 것입니다!"

애원이 먹히지 않으니 두이는 이제 협박도 서슴지 않았다. 자영은 발끈하여 쏘아붙였다.

"뭐라? 이제 우리 가문까지 모욕하겠다?"

"윤이환을 치는 데 결정적 명분을 제공한 이가 누구인지 모르십니까? 아가씨의 조부와 부친이십니다!"

"그건······!"

"잔인한 사실을 알려 드릴까요?"

눈물에 젖은 두이가 피식피식 웃고 있었다. 광기를 머금은 그 웃음에 소름이 끼쳤다. 심지어 뒤이어 들려온 거짓말 같은 진실은 그런 수위를 뛰어넘어 자영의 목을 조르는 올가미가 되었다.

호판 댁에서 기르는 개에 관한 이야기였다. 동물이 보이는 증세가 돌아가신 오라버니가 겪었던 그것과 놀랍도록 똑같았다. 그게 무슨 의미인지 아느냐고 창살 너머의 두이가 빈정거렸다.

'아시겠습니까! 원수랑 손을 잡으셨습니다. 그래도 어쩌지 못하실 겁니다. 진범이 누구인지 알았건 몰랐건 혜명 윤문이 누명을 쓰고 몰락한 이상 예성 채문도 공범인 것입니다!'

눈물로 엉망이 된 자영이 헉헉거리며 정신없이 달렸다.

예성 채문이 죄를 지었다. 자신의 죄이기도 하였다. 마른하늘에서 날벼락이 떨어져 금방이라도 천벌을 받을 것 같았다. 무해하고 아름다웠던 한 여인이 눈앞에 어른거려 제정신일 수가 없었다.

허겁지겁 문을 떠밀고 들어가 큰 사랑채로 뛰어갔다. 영문을 몰라 아가씨, 아가씨 부르며 따라오던 시비는 저 뒤에 주저앉아 더는 일어서지 못했다. 이성이 마비돼 사지가 무감각해진 자영만 눈물을 흘리며 두 발을 멈추지 않았다.

"할아버님! ……아버님!"

비명에 가까운 소리를 지르는 자영을 누군가 붙잡았다.

"자영아!"

대군이었다.

"무슨 일이냐? 왜 이러는 것이야?"

"혜명 윤문은 결백합니다. 기습 사건의 배후는 김사흔이었습니다!"

다짜고짜 내지른 소리에 대군이 급히 주위를 둘러보았다. 듣는 이가 없음을 확인한 그는 여린 등에 팔을 두르고 인적 없는 곳으로 이끌었다. 포청에서부터 뛰어오느라 진이 빠진 몸체가 마른 검불처럼 가뿐히 그에게 끌려갔다.

대군은 후원의 구석진 곳에 이르러 자영을 놓아주었다.

"어떻게 알았니?"

"포청에 다녀오는 길입니다."

자영은 직접 보고 들은 이야기를 전부 털어놓았다. 참담한 비극에 괴로운 눈물을 흘리다 돌연 이상한 점을 감지했다. 두이가 실은 여인이요, 도경에게 오명을 뒤집어씌운 당사자였다는 말에 흠칫했던 대군이 기습 사건에 대해서는 무표정이었다. 마치 전말을 알고 있는 사람 같았다.

오싹해진 자영이 말을 멈추고 대군을 의심스럽게 바라보았다.

"어찌하여 놀라지 않으십니까?"

"어르신께서 쓰러지셨다."

"예? 할아버님께서요?"

"안정을 찾고 계신다. 의원이 곁에 있으니 걱정하지 마라."

대군은 얼른 뒷말을 덧붙여 화들짝 놀란 자영을 안심시켜 주었다.

놀란 가슴을 반쯤 진정시키면서도 자영은 그에게서 느껴지는 괴괴한 분위기를 간과하지 않았다.

"제가 외출한 사이에 무슨 일이 있었던 겁니까?"

"강 상궁의 두 아우가 찾아왔다."

"강 상궁이라면…… 대비마마를 오랫동안 모셨다던, 출궁한 그이 아닙니까?"

"그래. 얼마 전 갑자기 출궁하여 병을 얻은 줄 알았는데, 알고 보니 행방불명되었다고 하더군. 그 사람의 가족은 타살을 의심하고 있다."

"그럴 리가……!"

자영은 낯빛이 한층 창백하게 굳어졌다. 만약 그랬다면 대비에게 제거되었다는 뜻이었다. 비정한 현실이 새삼 개탄스러웠다.

"강 상궁이 대비전의 소식을 대전에 몰래 고하고 있었던 모양이야. 어명이라 어쩔 수 없이 반절 정도만 흘렸다고 하는데, 그걸 용납할 대비마마가 아니시지. 호판의 움직임이 심상치 않아 강 상궁도 대비하고 있었던 것 같은데, 불행을 피하지 못한 듯싶어."

"하면 누님의 억울함을 풀어 달라고 온 겁니까?"

"아니. 강 상궁이 사라지기 직전 나와 어르신께 서찰을 남겼다. 자신의 신변에 이상이 생기면 전해 주라고 했다더군."

"서찰이요? 무슨 내용이었습니까?"

"본인이 알거나 행했던 모든 일이 적혀 있었다."

대군의 대답에 서글픔이 짙게 묻어났다.

서찰엔 선왕과 대비, 그리고 김사흔의 악행이 고변의 형식으로 낱낱이 서술되어 있었다. 선선대왕과 왕후의 죽음부터 혜명 윤문의 몰락에 관해서까지. 놀랍게도 그들은 재헌과 도경이 남다른 사이라는 것도 알고 있었다. 두 가문을 혼란에 빠뜨려 이익을 취하고자 했던 대비의 욕망과 주도권을 쥐고 싶어 계획을 틀어 버린 김사흔의 욕심도 구구절절 설명되어 있었다.

참으로 말문이 막히는 일이었다. 그 모든 일에 가담하여 죽음을 자초하였으니 더는 강 상궁이 불쌍하지도 않았다. 한꺼번에 불어 닥친 충격에 정신이 혼미해진 자영은 속이 타들어 호소했다.

"진실을 알려야 합니다."

"허튼소리 하지 마라. 다 같이 죽자는 것이냐?"

"더 늦기 전에 바로잡아야 합니다!"

"이미 늦었다!"

"하면 부왕과 모후의 억울한 죽음을 이대로 묻으시겠다는 겁니까?"

"일은 벌어졌고, 나한텐 이 집안과 너의 목숨을 지켜야 할 책임이 있어!"

소낙비 같은 눈물이 주룩주룩 흘러내렸다. 자영은 고개를 저으며 항의했다.

"그래도 이렇게는 못 삽니다. 무고한 이들이 죄를 뒤집어쓰지 않았습니까!"

"그래서 알리면?"

대군은 정신 차리라는 듯 자영을 강하게 몰아쳤다.

"그런다고 무엇이 바뀌겠느냐? 멸문된 혜명 윤문이 복권될까? 대비전에서 작정하고 무너뜨린 가문이다! 윤이환과 그 가족은 전부 참살되었고, 윤도경도 호수에 몸을 던져 목숨을 끊었어! 죽은 사람은 되살아나지 않는다. 이제 다 끝난 일이란 말이다!"

잔인하지만 그것이 가장 정확한 현실이었다. 자영은 목을 죄는 죄책감에 두 손에 얼굴을 묻고 하염없이 흐느꼈다.

여은의 혼례 소식이 갑작스럽게 전해졌다. 한동안 집에서 두문불출했던 자영은 마지막에 생각을 바꿔 외출을 결정했다. 슬픔에 짓눌려 원망하거나 분노할 기력도 없지만 펑펑 울던 두이의 마지막 모습이 잊히지 않았다.

목숨 하나를 희생시킨 지 얼마 되지도 않았는데 자신은 명문가의 사내와 혼인한다니.

사내를 여인으로 바꾸어 곁에 두었던 김여은이야말로 세상의 손가락질을 받아야 마땅할 희대의 음행녀였다. 뻔뻔하고 파렴치한 그녀가 무슨 낯짝을 하고 있는지 참으로 궁금했다. 홑몸이 아니라면 지금쯤 배가 불러 올 즈음이라 어찌 된 영문인지 알고 싶기도 했다.

혜명 윤문이 망하고 황금기를 맞이한 덕양 김문엔 각지에서 보내온 하례 물품과 사람들로 북적거렸다. 자영을 알아본 사람들이 이 집안의 예비 종부가 왔다며 너도나도 말을 붙이지 못해 안달이었다.

예에 어긋나지 않을 정도로만 그들을 대하고 여은의 처소로 향했다. 신부가 활짝 웃고 있으면 머리채라도 잡아 줄까, 삐뚤어진 욕망이 불끈불끈 치솟았다.

처소까지 안내해 준 이를 보내고 밖에서 심호흡하였다. 섣부른 행동은 금물이었다. 그저 확인만 하고 나오자고 마음을 가다듬는데 별당의 방문이 열렸다. 화려한 색감의 활옷을 입은 여은이 수모의 부축을 받아 나오고 있었다.

그런데…….

저리 고운 옷을 걸치고 있어도 앙상하게 마른 새신부의 몸을 가리기엔 역부족이었다. 감우당에서 마지막으로 보았을 때를 생각하면 아예 다른 사람처럼 보였다.

사지로 끌려가듯 혼이 빠져 있던 여은은 자영을 보자마자 눈빛이 바뀌었다.

"아가씨!"

"놔! ……놔!"

수모들의 손을 우악스럽게 뿌리친 그녀가 허겁지겁 쫓아와 자영의 손목을 잡아챘다.

"쫓아오지 마! 자영 낭자와 할 얘기가 있어! 쫓아오면 진짜 죽어 버릴 거야!"

미친 듯이 악을 쓰며 자영을 끌고 뒤꼍으로 돌아갔다. 아무도 없는 그곳에서 미안하다며 손목을 놓아준 그녀가 두 손을 달달 떨며 조심스럽게 물었다.

"혹시…… 우리 두이 소식 못 들으셨습니까?"

실낱같은 희망을 품은 눈빛이었다. 그 분위기가 너무나도 기괴해, 직전까지 가졌던 반감도 잊고 자영은 순순히 대답했다.

"예. 듣지 못하였습니다."

낙심한 두 눈에서 무거워진 눈물이 줄줄 떨어졌다. 여은은 그녀답지 않게 저자세를 취했다.

"부탁입니다, 자영 소저. 혹시라도 우리 두이를 보신다면 제 말을 꼭 전해 주십시오."

발발 떨리는 손으로 그녀가 자영의 한쪽 손을 잡으며 사정했다.

"제가, 제가 기다리고 있다고……. 제가 간절히 기다리고 있으니 돌아와 달라고. 그러니까 내 말은, 흐흑…… ."

금방이라도 오열할 것처럼 눈물을 쏟다가도 이 기회를 놓칠 수 없다는 듯 그녀가 끝까지 말을 이었다.

"그 아이한테 전해 주세요. 여태까지처럼 제가 같이 살자고 그런다고. 그러니까 꼭 찾아와 달라고. 너무나도 간절히 기다린다고. 제발, 제발…… 꼭 전해 주세요."

눈물이 철철 흘러넘쳐 여은은 더 이상 말을 잇지 못했다. 숨죽여 통곡하는 그녀를 바라보는 자영도 목이 메어 어떤 말도 할 수 없었다.

돌아가는 상황이 훤히 가늠되었다. 호판이 두 사람을 갈라 놓고 거짓말을 했다는 걸. 순진한 두 사람은 그 거짓에 속아 복종하고 있다는 걸. 연모하는 여인을 살리기 위해, 연모하는 사내를 살리기 위해. 그래서 자영은 고이 대답해 줄 수밖에 없었다.

"울지 마세요, 김 소저. 반드시 그리 전하겠습니다."

두이가 이미 참수되었다는 사실을 밝힌다면 여은도 그를 따라 죽을 것 같았다. 더는 세상에 미련 두지 않고 혼례복을 입은 채 아무 데나 제 머리를 찧어, 웃으면서 세상과 작별할 터였다.

"예서 뭐 하는 게냐?"

곧이어 걸걸한 호통이 들려왔다. 씩씩거리며 쫓아온 호판과 그 아들이었다. 그들은 자영을 보자마자 대번에 말투를 바꾸어 온화한 음성으로 여은을 나무랐다.

"모두가 기다리고 있는데 예서 이러고 있으면 어쩌자는 것이냐?"

"예, 누님. 좋은 날 웃으셔야지요."

김성욱의 다정한 어조에 여은이 혐오감을 띠었다. 호판은 서둘러 그녀를 수모들의 손에 맡겼다.

"치장부터 다시 해야겠구나. 성욱이 말마따나 오늘은 좋은 날 아니냐. 들어가서 최고로 어여쁘게 꾸미고 나오너라."

여은의 등을 강제로 떠민 호판이 그녀를 좇던 자영의 시선을 몸으로 차단했다. 김성욱 역시 제 아비 옆에 서서 예의 바른 미소를 지었다.

호판은 떠보듯이 자영에게 물었다.

"여은이가 왜 저러는 것이냐?"

"감우당에서 인사도 없이 떠나 와 미안하다고 하였습니다."

"그런 말을 하는데 왜 저리 눈물을 흘렸을꼬?"

"원래 혼례를 치르는 신부는 예민해진다고 들었습니다. 여은 낭자도 그런 것이 아닐까, 확실치는 않으나 그리 짐작하고 있습니다."

"그래? 오호라, 바로 그런 거였어!"

대답이 마음에 들었는지 호판이 호탕하게 웃으며 헛소리를 지껄였다.

"그러고 보니 다음은 너희 차례 아니냐. 이리 보니 더없이 잘 어울리는 한 쌍이로구나!"

환한 햇살 속에서 두 부자가 화기애애한 분위기를 조성했다.

참으로 빌어먹을 인간들이었다.

지옥 불에 떨어져 영원히 고통당해도 모자란 것들.

차라리 김성욱 저놈과 혼인해 첫날밤에 목을 찔러 죽여 버릴까. 볕이 좋은 잔칫날, 자영은 더없이 아름다운 자태로 잔혹한 상상에 빠져들었다.

애석하게도 살인자가 되진 못했다. 호판 댁에서 떠들썩하게 혼례가 치러진 다음 날, 김성욱의 추악한 면모가 세간에 낱낱이 공개되었다. 그의 포악한 성정은 물론이요, 어린 나이에 노비에게서 자식을 본 것, 누님의 패물을 훔치고 그것을 찾으러

온 여종까지 욕보이려 했던 것 등이 밝혀져 모두의 지탄을 받았다.

……그래서 사내인 게 발각되었구나.

두이의 성별이 들통난 과정을 자영은 그렇게 소문으로 우연히 알게 되었다. 내색하진 않았어도 이번 폭로가 재윤과 대군이 합작한 일임을 모르지 않았다.

자영과의 혼사를 강제할 명분이 사라진 호판은 감히 대비전을 내세워 압박을 해 왔다. 예성 채문은 끄떡하지 않았다. 여론도 그들 편이었다. 사람들은 채 대감의 귀한 손녀를 그런 망나니와 정혼시켜서는 안 된다고 목소리를 높였다.

갈등이 커지며 여항에서 왕실까지 비난하기 시작하자 왕은 중전 간택을 서둘렀다. 어려서 모친을 잃고, 큰 오라버니의 상을 치른 지 얼마 되지 않은 자영은 자연스레 제외되었다. 간택이 진행되는 동안 말썽을 일으킨 대비와 덕양 김문의 입김은 허용되지 않았다.

그 대신 왕실의 다른 어른들이 참여해 전 홍문관 부제학 민지용의 손녀 민가 서윤을 비씨로 간택했다. 첨예하게 대립했던 조정의 세력을 하나로 모으자는 젊은 왕의 뜻이 반영된 결과였다.

다음 해 봄, 자영은 명원 대군과 혼인해 부부인이 되었다.

여은의 부음을 들은 건 그로부터 며칠이 지난 뒤였다. 혼인 후 합방을 거부하고 하루하루 말라 갔다던 그녀는 결국 미쳤다는 소문이 파다했다. 섬뜩한 소식을 들을 때마다 진위를 확인하기 어려워 한숨만 쉬면서도, 그녀가 두이를 기다리며 정절을 지키고 있었음을 어렴풋이 짐작할 수 있었다.

차라리 마지막으로 만났을 때 솔직하게 밝히는 게 나았을까.

그럼 여은의 고통을 하루라도 빨리 줄여 줄 수 있었을까.

그녀는 목멱산의 한 절벽에서 몸을 던졌다. 감우당에서 지내던 시절, 여은이 아꼈던 여종 두이와 자주 꽃구경을 다녔던 장소라고 전해졌다.

"만고에 다시 없을 죄인이로고……."

조부께서 돌아가시기 직전 가장 많이 중얼거린 소리였다. 탕약을 올리다가, 잠자리를 봐 드리다가, 정신 나간 사람처럼 웅얼대는 한탄을 들으면 자영은 가슴이 찢어졌다.

강 상궁의 유서를 받고 쓰러졌던 채 대감은 기력을 잃고 시름시름 앓다가 그 이듬해 사망했다. 스스로를 죄인이라고 칭하며 자책하는 것도 모자라 마지막엔 편히 눈도 감지 못했다. 그런 조부의 눈을 직접 감겨 드리며 부친은 회한의 눈물을 쏟았다.

몇 년 뒤, 전하께서 낙마하여 공주 하나만 남기고 붕어했다. 의심할 바 없이 명백한 사고였다. 그런데도 대비는 이성을 잃고 대군을 범인으로 몰아갔다. 다행히 예성 채문과 가까웠던 중전 민씨의 결단으로 명원 대군 이유는 빠르게 용상에 앉았다. 이로써 부부인이었던 자영은 뜻하지 않게 왕비가 되었다.

새 임금의 즉위식이 끝나자마자 부원군이 된 영상 채승우가 스스로 물러나 감우당에 칩거했다. 채 대감과 마찬가지로 죄책감에서 벗어나지 못했던 그는 대군을 무사히 지킴으로써 할 일을 모두 마쳤다며 일선에서 물러났다.

한편, 대왕대비와 김사흔은 선왕의 타살을 주장하며 모반을 꾀하려다 발각되었다. 왕은 마치 그래 주길 기다렸던 사람처럼 김사흔 일당을 삽시에 일망타진하고 덕양 김문을 멸문했다. 조금의 사정도 봐주지 않았다.

그 일로 골이 깊어진 대왕대비가 이궁으로 거처를 옮겼다. 화병으로 자주 앓아눕던 그분은 어느 날 또다시 쓰러져 일어나지 못했다. 가벼운 몸살인 줄 알았던 병환은 황달과 협통(脇痛, 옆구리가 결리고 아픈 병)을 동반해 심각한 간 손상의 징후를 보였고, 급기야 생사를 가늠할 수 없는 지경까지 이르렀다. 의관들이 달라붙어 노력해 봤지만, 대왕대비는 끝내 눈을 뜨지 못하고 그대로 하세했다.

왕실 제일 어른의 상이 치러지는 동안 왕은 조금도 슬퍼 보이지 않았다. 묵은 빚을 이제야 깨끗이 청산한 듯 외려 후련해 보였다.

죄인이 떠나간 세상은 평화로웠다. 그즈음 한동안 나아지는 듯했던 자영의 울증이 깊어졌다. 어느 때는 가슴이 답답하게 꽉 조여 숨이 쉬어지지 않았다.

어떤 사실을 은폐하고 타인에게 해를 끼쳤던 모두가 불행해졌다. 건강했던 조부는 그토록 허망하게 세상을 떠났다. 아직 창창한 나이의 아버지는 감우당의 서옥에 스스로를 가두었다. 혜명 윤문을 짓밟았던 덕양 김문이 몰락했고, 대왕대비는 보위가 원래의 자리로 돌아가는 것을 목도하며 죽임을 당했다. 심지어 여은과 두영마저 비참한 최후를 맞았다.

그런데 딱 한 사람, 정을 죽음으로 몰아 놓고 진실을 은폐한 자신만은 왕비가 되어 가장 높은 곳까지 올라왔다. 과분할 만큼 왕의 사랑을 받으며 인자한 국모라는 칭송 속에 아들까지 저위에 올랐다.

차라리 빨리 벌을 받았다면 속죄하며 살았을 것을……

많은 것을 얻을수록 두려움은 커졌다. 언젠가 제게 와야 할 벌이 차일피일 미루어지다가 죄 없는 아들에게로 향하는 게 아닐지 걱정도 되었다. 가만히 있다가도 눈물이 흘렀고 밤마다 악몽을 꾸었다. 예천댁의 비명이 귓가에 생생했다. 감우당의 서옥에서 마지막으로 윤도경을 보았을 때, 비에 쫄딱 젖은 그녀가 죄인처럼 오열했던 그 모습이 마치 어제의 일처럼 눈앞에 선명했다.

당신은 죄인이 아니야.

내가 바로 죄인이야…….

자영은 잠을 자지 못함은 물론, 숨조차 편히 쉬지 못했다. 상태가 계속 악화되자 하루는 곁을 지키던 지밀이 주위에 듣는 귀가 없음을 확인하고 은밀히 제안했다.

"마마, 푸닥거리라도 한번 하시는 게 어떻겠사옵니까?"

"쓸데없는 소리."

왕실 여인으로서 절대 해서는 안 될 일이었다.

그날 밤, 자영은 숨 쉬는 게 불편해 똑바로 눕지도 못하고 뒤척이다가 불현듯 오래전 소문이 생각나 몸을 벌떡 일으켜 앉았다. 그것은 주술에 아주 용하다는 사순 할멈에 관한 이야기였다.

재헌의 비밀 거처였던 진장방의 가옥에서 두 여인을 마주했다.

"둘 다 사순 할멈의 여식인가?"

"소인은 신딸이옵니다."

"소인은 친딸이옵니다."

자영의 물음에 평범한 차림의 여인과 승복을 입은 비구니가 차례차례 대답했다.

사순 할멈은 죽었지만, 그 딸이 더욱 용하다는 소문이 자자했다. 어느 쪽이 그러한지 들은 바가 있으나, 둘이 함께 왔으니 혹시 몰라 질문했다.

"어미보다 뛰어나다는 소문 속의 여식이 둘 중 어느 쪽인가?"

"세간에 오르내리는 이는 소인이오나 함께 온 스님이 훨씬 용하옵니다."

"꼭 그렇지만도 않사옵니다. 저 사람의 재주가 신통하지요."

무당과 비구니는 서로를 치켜세우며 겸양을 떨었다. 그것이 억지스럽거나 과하지 않아 꽤 마음에 들었다.

"잘됐군. 두 사람 다 날 좀 도와주게. 내가 원하는 건 망자의 극락왕생을 빌며 굿이나 하려는 게 아닐세."

"하오면 마마께선 정확히 무엇을 원하시옵니까?"

"이승에서 연을 맺지 못한 두 사람이 내세에서라도 만나 뜻을 이루게 해 주고 싶어. 해 줄 수 있겠는가?"

"시도를 해 볼 수는 있사오나 눈으로 확인할 수 있는 일이 아니옵니다. 성공을 장담할 수도 없사옵니다."

"그 정도는 알고 있네."

확신이 담긴 자영의 대답에 무당은 결심을 굳혔다. 그렇지만 비구니는 말리고 싶은 표정이었다.

"자연의 섭리를 거슬러 무언가를 이루고자 하실 땐 반드시 그 대가를 치르셔야 하옵니다."

"전하와 세자는 이 일과 상관없네. 희생을 치러야 한다면 오롯이 나 혼자 감당할 것이야."

"하늘의 뜻이 언제 어떻게 이루어질지 소인들도 장담할 수 없사옵니다."

"언제 어떻게는 중요하지가 않아. 고인이 된 두 분의 뜻만 확고하다면 난 죽어서라도 기다릴 수 있어."

"그 두 분의 공통된 마음이 담긴 물건을 가지고 계시옵니까?"

"가지고 있네."

"정 그러하시면…… 소인, 최선을 다하겠나이다."

조건과 의사를 거듭 확인한 비구니는 더 이상 어쩔 수 없다는 듯 고개 숙여 자영의 뜻을 수용했다.

망자가 된 두 사람의 공통된 마음이 담긴 물건. 자영은 그것을 두 개나 가지고 있었다.

하나는 찌그러진 동백이 수 놓인 비단 주머니였다. 독으로 몸이 망가진 오라버니는 병석에 누워 오로지 그것만 손에 쥐고 있었다. 죽을 때도 가지고 가실 줄 알았는데, 정인을 급히 쫓아가시느라 그 소중한 걸 깜박 흘리셨다.

또 다른 하나는 오라버니가 장만해 주었다는, 일명 안국방 아기씨의 자리. 그러니까 팔걸이와 등받이가 없는 가로로 길쭉한 거상이었다. 최고급 솔나무로 제작된 그것은 윤도경의 사후 백성들에 의해 함부로 다뤄졌다. 이전까진 감히 만지지도 못했던 이들이 재수 없다며 발길질하고 물건을 쌓아 놓기 일쑤였다. 자영은 그 꼴이 보기 싫어 그것을 통째로 뽑아다 비어 있는 진장방 가옥에 가져다 두었다.

비구니와 무당은 그 솔나무를 쪼개 두 개의 위패를 제작하고, 남은 부위 중 세심하게 골라 동그랗게 알을 깎아 하나로 꿰었다. 완성된 단주는 찌그러진 동백이 수 놓아진 비단 주머니에 봉해져 합체했다.

"위패에 아무것도 새기지 않았군."

"위패 자체에 두 분의 기운이 서려 있어 다른 것은 불필요하옵지요. 이 위패는 봉화사의 본당에 잠시 모셨다가, 현재 짓고 있는 전각이 완성되면 두 분만의 자리로 옮길 것입니다."

"부탁하네."

자영은 진심으로 간청했다. 저들에게 요청받은 대로 자신의 머리카락을 잘라 담은 주머니도 건네주었다.

"결과는 마마께서 얼마나 성의를 보이시느냐에 따라 달라지옵니다. 저희가 하는 건 마마의 염원이 하늘에 닿도록 도울 뿐이라는 걸 유념하시옵소서."

자영은 두 사람의 조언을 허투루 듣지 않았다. 죄인 주제에 과분한 삶을 살았으니 이제부터라도 속죄하는 마음으로 살겠다는 다짐이었다.

자식에게 죄가 번질까 봐 세자와 차츰차츰 멀어지며 웃음을 잃어 갔다. 이전보다 울증이 악화돼 호흡이 어려우니 왕을 모시지도 못했다.

병이 깊어 중궁의 역할마저 제대로 수행하지 못하게 되자 후궁을 들이라는 상소가 빗발쳤다. 왕은 완강히 버텼으나, 중전을 폐하라는 여론까지 조성되자 자영을 찾아와 사정했다. 그냥 뻔뻔해지면 안 되는 거냐고. 진실을 덮은 제게 절반의 책임이 있으니 너의 죄책감을 제발 반절로 깎아 보라고.

아니 될 말이었다.

자영은 너무나도 미안하고 은애하는 지아비의 죄까지 전부 가져가기로 했다. 고통 속에서 외롭게 죽었을 윤도경과 오라버니가 마지막 순간 이승에서 바랐던 그것을 언젠가 반드시 이루기를 바라며 스스로에게 벌을 내렸다.

막바지엔 숨이 쉬어지지 않아 앉아서 잠이 들곤 했다. 망가진 정신과 심장으로 괴로워하면서도 하늘에 비는 것을 멈추지 않았다. 오랫동안 눕지 못했던 자영은 젊은 나이에 숨을 거두고 나서야 바닥에 등을 붙일 수 있었다.

사람들은 드디어 끝났다고 눈물을 쏟았으나 사실은 그 반대였다. 폭우가 내리던 어느 여름날에서 멈춰 있던 그녀의 시간이 이제야 비로소 다시 움직이기 시작했다.

안온하고 행복한

　몸이 가벼웠다. 꿈을 꾸고 있나? 아니…… 작은 바람이 된 것인지도 모르겠다.

　도경은 한없이 가뿐해 구름에 몸을 맡기고 둥실둥실 허공을 떠다녔다. 어디선가 맛있는 냄새가 솔솔 풍겨 왔다. 눈을 크게 뜨고 주위를 이리저리 둘러보다가 와, 입이 저절로 벌어졌다.

　곳곳에 불을 밝힌 등불이 신기하고 아름다웠다. 근사한 차림의 사람들이 삼삼오오 모여 한가로이 식사를 즐기는 곳이었다. 걱정 없이 웃는 모습이 여유로웠다.

　이런 세상이 있었나?

　낯설면서도 익숙해 얼떨떨해하다가, 어느 가족 앞에 이르자 가슴이 욱신거렸다. 더는 초라하지도, 가난이란 피로에 찌들지도 않은 그들은 한 줄기 그늘 없이 윤택해 보였다. 질 좋은 옷감의 옷을 걸치고 과하지 않게 우아한 장신구가 맞춘 듯 몸에 꼭 들어맞았다.

할머니와 중년의 부부, 그리고 그들의 딸과 아들.

왠지 저들 사이에 끼어야 할 것 같으면서도 제 자리가 없음에 서운하지 않았다. 도경은 그들 주위를 빙빙 맴돌며 화기애애한 모습을 지켜보다가 이 정도면 충분하다는 느낌이 들어 돌아섰다.

낯설지만 익숙한 세상과도 멀어졌다. 지나치게 현란하고 정신 사나웠다. 훌훌 털어 내고 나니 조금 전의 기억은 금방 사라졌다. 어디를 다녀오고 누구를 보고 왔는지 생각나지 않았다. 그저 마음이 한결 가벼워졌을 뿐이다.

도경은 자신이 누구인지도 잊고 하염없이 둥둥 떠다니기만 했다. 갈수록 몸이 가벼워지다 못해 이대로 영원히 한 점 빛이 되어 소멸할 것 같았다. 그래도 개의치 않았다. 어차피 지금 이대로도 존재의 의미는 없었다.

어느 순간 처음으로 피로를 느끼며 서서히 잠에 빠져들었다. 이대로 깜박 어둠 속에 영구히 잠기려고 하는데, 누군가 구슬프게 우는 소리가 귀를 찔렀다.

아, 정말……!

성가신 소리에 가까스로 눈을 뜨고 주위를 둘러보았다. 처마 밑 풍경, 잘 가꿔진 화단, 곡선의 지붕. 눈이 편안해지는, 아주 익숙한 정경이었다.

한 노부인이 두 여인의 부축을 받으며 어느 방에서 나오고 있었다. 슬픔에 잠겨 상한 얼굴은 멈추지 않는 눈물로 홍수를 이루었다. 노인을 부축한 여인들도, 밖에서 기다리는 사내들도, 그 외의 다른 사람들도 마찬가지였다.

챙의 폭이 좁은 갓을 쓴 중년의 사내가 건장한 사내들에게 둘러싸여 죄인처럼 고개를 가로저었다. 작별 인사 어쩌고 하는 소리만이 듬성듬성 들려올 따름이었다.

대체 무슨 일인가 싶어 안으로 들어가 보았다. 꽃내음 비슷한 좋은 향기 속에 탕약과 부항 뜬 냄새가 섞여 있었다. 한 사내의 외로운 뒷모습이 이상하리만치 도경의 마음을 흔들었다. 살금살금 다가가 보았다.

"어머니께서 하신 말씀 들었소? 걱정하는 부모를 생각해 제발 일어나라는……."

고통스러운 기색과 달리 그에게서 흘러나오는 목소리는 차분하면서도 다정했다.

"나 또한 매일 이렇게 당신을 찾아와 조르는 중이오. 눈을 뜨고 나를 바라봐 달라고, 제발 이번만큼은 내 곁에 머물러 달라고. ……하지만 당신은 그 모든 애원에 귀를 막을 권리가 있소. 눈을 뜨느니 차라리 조용히 떠나고 싶은 삶도 있는 법이니까. 여기까지 오느라 고단하고 힘들었겠지. 위기가 지났나 했는데 또다시 터진 비극이 지긋지긋했을 거야. 차라리 훌훌 버리고 떠나는 게 낫다는 생각을 충분히 할 수 있소."

끝으로 갈수록 목소리가 갈라진 그는 잠시 침묵하다가 제 앞에 누운 여인의 손을 잡았다.

"억지를 부리며 붙잡으려고 이러는 게 아니오. 나는 그저, 당신이 행복해지기만을 바라오. 고통 없이 자유로운 곳에서 편안해지고 싶다면 그리하시오. 그리워하고, 아파하고, 눈물 흘리는 것은 오로지 나 혼자 하겠소. 다만 하나, 쉼 없이 흐르는 시간 속에서 난 언제까지라도 당신만을 기다리고 쫓아갈 거요. 그러니 부디…… 그것만은 싫어하지 말아 주시오. 내게 그것 하나만은 양보하고 허락해 주시오."

눈물이 흘렀다. 그에게서도 저에게서도.

어떡해야 저 사람을 위로해 줄 수 있을까.

잠이 확 달아났다. 손을 맞잡아 주고 싶었다. 슬픔을 지워 주고 싶었다. 당신을 힘들게 하려는 게 아니었다고. 지치고 힘들어 당신을 돌아보지 못해 미안하다고.

간절히 바랐다. 붉은 꽃이 물결을 이루는 그곳에서 저 사람과 함께 행복한 일상을 누리는 삶. 부드러운 햇살과 잔잔한 바람을 맞으며 아무 근심 없이 서로만을 바라보는 삶.

있는지도 몰랐던 손목에서 따스한 온기가 번졌다. 두둥실 떠 있던 몸이 아래로 가라앉는 느낌도 들었다. 주위가 비정상적으로 환해졌다. 강력하고 거대한 빛 속으로 도경은 속수무책 빨려 들어갔다.

"윽……."

자비 없는 통증이 몸을 산산이 조각낼 것 같았다. 도경은 아픔을 참지 못하고 신음했다. 어둠 속에서 저를 부르는 누군가의 목소리가 애절했다.

"정신이 드오? 눈을 떠 보시오!"

익숙하고 그리운 그 목소리에 이끌려 서서히 눈을 떴다. 눈물로 흠뻑 젖은 재헌의 얼굴이 낯설지 않았다. ……김성욱을 보았고 화살에 맞았지.

잠깐 기절했던 것인가?

마지막 기억을 떠올린 도경이 흐리멍덩한 의식을 붙잡고 그를 보았다. 눈을 감기 직전 보았던 그대로 재헌의 두 눈이 눈물로 뒤덮여 있었다. 그러나 그때는 절망에 휩싸여 정신이 반쯤 나가 있었다면, 지금은 죽은 사람이 살아 돌아오기라도 한 듯 안도와 기쁨의 기색이 도드라졌다.

내가 살았구나.

상황을 정확히 파악한 도경이 그를 안심시키고자 힘겹게 입을 열었다.

"……나리."

"낭자!"

도경이 눈을 뜬 걸 보고서도 긴장을 풀지 못했던 그에게서 굵은 눈물이 흘러내렸다. 꽉 잡아 준 그의 손이 따뜻했다.

거칠게 문이 열리고 온 가족이 한꺼번에 들이닥쳤다. 어미를 알아보겠느냐며 우는 어머니와 허겁지겁 뛰어와 재헌을 밀치고 도경의 손을 잡은 아버지. 의원을 들이라며 아우성치는 올케들. 애가 힘들어하니 조용히 해야 한다고 방 안에서 질서를 잡으려는 막내 오라버니. 별당이 한바탕 떠들썩거렸다.

도경은 눈시울이 뜨거워지면서도 눈이 감겼다. 여태껏 긴 잠을 자느라 모두를 걱정시켰음에도 영혼만은 편히 쉬지 못해 힘들었다는 듯 달콤한 수마에 스르르 의식을 맡겼다.

"아가씨!"

여름이 끝나고 아침저녁으로 선선한 초가을이 찾아왔다. 고비를 넘기고 아직 몸조리 중인 도경은 그리 지청구를 듣고도 아침부터 수선을 피우는 열비의 호들갑에 웃음이 나왔다.

"왜 또 이리 망아지처럼 날뛰어!"

예상한 바대로 유모에게서 잔소리가 쏟아졌다. 문을 열고 들어온 열비는 그저 헤헤 웃는 모습이었다. 가슴에는 한 아름의 예쁜 국화를 안고 있었다.

"대감마님께서 보내셨습니다."

거동이 힘든 딸을 위해 윤 대감은 매번 생화가 시들기 전 싱싱한 다른 꽃을 보내 주었다.

"새벽부터 또 후원에 나가셨나 보구나?"

"최근엔 각종 원예서를 전부 독파하고 계신답니다."

"이제 조정에 나가지도 않으시니 무료하시겠지."

도경은 싱긋 웃으며 화병에 꽂힌 꽃을 바라보았다. 그윽한 국화 향이 방 안에 가득했다.

여식이 의식을 잃고 사경을 헤매는 동안 윤 대감은 사직

상소를 올리고 영상의 자리에서 내려왔다. 최고가 되기 위해 한평생 앞만 보고 달려온 그분의 결단에 조정뿐 아니라 저자에서도 상당한 화제가 되었다. 윤 대감의 성정대로라면 무슨 일이 있어도 아락바락 최장수 영의정이 될 줄 알았기 때문이다.

그런데 예성 채문의 대감보다 까마득히 못 미치는 기간 동안 그 자리에 있다가 스스로 내려왔으니 모두가 놀랄 만하였다. 대부분은 멸문의 위기를 넘기며 심경의 변화를 겪은 그분이 여식의 일까지 겹쳐 결단을 내린 게 아니냐고 떠들었다.

대개 이런 경우 짐작이 틀리기 마련인데, 이번만큼은 제대로 적중했다. 한평생 가문의 이름을 드높이고 최고가 되기 위해 힘써 온 그였다. 언제나 만족함을 모르고 얻으려고만 했는데, 연달아 큰일을 겪으며 가진 것을 지키는 일 또한 중요하다는 점을 뼈저리게 느끼셨다고 했다.

하여 윤 대감은 뒤로 물러나 그동안의 일들을 되돌아보는 시간을 갖고 있었다. 안채에서도 시간을 자주 보내고, 도경에게도 다정한 선물을 종종 보내 주었다. 불행히도 손자들의 공부에까지 관심을 보이시어 조카들이 아주 난감해지기는 하였지만……

"그런데요 아가씨, 손목에 차고 있던 단주는 어쩌신 겁니까?"

"단주?"

소세를 끝낸 도경이 자리에 눕자 유모와 열비가 물수건으로 몸을 닦아 주기 시작했다. 그 과정에서 지나는 말처럼 건넨 열비의 물음에 도경은 제 빈 손목을 내려다보았다.

"저번부터 계속 궁금하였습니다. 그땐 워낙 정신도 없고 어딘가에 빼 놓으셨나 보다 생각했는데, 도통 찾지도 않으시니……. 아끼시는 거 아니었습니까?"

"그러게."

씁쓸한 대답이었다.

"설마 잃어버리셨습니까?"

"유배지로 떠나는 사람들 보러 갔었잖아. 그때 밖에서 떨어뜨린 것 같아."

"어머나! 그럼 어찌합니까?"

"어쩌긴. 할 수 없지."

대답이 담담해 유모와 열비는 안심하는 눈치였다. 도경은 두 사람에게 몸을 맡기고 눈을 감았다.

의식을 차리고 며칠 뒤에야 알아챈 사실이었다. 손목이 허전해 더듬어 보다가 아무것도 잡히지 않아 깜짝 놀랐다. 당황했던 도경은 문득 그것을 어딘가에 실수로 떨어뜨린 게 아닐지도 모른다는 생각이 들었다.

그러고 보니 꿈에서 어느 행복한 가족을 본 것도 같았다. 언젠가부터 자꾸 잊게 되는, 고의가 아님에도 기억 속에서 점차 희미해지고 있는 사람들, 그곳에서의 삶…….

무의식중에라도 본능은 살아 있다. 아무런 조건 없이 마음이

끌리는 대로 한쪽을 선택하고, 그로 인해 역할을 다한 단주가 사라졌다면 안타까워할 이유는 전혀 없었다.

돌아가지 않는다.

내가 있어야 할 곳은 여기.

지금 이대로도 행복해 도경은 오히려 홀가분했다.

밤이 깊었다. 별당에 불이 꺼지고 유모와 열비가 물러갔다. 한 식경쯤 눈을 감고 있자니 살며시 문 열리는 소리가 들렸다. 선잠이 들었던 도경의 입술이 부드럽게 휘어졌다. 눈을 뜨고 몸을 일으켰다.

"오늘은 일찍 오셨습니다."

"나 때문에 깬 거요?"

"아니요. 기다리고 있었습니다."

"몸이 찬데……."

가까이 다가온 검은 인영이 도경을 걱정하면서도 자연스레 팔을 뻗어 품에 끌어안았다. 그에게서 시원한 바람의 기운이 느껴졌다.

재헌은 도경을 번쩍 안아 제 무릎 위에 앉히고 이불을 끌어와 덮어 주었다. 이 사내와 함께 있으면 꼭 아이가 된 기분이었다. 든든하고 포근한 품에 안심하고 몸을 기댔다.

다친 곳이 불편해 외출을 못 하니 만날 길이 묘연했다. 병문안을 오는 것도 한계가 있었다. 도경의 숨이 간당간당 할 땐 규방 출입을 허락했던 모친께서, 의식을 차리고 회복 단계에 들어서니 그의 발길을 막았다. 재헌에게 허락된 병문안은 바깥채에서 서신을 쓰고 안채로 들여보내는 게 전부였다.

사내답지 못하다고 은근슬쩍 핀잔주는 답신을 보냈더니, 참다못한 그도 과감한 결단을 내렸다. 정인을 보기 위해 군자로서 행해야 할 도리를 잠시 접고 월담을 강행했다.

처음에는 민망해하며 흐트러진 차림새를 고치기에 바빴다. 그러나 한 번이 어렵지 자꾸 하다 보니 익숙해졌는지, 날이 지날수록 차림새는 말쑥하고 걸음걸이는 산뜻했다. 행위 자체가 중요한 게 아니라 마음에 품은 뜻이 중요하다는 궤변도 늘어놓았다.

두 사람은 어둠 속에서 달빛에 의지해 서로의 얼굴을 보듬고 도란도란 대화를 나누었다. 그러다가 도경이 지쳐 잠들면 언제인지도 모르게 잠자리에 눕히고 그는 사라졌다.

"오늘도 잘 지냈소?"

"하루 종일 답답해 나가고 싶었습니다."

"조금만 참으시오. 단풍이 들 때쯤 날을 잡아 나들이를 갑시다."

"그러다가 또 바쁘다고 하시려고요?"

예전에 나들이를 가자고 했던 그가 일을 핑계로 약속을 지키지 않았던 게 떠올랐다. 투정을 부리듯 무심코 한 말이었는데 순식간에 그의 몸이 굳었다. 자책하고 있음을 알아챈 도경이 서둘러 두 팔로 재헌을 끌어안았다.

"그래도 이렇게 찾아 주셔서 견딜 만합니다. 얌전히 자중하며 지낼 테니, 몸이 나으면 꼭 좋은 곳에 데려가 주십시오."

아이처럼 안긴 도경이 덩치 큰 그를 토닥토닥 달래자, 힘이 들어갔던 그의 몸이 서서히 이완되었다.

"그즈음이었을 거요. 당신과 대비전의 밀약에 관해 들은 게……."

"그래서였군요?"

"고민이 되더군."

"제가 괘씸하였습니까?"

이제는 스스럼없이 입에 올릴 수 있는 화제였다.

"그럴 새도 없었소. 어찌해야 전하를 설득해 조용히 넘어갈까 궁리하느라 바빴지."

"절 쫓아낼 생각은 없으셨고요?"

"당신이 들키지만 않는다면 난 그대로도 좋았거든."

"하지만 들키지 않았습니까?"

"술도 마시고, 내 입술도 훔쳐 갔지."

도경이 그의 어깨에 얼굴을 묻고 부끄러운 웃음을 터트렸다.

"그런 당신을 어찌 쫓아낸단 말이오. 그때의 난 혼례 계획을 세우느라 정신없었소."

"그런데 다음 날 제가 발뺌을 했으니 그리 화가 나셨던 거군요?"

"결국은 하게 될 걸, 왜 그렇게 속을 썩였지?"

농담 섞인 타박이었다. 민태호에게 속은 이야기는 다음에 해 주기로 하였다.

"우리가 혼인합니까?"

"혼례만 올리지 않았을 뿐, 이미 실질적인 부부 아니요?"

어둠 속에서 재헌이 진장방에서의 밤을 기억하라는 은근한 눈빛을 보냈다. 도경은 두 뺨이 붉어져 바깥 사정을 물었다.

"어른들과 상의는 해 보셨습니까?"

"사흘 뒤에 조부님과 아버님이 안국방에 들르기로 하셨소."

처음 듣는 소식이었다.

"정말입니까?"

"정혼이라도 하고 싶다고 했더니 알았다고 하시더군."

"믿기지가 않습니다. 그게 그렇게 쉬운 일이었습니까?"

"쉬운 일이라고? 우리가 그동안 무슨 일을 겪었는지 벌써 잊은 거요?"

재헌은 기막혀하며 도경을 더 깊이 끌어안았다. 다시는 겪고 싶지 않은 끔찍한 일을 떠올리는 듯 몸에 힘이 바짝 들어갔다. 그마저도 상처를 건드릴까 봐 조심조심하기에, 도경이 그의 허리를 힘껏 안아 주었다.

그러다가 불쑥 새로 알게 된 소식이 생각나 그에게 확인했다.

"참, 고 서방 얘기는 이제야 들었습니다. 시신을 수습해 고향에 있는 부인과 합장해 주었다고요?"

참형이 선고되었던 고 서방은 자수하여 진범을 밝히는 데 협조한 공로로 그 벌이 감해졌다. 장형을 맞고 관비가 되어 소속 관아로 떠나기로 되어 있었는데, 바로 그 전날 옥에서 스스로 생을 마감했다.

재헌은 도경의 일로 절망에 빠진 상태에서도 그가 아무 데나 매장되는 것을 두고 보지 못했다.

"왜 그렇게까지 하신 겁니까?"

"당신이 김성욱의 아들을 빼돌린 것과 같은 이유요."

담백한 그 대답이 마음에 들었다.

호판이 유배를 떠나며 덕양 김문 본가가 폭삭 주저앉았다. 김성욱은 화살을 쏘고 도망치던 도중 또 다른 살상을 저질러 참형에 처해졌다.

부모를 잃고 고아가 된 두 살의 아이는 소식을 듣고 달려온 여은이 데려갔다. 건사하기 힘들면 교령이 상단에서 키우겠다고 했음에도, 고모인 여은은 자신이 잘 품어 보겠다며 고집을 꺾지 않았다. 부모가 어떤 사람들이었든 그런 여은이라면 아직 때 묻지 않은 그 아이를 반듯하고 강직한 어른으로 키워 내리라고 믿어 의심치 않았다.

모든 문제가 해결되고 정혼까지 앞둔 지금, 상처 부위가 쑤시는 것 외엔 꿈을 꾸는 듯 행복했다. 도경은 그에게서 나는 좋은 체향을 맡으며 산들산들 속삭였다.

"제가 말씀드렸습니까?"

"무엇을?"

"연모합니다."

평온한 달밤, 도경이 전하는 수줍은 고백이었다. 서로의 시선이 맞닿고 따뜻한 입김이 뒤섞였다.

조르고, 달래고, 웃고, 속삭이고.

한 사내의 무릎을 온전히 차지한 초가을의 밤은 이토록이나 설레고 비밀스러웠다.

사흘 뒤, 두 사람의 정혼이 공식화되었다. 재헌은 혜명 윤문 전체를 구했고, 도경은 예성 채문의 기둥을 무려 세 번이나 살렸으니 양가 어른 중 누구도 혼인을 반대할 처지가 아니었다.

사람들은 소식을 듣고도 믿지를 못하여 직접 찾아와 확인하거나 사람을 보내 진위를 파악하느라 아우성이었다. 살다 살다 별일을 다 본다는 반응이 수시로 들려왔다.

내색하진 않았으나 그들 중 가장 난처한 사람은 채여준과 윤이환이었다. 오랜 세월, 조정에서 셀 수 없이 많은 싸움질을 해 댔으니 아무리 좋은 마음을 먹고 만나도 얼굴을 맞대는 것 자체가 고역이었다. 그렇다고 사돈이 되는 마당에 이대로 방치할 수도 없고…….

많은 고민 끝에 두 사람은 적어도 보름에 한 번씩 만나 바둑을 두기로 약속했다. 장소는 안국방과 가회방을 번갈아 드나들기로 했으며, 혹시 모를 충돌을 방지하고자 각각 손자나 아들 중 한 명을 동행하기로 했다. 물론 후자는 당사자들 빼고 뒤에서 몰래 만난 두 가족이 정한 규칙이었다.

계절이 바뀌고 도경은 건강을 회복했다. 어른들 몰래 재헌과 단둘이 단풍놀이도 다녀오고, 눈 내리는 날 소문으로만 듣던 부친과 채 대감의 바둑 두는 자리에도 함께했다.

바둑판이 뒤집히거나 고성이 오가는 파행은 일지 않았다. 하지만 신경전만큼은 매우 치열했다. 옆에 앉아만 있었을 뿐인데 상당히 지치고 피곤하다는 주원의 불평이 어디에서 기인하였는지 알 것 같았다.

신기한 건, 그럼에도 두 분이 단 한 번도 거르지 않고 꼬박 꼬박 만나고 있다는 점이었다. 각자의 집에서 준비하는 바둑판이 점점 화려해지고 다양한 종류의 바둑돌이 총동원되었다. 은근히 경쟁을 즐기시는 게 아닌가 하는 의혹도 점차 짙어졌다.

최근 윤 대감은 후원 가꾸기에 그 어느 때보다 열성이었다. 말은 안 하지만 봄이 오고 꽃이 피면 채 대감에게 자랑하고 싶은 눈치였다. 혹시 몰라 도경은 재헌에게도 확인했다.

"조부님께서 요즘 후원에 관심을 보이지 않으십니까?"

"그걸 어떻게 알았소? 갑자기 무슨 바람이 불었는지 온갖 원예서를 탐독하시더니, 멀쩡했던 후원을 전부 뒤집고 계시오."

도경은 절로 웃음이 터졌다.

두 분은 서로에게 여전히 냉랭하고 무표정했다. 여기까지가 내가 당신에게 베푸는 최대치의 친절이라며 그 이상 가까워질 노력조차 하지 않으셨다. 해서 도경도 더는 불가능할 줄 알았다. 헛된 욕심도 내지 않았다.

그런데 알고 보니 두 분은 경쟁이라는 그들만의 방식으로 서로에게 익숙해지는 중이었다. 그것이 과해지지 않고 적당한 선에서 타협되길 바라며, 여식과 손자의 행복을 위한 어른들의 노력을 조용히 지켜보았다.

그리고 어느덧 입춘. 도경이 병석에 누운 동안 간택되어 별궁에서 지내던 서윤이 왕과 국혼을 치르고 중궁이 되었다.

"소문이 사실이었단 말입니까?"

바람이 상쾌한 물오름달(삼월) 오후. 도경은 가회방 자영의 처소에서 북촌에 돌고 있는 새로운 소식을 들었다.

"예. 중전마마께서 전하께 딱 잘라 그리 말씀하셨답니다. 당신의 친정 오라버니께 주어지는 그 어떤 혜택도 사양하겠다고요."

꽤 놀랍기는 하지만 뜬소문처럼 들리지는 않았다. 왠지 서윤이라면 그러고도 남을 것 같았다. 누이를 이용하려고만 했던 민태호는 그런 일을 당해도 싸고.

"자수 모임이 끝나고 민 진사 나리의 행보가 이상하긴 했습니다. 누이를 시집보내지 못해 안달 난 사람처럼 굴었으니까요."

"매파들이 자주 들락거렸다는 소식은 들었습니다."

"문제는 진사 나리의 이상한 기준이었습니다. 당사자의 자질이 아무리 뛰어나도 죄다 마다하시고……. 당상관에 재산이 많은 집안하고만 사돈을 맺으려 하니 범위가 턱없이 좁아졌지요. 신랑 후보자란 이들이 가문 빼고 죄다 변변찮았답니다."

들으면 들을수록 민태호의 작태가 가관이었다.

"부모님도 계시는데 나리 혼자 그리 마음대로 굴었다는 게 이해가 되지 않습니다."

"부원군께서 병환이 깊으시니 집안 내 갈등을 쉬쉬하였답니다. 그나마 부부인께서 막아서시다 간택이 시작되어 이리된 것이지요. 지금도 부모님은 작호를 받았는데 왜 저만 아직 진사냐며 아주 난리랍니다. 중전마마께서 꿋꿋이 버티시어, 그 사람은 평생 진사 나리였으면 좋겠습니다."

자영의 저주에 도경도 격하게 동의했다.

간택에 참여하기 전 서윤은 도경에게 서신 한 통을 보내왔다. 예성 채문의 진짜 은인을 앞에 두고 거짓말하여 부끄럽다는 서술로 시작된 내용이었다. 감우당에서 있었던 불미스러운 사건에 대해서도 사과했다. 간택이 자신에게 주어진 마지막 도피처이자 기회이기에 최선을 다하려고 한다는 솔직한 심정도 쓰여 있었다.

서윤은 사죄의 의미로 도경에게서 받은 노란빛의 영롱한 장신구를 머리에 꽂고 입궐했다. 높은 학식과 우아한 자태로 최종 간택된 그녀는 이기적인 오라비에게서 벗어나 본인이 선택한 길을 가게 되었다. 위엄과 자비로 아랫사람을 다스리고, 법도에 따라 생활하는 데 최적화된 사람이기에 적응에 대한 걱정은 전혀 되지 않았다.

"궁 생활이 안정되면 저와 언니도 따로 부르겠다고 하셨답니다. 같이 가실 거죠?"

"예. 영광입니다."

"참, 그리고 얼마 전에 강 상궁의 두 아우가 찾아왔었습니다."

"강 상궁이요?"

또 다른 흥미로운 소식에 도경의 눈이 휘둥그렇게 커졌다.

"출궁했다고 하더니……. 마마님이 두 아우를 직접 보낸 겁니까? 왜요?"

"거기까진 저도 모르겠습니다. 근데 두 사람이 돌아간 뒤 어른들과 자가께서 꽤 긴 시간 서실에서 나오지 않으셨습니다. 작은 오라버니한테 물어봐도 그냥 시치미만 떼시고. 그래서 말인데요……."

자영은 궁금해 죽겠는 표정을 숨기지 않았다.

"나중에 큰 오라버니한테 무슨 귀띔이라도 받으시면 저한테도 알려 주세요. 혹시라도 제가 먼저 알게 되면 언니한테 꼭 말씀드리겠습니다."

"예. 그러지요."

싱긋 웃으며 고개를 끄덕인 도경은 저도 모르게 보이지도 않는 작은 사랑채 쪽으로 시선을 돌렸다. 눈치 빠른 자영이 그런 무의식을 곧바로 잡아냈다.

"오라버니가 걱정되십니까?"

도경은 뜨끔하여 고개를 바로 했다.

"제 앞에선 티 내셔도 괜찮습니다. 혼례가 두 달밖에 남지 않았는데 또 쓰러지셨으니, 그 마음이 오죽하실까요."

내내 건강했던 재헌은 최근 신열이 오르다 또다시 혼절했다. 증세가 나타나는 간격이 이전보다 훨씬 벌어져 다행이긴 했으나 걱정을 지울 순 없었다. 안국방에서도 이 사실을 아시고 심려가 매우 크셨다.

천만다행히도 작년 여름, 독의 종류를 알아내 해독제를 수소문했고 긴 노력 끝에 곧 그것이 도성에 당도할 예정이다. 그나마 도경이 침착할 수 있는 이유였다.

"약은 잘 들고 계십니까?"

"꼬박꼬박 잘 챙기고 있습니다. 아마도 이번이 마지막이겠지요."

"그래도 혹시 모르니까요."

"그리 걱정되시면 한번 가 보시겠습니까?"

근심을 지우지 못하고 불안해하자 자영이 파격적인 제안을 해 왔다. 도경은 눈이 커다래져 마른침을 삼켰다.

안국방에서 재헌의 규방 출입이 금지되었듯 그 반대의 경우도 마찬가지였다. 오늘도 바둑을 두러 온 부친을 따라와 병문안하고 싶다는 의사를 비쳤더니, 채 대감은 당연하다는 듯 지필묵을 내주라고 지시하셨다.

혹시나 싶어 여쭈었던 도경은 낙심하여 더는 말을 얹지 않았다. 마음 같아선 월담이라도 하고 싶지만, 막상 처지가 바뀌니 그것이 얼마나 어려운 일인지 사무치게 깨달을 뿐이었다.

차마 제안을 거절하지 못하고 도경은 비겁하게 반응했다.

"괜찮을까요? 어른들도 계시는데⋯⋯."

"아버지와 작은 오라버니는 등청하셨고, 대군 자가께선 양가 집사들을 데리고 두 어르신 곁에 붙어 계십니다. 아시잖아요, 바둑은 한 판으로 안 끝납니다."

처음부터 끝까지, 달콤하고 유혹적인 속삭임이었다.

자영이 열비의 혼을 쏙 빼놓는 사이, 도경이 작은 사랑채로 몰래 잠입했다. 옳지 못한 행동임을 알고 있어 가슴이 쉴 새 없이 쿵덕거렸다. 육체적인 피로를 차치하더라도, 재헌이 매번 이런 식의 정신적 압박에 시달리며 월담을 단행했다고 생각하니 상당히 미안했다.

작은 사랑채라고 하지만 규모 면으로 봤을 때 웬만한 집의 큰 사랑채 수준이었다. 눈으로 주위를 훑으며 자영이 알려 준 방향으로 막힘없이 걸었다. 드디어 작은 사랑채의 안마당이 펼쳐지자 걸음을 멈추고 근처를 둘러보았다. 이 시간엔 석이가 잠깐 자리를 비운다고 하더니, 사위가 쥐 죽은 듯 고요했다.

계단을 올라 대청에 오르기 전, 자영이 시킨 대로 작게 기척을 내었다. 그가 깨어 있다면 밖에서 사람이 들어오고 있음을 알아차릴 테지만 수면 중이라면 방해되지 않을 정도의 소리였다.

조심스럽게 문을 열고 들어가니 아무리 맡아도 여전히 설레는 그만의 향기가 도경을 포근히 감싸 안았다. 하도 맡아 이제는 익숙해진 탕약 냄새도 존재감을 과시하며 슬쩍슬쩍 후각을 건드렸다.

재헌은 저 안 깊숙이, 단정하게 펼쳐진 이부자리에 누워 있었다. 어둑한 내실을 가로질러 그에게 다가가 앉았다. 병중이라는 소식을 듣고도 이제야 찾아온 정혼자라니……. 못 본 새 눈에 띄게 야윈 그가 안쓰러웠다. 부디 이것이 그를 괴롭히는 마지막 병치레이길 바랐다.

그의 가슴이 규칙적으로 낮게 부풀었다가 가라앉는 모습을 잠시간 지켜보았다. 이렇게라도 그가 회복하는 중임을 확인하니 마음이 놓였다. 도경은 얼굴을 보았으니 되었다며 몸을 일으키는데, 아래서 낚아채듯 손목이 잡혔다. 펄쩍 놀라 돌아보자 찡그린 얼굴의 그가 도경을 보고 있었다.

시선이 마주치자 그의 눈에 어렸던 뜻 모를 의심이 가시고 기쁨이 번졌다. 당황한 도경은 재헌의 심경 변화를 눈치채지 못하고 허둥거렸다.

"저 때문에 깨신 겁니까?"

"어디 가시오?"

"나가려던 참이었습니다."

"언제 왔는데?"

"잠깐 있었습니다."

"야박하군."

잠긴 목소리로 대뜸 던지는 비난에 도경의 가지런한 눈썹이 위로 솟았다.

"일단 앉으시오."

손목을 당기는 그의 완력을 이기지 못하고 도로 철퍼덕 주저앉았다. 자리보전 중임에도 잡아당기는 그의 손힘이 어마어마했다. 볼품없이 내려앉아 흐트러진 도경은 무안함을 숨기고 손부터 잡아 뺐다. 그럴수록 재헌의 손에도 힘이 들어가 옴짝달싹 못 했다. 할 수 없이 차림새만 가다듬고 다시금 우아하게 자세를 잡았다.

그 모양을 재미있게 바라보던 재헌이 짐짓 눈살을 찌푸리고 불만을 토로했다.

"나는 안국방에 갈 때마다 한 시진 이상을 머물곤 하였소. 이제 상황이 바뀌어 당신이 왔으니, 적어도 절반 정도는 채워 줘야 하는 것 아니오? 어찌 그리 성의가 없소?"

"주무시는 데 방해가 될까 봐 그리하였습니다."

"그럼 이제 상관없겠군. 잠은 다 잤으니 할당된 시간을 채워 주시오."

재헌의 투정 부리는 모습이 신기했다. 그에겐 절대로 어울리지 않을 것 같은 행동인데, 표정이며 불퉁한 목소리가 어색하지 않고 자연스러웠다. 도경은 그것이 싫지 않았다. 이렇게 몇 시진이고 붙잡혀 불평을 들어도 상대가 채재헌이라면 절대 질리지 않을 듯했다.

"뭘 그리 보오?"

"손은 언제까지 잡고 계실 겁니까?"

그에게 홀딱 빠진 속마음을 들킬세라 괜히 뽀로통하게 굴었다.

"도망가다 걸린 이치고 참으로 당당하시오."

"그런 것이 아니라고 말씀드렸습니다."

"나는 외간 여인의 손을 잡은 것이 아니오. 아픈 정혼자를 보고도 외면하려 한 무정한 이의 손을 잡고 있는 것이오."

"한마디도 그냥 안 넘어가시는 걸 보니 이제 다 나으셨나 봅니다."

따끔하게 일침을 가하자 재헌이 작게 소리 내어 웃었다. 지켜보는 사람마저 미소 짓게 하는 기분 좋은 웃음이었다. 안타깝게도 그것은 오래 머물지 않았다. 스치듯 지나가 아쉬움을 남기며 그가 몸을 일으켰다.

"왜 일어나십니까?"

"당신을 보니 많이 나아졌소."

재헌은 상체를 일으키는 순간에도 도경의 손목을 놔주지 않았다. 피부로 전해지는 그의 병열은 여전히 평균 이상이었다.

"그냥 누워 계십시오."

"많이 걱정했소?"

"그걸 말이라고 하십니까?"

"그리 걱정되었다면 진즉에 와 보든지. 앓아누운 지가 며칠 쨀데 이제야 나타나 그런 말을 하는 거요?"

"대신 오라버니들을 보내지 않았습니까."

기어들어 가는 목소리로 쭈뼛쭈뼛 변명했다. 재헌은 눈이 뾰족해져 항의했다.

"오라버니들? 그래, 둘째 형님이 하도 소리를 질러 탕약을 마시다 체할 뻔했소."

"주원 오라버니가요?"

"몸도 약한 주제에 감히 내 누이를 탐냈냐고 어찌나 화를 내 시던지…… . 해독제를 복용하고도 앓아눕는다면 가만두지 않 겠다고 이를 갈고 계시더군."

어떤 모습이었는지 안 봐도 뻔히 보여 속이 상했다. 그래 놓 고 주원은 잘 격려하고 왔으니 걱정하지 말라며 뻔뻔하게 거들 먹거렸다. 오라버니야말로 가만두지 않겠다고 속으로 벼르면 서도 도경은 재헌에게 미안해 어쩔 줄을 몰랐다.

"송구합니다. 많이 언짢으셨습니까?"

기가 팍 죽어 그를 살피니, 토라진 척했던 그가 입꼬리를 부 드럽게 풀었다.

"당신이 와 주길 기다렸다는 뜻이었소."

웃음 섞인 그 대답이 더욱 양심을 자극했다.

"월담도 쉽지 않고, 어른들의 뜻을 어기기도 어렵고…… . 정 말 송구합니다. 나리께선 모든 고난을 뚫고 매번 와 주셨는데, 전 이것저것 따지느라 용기 내지 못했습니다."

"그리도 겁이 났소?"

도경은 민망해하며 고개를 끄덕였다.

"지금도 무섭소?"

"솔직히 그렇습니다. 여기 온 걸 조부님께 들킬까 봐, 그래서 혼인하기도 전에 미움을 살까 봐 가슴이 조마조마합니다."

"그럼 이리 오시오."

재헌은 태연하게 자기 무릎을 톡톡 두드렸다. 처음에 잡았던 도경의 손목을 여전히 잡은 채였다.

"무리하면 안 된다는 걸 모르십……!"

안 그래도 가까웠던 거리는 당기는 힘 한 번으로 가볍게 제거됐다. 순식간에 그의 무릎에 앉게 된 도경은 기가 막혀 투덜거렸다.

"저 때문에 병이 깊어지면 진짜 화낼 겁니다."

"안아 주시오."

재헌은 그런 도경을 귀여워하면서도 마냥 어리광이었다. 딱히 어려운 일도 아니라 안아 주려 하다가 잡힌 손이 걸리적거렸다. 저절로 불평이 쏟아져 나왔다.

"손목은 언제까지 잡고 계실 겁니까? 이러다가……."

그러나 손목에서 느껴지는 예민한 움직임에 미처 말을 끝맺지 못하고 숨을 죽였다.

기다란 엄지가 손목 안쪽, 도경의 여린 피부를 부드럽게 쓸고 있었다. 붓을 움직이듯 둥글게 원을 그리며 내려가다가 맥이 뛰는 곳을 가볍게 문질렀다.

그러는 동안에도 재헌의 깊은 시선은 도경의 두 눈을 응시했다. 손가락은 점점 아래로 내려갔다. 네 개의 손가락이 손등을 훑는 사이 자유로운 엄지는 손바닥을 쓸어내리다가 중지

끝에서 떨어졌다. 과거의 어떤 순간순간을 떠올리게 하는 접촉이었다.

"왜 빈손이지? 아픈 사람한테 오면서 그냥 온 거요?"

"……원하시는 거라도 있습니까?"

얼이 빠졌던 도경은 뒤늦게 정신을 차리며 간신히 되물었다.

"원하는 게 있으면 나중에라도 챙겨 주겠소?"

"예, 그러겠습니다. 제가 드릴 수 있는 것이라면요."

"당신이 줄 수 있는 것이오."

"그렇다면야……. 그것이 무엇입니까?"

"진장방 가옥에서의 그 밤."

기다렸다는 듯 태연히 건넨 그 말에 도경은 전신이 굳었다. 떠올리는 것만으로도 부끄러워 얼굴이 활활 타올랐다.

"생각하지 않으려고 해도 쉽지가 않소. 내가 나으면 당신과 또다시 거기서 그때 일을 반복할 수 있을까? 난 대청에서부터 시작하고 싶은데."

"어차피 혼인하면 반복하게 될 일입니다."

붉어진 귓불을 감추며 대답해 보지만 그는 단호했다.

"아니. 밤에 말고."

그의 입술이 아래로 내려와 귀를 덮었다. 소곤대는 뒷말에 도경은 잘 익은 복숭아처럼 얼굴 전체가 붉어졌다. 가슴이 뛰고 몸에 열이 올랐다.

생각해 보니 해독제가 도착하려면 아직 까마득하게 남아 있었다. 아쉬운 대로 두 사람은 더운 숨을 섞으며 들뜬 마음을 달랬다. 몸 구석구석 함부로 오가는 사내의 손길이 짓궂어 도경은 그의 목을 꼭 끌어안았다.

다급하게 뛰는 차림새가 흐트러져 있었다. 끝까지 긴장을 늦추지 않았던 도경은 들키지 않고 작은 사랑채를 빠져나온 다음에야 안도의 숨을 내쉬었다.

재헌이 놓아주지 않아 시간을 끌다가 하마터면 석이에게 들킬 뻔했다. 간발의 차로 무사히 도망치긴 했으나 중죄라도 지은 듯 가슴이 덜덜 떨렸다. 숨을 몰아쉬고 한쪽 구석에 서서 차림새를 점검했다.

가슴에서부터 저 아래까지, 그의 손이 훑고 지나간 자리마다 엉망이었다. 도경이 빠른 손놀림으로 점차 원래의 모습을 되찾아 가는데, 기습적으로 등을 찌르는 소리가 있었다.

"아가씨!"

소스라치게 놀라 돌아보니 열비가 척척 다가왔다.

"왜 이렇게 늦으셨습니까!"

"어?"

"하도 안 나오셔서 제가 들어갈 뻔하였습니다."

"알고 있었어?"

멋쩍어진 도경이 슬쩍 눈길을 피했다.

"한 번은 이런 일이 벌어질 줄 알았습니다."

"왜?"

뜻 모를 소리에 도경의 시선이 다시 열비에게로 돌아갔다.

"오는 게 있으면 가는 것도 있어야지요."

"응?"

"아가씨 아프실 때 나리께서 매일 밤 들락거리지 않으셨습니까."

"그, 그걸 어떻게……?"

도경은 새파랗게 질려 당장에라도 뒤로 넘어갈 판이었다. 이 아이가 그걸 어떻게 알고 있었나, 심장이 미친 듯이 뛰는데 열비는 천하태평이었다.

"전 아가씨에 대해 모르는 게 하나도 없는걸요?"

"유모도 알아? 어머니는? 누가 또 아는데!"

"아무도 모릅니다. 그걸 제가 왜 떠들겠습니까?"

"정말이니? 믿어도 돼?"

"제 입이 가벼웠으면 진장방에서 있었던 그날 밤의 일이 여태 묻혔을 리 없지요."

"너……!"

더 이상 말도 나오지 않았다. 충격을 받고 굳어 버린 상전을 향해 열비는 제 가슴을 톡톡 두드리며 큰소리쳤다.

"쇤네만 믿으십시오."

뿌듯해하는 열비를 도경은 멍하니 보고만 있었다. 도대체 언제부터 알고 있었냐고 다그치고 싶지만, 더한 말이 나올까 봐 차마 물을 수가 없었다.

"아무튼, 문제가 생겼습니다."

"무슨 문제?"

"아가씨께서 작은 사랑채로 가셨을 때 자영 아가씨께서 절

붙잡고 계시지 않았습니까."

열비는 두 사람의 작전을 알고도 모르는 척해 줬다는 어투였다.

"할 말도 없는데 애쓰시는 게 안타까워 소인이 훈수를 좀 두었습니다."

"훈수?"

"아가씨께서 혼인하시면 저도 여기 와서 살아야 하니까요. 미리 잘 보일 겸, 대군 자가 마음도 모르시고 자꾸 답답하게 구시기에 귀띔 좀 해 드리고 싶었습니다."

"네가 그걸 알고 있었다고?"

"딱 봐도 알겠던데요?"

열비에 대해선 알 만큼 아는 줄 알았는데, 혼자만의 대단한 착각이었다. 도경은 혼이 빠져 중얼거렸다.

"너 진짜 대단하다!"

순수한 감탄이었다.

열비는 어깨를 으쓱하곤 본론을 말했다.

"쉰네의 의도는 하나였습니다. 자영 아가씨 못지않게 자가께서도 가슴앓이 중이시니, 저쪽에다 자극을 줘 고백하게 해야 한다고요."

"그런데?"

"그걸 반대로 알아들으신 모양입니다."

"뭐?"

갈수록 혼란스러웠다.

"설마 자영 낭자가 대군 자가께 고백한 건 아니겠지?"

"왜 아니겠습니까. 자가께서 잠깐 밖으로 나오셨을 때, 말릴 틈도 없이 뛰어가시더라고요."

"자가께서 안 받아 주셨을 텐데?"

"멀리서 쇤네가 훔쳐봤는데요, 아가씨께선 상처 받고 후원으로 뛰어가셨습니다. 자가께선 잡지도 못하고 애타 하시다가 뒤쫓아 가시고요. 그러고선 두 분 다 나타나지 않고 계십니다. 아가씨께서 한번 가 보시면 안 됩니까?"

열비는 상당히 난처한 눈치였다. 도경은 고개를 절레절레 저으면서도, 많은 것을 알고 있는 시비에게 잘 보이기 위해 후원으로 발길을 돌렸다.

언젠가 후원에서 꽃나무 아래 삐죽 튀어나온 치맛자락을 본 적이 있었다. 근거는 없지만 왠지 오늘도 자영이 거기서 그러고 있을 것 같다는 강한 예감이 들었다.

예측은 틀리지 않았다. 저만치 쪼그리고 앉아 훌쩍이는 자영이 보였다. 딱하고 불쌍해 걸음이 빨라지다가, 그 뒤로 보이는 관목의 움직임이 심상치 않아 잠시 멈추고 살펴보았다. 흔들리는 모양새가 바람이 부는 것과는 전혀 상관없어 보였다. 자영을 쫓아간 뒤 돌아오지 않았다는 대군의 행방이 대략 가늠되었다.

그분이 어떤 마음으로 자영의 고백을 거절했는지 알고 있었다. 하지만 이제 상황이 바뀌었다. 민 규수가 중궁으로 간택된 것만 봐도 대비전의 입김이 예전 같지 않음을 알 수 있었다.

신중하고 조심스러운 그 마음은 이해가 가지만, 달리 사고해 보면 전하께서 새로이 중전을 맞으신 이때가 적기일 수도 있었다.

그리하여 도경은 열비의 조언대로 대군을 살짝 자극해 보자고 즉흥적으로 계획을 세웠다. 자영에게 빠르게 다가가 단도직입적으로 말했다.

"대군 자가는 이제 잊으세요."

훌쩍이던 자영이 깜짝 놀라 고개를 들었다. 저 뒤편의 관목도 강하게 흔들렸다.

"소저는 현숙하고 아름답습니다. 그런 여인도 못 알아보는 사내는 눈이 낮은 겁니다. 소저의 마음을 받을 자격도 없는 거고요."

"언니……."

당황한 자영이 엉거주춤 일어섰다. 도경은 잽싸게 다가가 자영의 두 팔을 움켜쥐었다. 눈동자를 굴려 열심히 관목을 가리켰다. 영문을 모르는 자영이 그쪽으로 고개를 돌리려 하자 도경은 두 손에 힘을 주고 목소리를 높였다.

"세상은 넓고 잘난 사내는 많습니다. 다만, 소저의 생활권 안에서 선택지가 적었을 뿐이지요. 밖으로 나가 호방하고 씩씩한 이들을 만나 보면 사내를 보는 눈도 바뀔 겁니다."

"저는……."

"아, 성균관에 있는 제 큰조카가 자영 낭자랑 나이가 같습니다. 저희 아버님께서 기대를 걸고 계실 만큼 장래가 촉망되지요. 키도 크고 성정도 시원시원합니다."

관목이 부들부들 떨리는 기현상을 목격하며 도경은 쐐기를 박았다.

"마침 오늘 외출하는 날이라 집에 와 있을 겁니다. 제 조카가 마음에 안 드시면 그 벗들 또한 하나같이 잘난 인물이지요. 그러지 말고 기분 전환도 할 겸 저랑 당장 안국방으로……."

"자영아!"

더는 못 참겠는지 성난 얼굴의 대군이 관목 사이에서 튀어나왔다. 머리와 옷 여기저기에 나뭇잎이 붙어 있고, 벌겋게 상기된 얼굴엔 시기심이 가득했다. 날카롭게 도경을 노려본 그는 화를 누르며 점잖게 말했다.

"자영이랑 할 말이 있습니다. 윤 규수는 잠시 자리를 피해 주십시오."

순순히 물러날까, 한 번 더 긁어 줄까.

빠르게 고민하는 사이 관목과 대군을 번갈아 살피던 자영이 먼저 입을 열었다.

"저, 전…… 언니랑 외출하려던 참이었습니다."

오호.

예기치 못한 반격에 도경이 자영을 흘긋 보았다. 순진한 그녀가 이제야 조금 전의 신호를 이해하고 깊은 깨달음을 얻은 모양이었다.

대군은 충격을 받아 멍한 표정이었다. 기특하게도 자영은 그런 사내에게서 고개를 팩 돌렸다.

"자가의 속마음은 아까 다 들었습니다. 언니의 말이 맞습니다. 제가 너무 한곳만 보고 있었습니다."

"그런 게 아니야! 네가 오해하는 게 있어!"

안색이 파리해진 대군이 두 사람의 앞을 가로막고 도경에게 사정했다.

"윤 규수, 제발!"

빨리 비키지 않으면 평생 미워하기라도 할 기세였다. 그렇다면 곤란하기에 도경은 이쯤에서 빠져 주기로 했다.

"자가께서 그리 말씀하시니 저는 물러가겠나이다."

얌전히 대답한 뒤 자영에게도 당부의 말을 건넸다.

"처소에서 기다리고 있겠습니다. 천천히 말씀 나누고 오세요."

도경은 빠른 걸음으로 그들에게서 멀어졌다.

머릿속에서 기억의 일부가 흐려지고 있었다. 특히 죽을 고비를 넘기고 다시 깨어나면서 가속화됐는데, 그 범위는 시공간을 초월한 먼 미래와 관련한 일이었다. 그곳에서의 삶, 거기서 얻은 지식, 각종 정보 등이 희미해져 남아 있는 것이라곤 듬성듬성 보잘것없었다.

그마저도 머지않아 지워지겠지만 대군과 자영에 관한 기억은 미약하게나마 아직 남아 있었다. 저 둘이 서로를 사랑하면서도 불행했다는 것, 그로 인해 자영은 오랫동안 우울증을 앓다가 젊은 나이에 어린 자식을 남기고 세상을 일찍 마쳤다는 것 정도로.

정확한 이유는 알 수 없지만 절대적으로 막고 싶은 불행이었다. 만약 그때 사소한 엇갈림으로 둘 사이에 깊은 갈등이 생겨 마음고생이 심했던 거라면, 오늘을 계기로 저들의 관계가 재정립되길 바랐다.

대군의 안달 내는 소리가 점점 높아졌다. 궁금한 마음에 걸음을 늦추다 슬쩍 돌아보았다. 바로 그 순간, 대군이 체면도 버리고 땅바닥에 털썩 무릎을 꿇었다. 도경의 입이 크게 벌어졌다.

그러나 자영은 침착하게 같이 무릎을 꿇으면서도 초연한 모습이었다. 서로를 마주하고 무릎 꿇은 두 남녀. 애가 타는 듯 몸을 들썩이는 대군과 바람 없는 날 한 떨기 꽃처럼 잔잔하기만 한 자영. 저 정도면 대성공이라는 확신에 도경은 입가에 도도한 미소를 걸치고 고개를 바로 했다.

언덕에 들꽃이 만발했다. 북적이는 저자의 거리와 지엄한 대궐의 후원, 아이들이 뛰노는 동리 어귀에도 황금빛 햇살이 물결쳤다.

"대체 어디 가시는 겁니까?"

혜명 윤문과 예성 채문의 역사적인 결합을 겨우 사흘 앞둔 오후. 도경은 배행하는 유모와 시비도 없이 재헌을 쫓아 걷

고 있었다. 아무도 따르게 해선 안 된다는 그의 당부 때문이
었다.

올해 들어 한 차례 쓰러졌던 재헌은 뒤늦게 도착한 해독제를
복용하고 건강을 되찾았다. 조금 더 지켜보긴 해야 하나, 맥을
짚어 본 의원마다 더는 문제점이 발견되지 않는다는 소견을 내
놓았다. 스스로도 몸이 가뿐해졌음을 느낀다는 그는 조정 일과
검술 훈련을 체계적으로 병행하며 탄탄한 체력을 되찾는 중이
었다.

이제 모두의 관심은 사흘 뒤에 열리는 혼례에 집중되었다.
그런데 며칠 전, 재헌이 안국방에 불쑥 찾아왔다. 큰 사랑채로
직행한 그는 윤 대감과 바둑을 두며 한참 대화를 나누더니 도
경도 보지 않고 돌아갔다. 대신 서찰 한 장을 남겼는데, 오늘
데리러 올 테니 시간을 비워 두고 열비와 유모도 따르지 못하
게 해 달라는 내용이었다.

시키는 대로 하긴 했지만, 궁금증을 지울 수 없었다.

"끝까지 얘기 안 해 주실 겁니까?"

"가 보면 아오."

재헌은 가락을 읊듯 흥얼거렸다. 기분이 아주 좋은 듯해 덩
달아 웃음이 나왔다.

청명한 하늘과 담장 위에 핀 꽃, 길가의 야생화를 구경하며
걷다 보니 어느덧 눈에 익은 골목이었다. 도경은 사방을 두리
번거리다 확인했다.

"여긴 진장방이 아닙니까?"

재헌의 걸음이 빨라졌다. 다른 길로 와서 몰랐는데, 모퉁이를 도니 그가 별급으로 받은 가옥이 코앞이었다. 본능적으로 예전에 나누었던 그와의 은밀한 대화가 떠올랐다. 가슴이 펄쩍 뛰어 그를 불렀다.

"나리!"

"왜 그렇게 기겁하지? 내가 오늘 복습이라도 하자고 할까 봐 걱정되시오?"

간문 앞에 이르러 빙글 돌아본 그가 장난스러운 미소를 지었다.

"안 할 겁니까?"

"싫소? 약속까지 해 놓고?"

"그게 아니라……."

도경은 입이 바짝 말라 더듬더듬 말했다.

"아직 마음의 준비가……."

"그런 게 필요하오? 그 밤엔 준비 없이 잘만 했으면서."

그가 태연하게 저럴 때마다 등에서 식은땀이 솟았다.

"그땐 밤이었고……."

"낮에는 안 된다?"

"나리!"

"일단 들어갑시다."

재헌은 얼굴 가득 환한 미소를 담고 도경을 끌어당겼다. 삽시에 집 안으로 들어서자 뒤에서 그가 문을 닫았다. 도경은 당황하여 그를 돌아보다가 멈칫하였다. 꽉 움켜쥐고 있던 장옷이

338

머리에서 어깨로 사르륵 내려앉았다. 향기로운 꽃내음이 코끝을 스쳤다.

……월계화가 피는 계절.

설마 하여 발길을 되돌렸다. 간문을 벗어나 후원으로 향했다. 걷는 사이사이 자그마한 화단마다 붉은 꽃이 가득했다. 꿈속을 거닐 듯 얼이 빠져 걷다가 후원에 이르러 작은 숨을 들이 켰다. 샛붉은 월계화가 이쪽 끝에서 저쪽 끝까지 흐드러지게 만개해 있었다.

"우리의 혼인을 축하하고 싶었소."

등 뒤로 바짝 붙은 그가 귀에 대고 속삭였다.

"뭐가 좋을까, 작년부터 고민하다가 쉽게 결론 내렸지. ……그대에게 작은 기쁨이 되었으면 좋겠소."

주르륵 눈물이 흘렀다. 결코 보지 못할 풍경인 줄 알았는데 너무도 갑자기 현실로 이루어져 가슴이 벅차올랐다. 왈칵 터진 울음을 멈추지도 못하고 후원을 둘러보던 도경은 한순간 멍해져 머릿속이 새하얘졌다.

떨리는 발을 떼어 나무 그늘에 자리한 거상을 내려다보았다. 귀퉁이에 음각된 찌그러진 동백을 발견한 순간 쉴 새 없이 눈물이 흘러내렸다. 물기가 선명한 음성으로 그가 물었다.

"알아보겠소?"

"늘 생각하였습니다. 어느 날 갑자기 떠오른 이 기억을 나리께서도 떠올리지 않으셨을까 하고요."

두 뺨을 적신 눈물을 채 닦지도 못하고 그를 돌아보았다.

"괴로웠습니다. 힘들었습니다."

"미안하오. 다 내 잘못이오."

와락 안아 준 그의 품이 포근했다. 꿈도 환상도 아니라는 명확한 증거이기에 더욱 구슬펐다.

"이것이 무엇인지 모르겠습니다. 저희는 죽은 겁니까, 살아난 겁니까? 여기는 이승입니까, 저승입니까?"

"이것이 무엇이든 상관없소. 이승이어도 좋고 저승이어도 좋소. 당신과 이렇게 함께 있을 수만 있다면 그 무엇이라도 나는 행복하오."

마주 안은 손에 힘이 들어갔다. 실컷 울고 서로를 위로했다. 해야 할 말은 산더미 같지만, 곧 부부가 될 두 사람의 시간은 넉넉했다.

평평 울어 지친 도경을 위해 그가 미리 준비해 둔 시원한 음청을 가져왔다. 목을 축이고 솔나무 향이 솔솔 올라오는 거상에 지친 몸을 맡겼다. 옆에 앉은 재헌이 듬직한 어깨를 내주었다. 그에게 머리를 기대고 늘 궁금했던 경치를 말없이 감상했다.

불어오는 바람이 시원했다. 살랑살랑, 동풍이 월계화와 맞닿을 때마다 후원은 온통 붉은 물결로 넘실거렸다. 쾌청한 하늘과 나풀나풀 춤사위를 그리는 새빨간 꽃잎. 눈앞에 펼쳐진 장관은 짧은 순간 사라질 환영이 아닌 해마다 마주하게 될 현실이었다.

꽃잎 한 장이 날아와 도경의 무릎에 떨어졌다. 재헌의 어깨 위로도, 두 사람의 발등 위에도 사뿐히 내려앉았다. 눈물로 굳어졌던 입매가 풀어지고 서로의 얼굴에 웃음꽃이 만개했다.

……안온하고도 행복한 삶.

그토록 꿈꾸고 바라던 두 사람만의 평온한 일상이었다.

외전—아무도 모르는 이야기

끊임없이 태어나고 죽는 남자가 있었다. 주위의 이목을 집중시키는 외모, 훤칠한 키, 좋은 배경, 똑똑한 머리. 태어날 때마다 모두에게 사랑받은 남자는 언제나 그 누구에게도 마음을 주지 못하고 홀로 죽었다.

그는 원래 남들과 똑같이 누군가를 사랑할 준비가 되어 있었다. 그러나 아름다운 여자도, 똑똑한 여자도, 상냥한 여자도, 인정 많은 여자도, 혹은 그 모든 것을 전부 갖춘 여자도 그의 마음속에는 들어올 수 없었다.

남자는 늘 죽기 직전이 되어서야 한 여인을 떠올렸다.

가슴에 핀 붉은 꽃. 여름의 동백.

이미 꽉 채워져 있기에 다른 누구에게도 내줄 공간이 없었음을 깨달으며 혼자서 마지막 숨을 내쉬었다.

남자의 죽음은 이를 때도 있었고 늦을 때도 있었다. 젊은 나이로 요절할 땐 그녀가 또 스스로 생을 마감했을까 봐 가슴이 아팠다. 머리가 세고 얼굴에 주름진 나이가 되어 홀로 마지막을 맞이할 땐 그녀가 저처럼 자결의 대가를 치르고 있을까 봐 걱정되었다.

이번에도 만나지 못했구나.

애달프게 읊조리며 생을 마감하던 그는 점점 그런 생각을 하게 되었다. 딱 맞는 순간에 재회하기 위해 이리도 어긋나는 것이라고. 그저 얼굴만 같거나 영혼만 같은 그런 것이 아닌, 제 가슴속에 핀 그 모습 그대로 여름밤의 동백을 되찾을 수 있다면 몇 번을 태어나 외롭게 죽더라도 상관없었다.

"그게 뭐야! 설마 그런 얘길 전부 믿으신다고?"

퇴근 시간이 겹쳐 혼잡한 도로, 운전대를 잡은 친구 놈의 폭소가 귀에 거슬렸다. 옆 좌석에 앉은 재헌은 미간에 살짝 주름을 긋고 엉금엉금 기고 있는 도로를 내다보았다.

"야, 금싸라기 땅에 으리으리한 한옥 짓고 사는 것까지만 하면 안 되냐? 뼈대 있는 집안 종손은 꼭 그런 얘기까지 다 믿어야 돼?"

"적당히 해. 거기서 더 하면 우리 할머니랑 어머니 모욕하는 거야."

"알 만한 분들이 미신에 매달리시니까 그러지. 네가 어딜 봐서 결혼도 못 하고 고독사할 상이냐?"

선규는 피식피식 터지는 웃음을 참으며 느물거렸다.

"하긴, 너 모솔이잖아. 걱정되실 만도 하겠다."

"좀 닥치라고."

인상을 팍 쓰는 재헌에게 선규는 쯧쯧 혀를 찼다.

"아드님이 예민해서 모솔인 줄도 모르시고. 절에 가서 불공을 드리실 게 아니라 이 자식 성질머리부터 고치셔야 하는데……."

재헌은 머리가 아파 대꾸하기도 귀찮았다.

학기 중인데도 극구 들어오라고 하시기에 집에 일이 생겼는 줄 알았다. 제일 빠른 비행기 편을 구해 급히 귀국하니, 공항에서 차를 타고 달려간 곳은 어느 사찰이었다. 명성이 자자하다는 큰스님께 얼굴을 보여 주고 할머니와 어머니를 따라 법당에서 절도 올렸다.

그러고 나니 이게 뭐 하는 짓인가, 황당함이 밀려왔다. 도착한 첫날 할 수 있는 만큼 예를 차렸던 재헌은 오늘, 집안 행사 중 또 절에 가자는 할머니의 제안에 도저히 가만있을 수 없었다. 만만한 친구를 불러 같이 도망치는 중이었다.

"어디로 갈까?"

"밥부터 먹자."

재헌은 한숨을 쉬며 대답하다가,

"어?"

저 앞, 빌딩 외벽에 설치된 대형 스크린에 시선이 꽂혔다.

효정 스님 입적 – 닷새 전부터 의식 불명

화면에 나오는 노승의 얼굴이 매우 낯익었다.

"왜? 뭔데?"

선규가 그의 시선을 따라 스크린을 올려다보았다.

"아는 분이야?"

"어. 며칠 전에 뵌 분인데…….."

공항에서 어른들께 납치되다시피 해서 끌려간 곳이 봉화사의 큰스님 앞이었다. 연세가 많으시긴 했지만 선하게 웃는 얼굴에 병색은 보이지 않았다. 그렇기에 갑작스러운 비보는 충격적이었다. 닷새 전이라면 저분을 만난 그 이튿날이었기에 더더욱…….

때마침 사거리의 신호가 바뀌어 길이 뚫렸다. 재헌은 기분이 이상해 고개를 돌리다 심장이 진동하는 느낌을 받았다. 볼품없는 한 여자의 옆모습이 화살처럼 날아와 동공에 꽂혔다. 머릿속 생각이나 이성 따위를 단숨에 무너뜨린 순간이었다.

"잠깐! 차 세워."

"응?"

"멈추라고!"

"왜? 왜 그래?"

숨이 넘어갈 듯 다급한 외침에 운전대를 잡고 있던 선규가 당황했다. 당장에라도 뛰어내릴 듯 몸을 들썩이는 재헌이 낯설었다. 언제나 여유롭고 느긋했던 친구이기에 무슨 큰일이라도 생겼나, 덩달아 허둥거렸다.

조금 더 달리다 갓길에 간신히 차를 세우자 재헌이 곧장 문을 열고 뛰쳐나갔다. 미친놈처럼 달리면서도 왜 이러는지 설명하기 어려웠다. 방금 본 그 여자를 잡아야 한다는 영혼의 간곡한 외침에 몸이 저절로 움직였다. 세뇌라도 당한 듯, 조종이라도 당하는 듯 재헌은 정신없이 두 발을 움직였다.

저 앞, 허름한 백팩을 멘 여자가 횡단보도 한가운데에 서서 오도 가도 못 하고 있었다. 다음 신호를 기다리는 사람들은 찻길 중간에 위태롭게 서 있는 여자가 보이지도 않는지 아무런 관심이 없었다. 미치도록 조바심이 나서 속이 새까맣게 타들었다. 왜 이렇게 차를 멀리 세워 사람 애를 태우나, 친구 놈이 원망스러웠다.

여자가 뭐에 홀린 듯 옆으로 이동하기 시작했다.

말려야 한다. 잡아야 한다. 이번에 놓치면 또 언제 만날 수 있을지 모른다!

재헌은 질식할 것 같은 두려움에 사로잡혀 막무가내로 찻길에 뛰어들었다.

"야, 너 미쳤어!"

쏟아지는 욕설을 뒤로하고 자꾸만 멀어지는 여자를 향해 돌진했다. 어느 순간 소음이 사라지고 환경이 바뀌었음에도 알아챌 정신이 아니었다. 호흡이 엉망으로 흐트러졌다. 잡힐 듯 말듯 상대는 계속 멀어졌다. 이를 악물고 쫓아갔다.

조금만 더. 제발!

간절히 손을 뻗는 찰나 갑자기 주위가 환해졌다. 눈을 뜰 수 없을 만큼 강한 빛이 솟구쳐 전신을 에워쌌다. 헉하고 숨 들이켜는 소리조차 새어 나오지 않았다. 시야도, 소리도, 감각과 의식까지도 재헌은 거대한 빛에 삼켜졌다.

이상한 꿈을 꾸었다. 환한 빛에 사로잡혀 몸과 정신이 가루처럼 흐트러지는 꿈.

"음……."

물먹은 솜처럼 몸이 무거웠다. 눈을 감고서도 세상이 핑핑 도는 느낌이었다.

"재헌아!"

"도련님!"

주위가 시끄러워 천근만근 무겁게 느껴지는 눈꺼풀을 밀어 올렸다.

"정신이 드느냐?"

턱 밑에 수염이 난 사람들이 앞다투어 시야에 들어왔다. 온통 흰색의 옷차림이었다. 왠지 으스스한 기분이 들어 경계했다.

"……누구세요?"

젊은 남자의 눈가가 붉어졌다. 중년의 남성도 억장이 무너진 표정이었다. 방 안의 모두가 경악한 눈으로 재헌을 주시했다. 그나마 거부감이 덜한 젊은 남자가 커다란 손으로 얼굴을 쓸어 주었다.

"아비가 기억나지 않는 것이냐?"

아니야. 당신은 내 아버지가 아니야.

재헌은 힘없이 고개를 흔들었다.

"미안하구나. 어미를 잃은 네 슬픔을 내가 미처 헤아리지 못했어."

"아니요. 그런 게 아닙니다!"

재헌은 답답해서 버럭 소리치며 자리에서 일어섰다. 그러나 몸을 일으키자마자 어지럼증이 밀려와 머리를 짚고 도로 주저앉았다. 젊은 남자가 다급히 어린 몸을 안아 주었다.

"잘못 아셨어요. 저는 아닙니다."

재헌은 눈앞이 빙빙 돌아 중얼거렸다.

"저는……. 저는……!"

……누구지?

정신이 멍해져 다음 말을 잇지 못했다. 되도록 빨리 신원을 밝히고 이 낯선 환경에서 벗어나고 싶은데 아무리 용을 써도 이름이 무엇이고 자신이 누구인지 도통 기억나지 않았다. 울고 싶어진 재헌은 두 손으로 머리를 감싸고 몸부림을 치다가 전신에 힘이 빠져 까무룩 의식을 잃었다.

시간이 갈수록 낯설었던 환경이 몸에 익었다.

예성 채문의 장손 채재헌.

처음부터 귀에 익었던 성과 본관, 그리고 이름을 떠올려 봤을 때 자신이 다른 사람이었을 가능성은 전혀 없었다. 어머니를 잃고 슬픔이 너무 커 상중에 기억을 잃었다는 어른들의 말씀을 재헌은 곧이곧대로 믿게 되었다.

줄줄 읽었다는 글자가 어렵게 느껴지긴 했지만, 똑똑한 머리로 금세 따라잡았다. 얼마 뒤엔 모두가 놀랄 정도의 학습 능력을 보이며 또래 아이들을 압도적으로 능가했다. 지식을 습득하고 외우는 게 하나도 어렵지 않았다. 산학은 식은 죽 먹기였다. 어린아이라고 믿기 어려울 만큼의 사고와 인내심을 갖췄다는 칭찬이 쏟아졌다.

단지 하나, 평소 즐겼다는 놀이가 심히 유치하게 느껴졌다. 좋다고 뛰노는 대군과 아우를 이해할 수 없다는 눈으로 바라보았다. 재헌은 그들을 보호자처럼 지켜보았고, 빽빽 울어 대는 아기 자영을 숙부처럼 어르고 달랬다.

어른들은 어린아이가 정신적으로 지나치게 조숙하다고 걱정하기 시작했다. 저 어린것이 어미를 잃고 갑자기 올된 게 아니냐며 눈시울을 붉히셨다. 영문을 모르는 재헌도 내가 그런가 보다 하고 받아들였다.

재헌의 이런 점은 열등감에 미쳐 버린 왕 앞에 끌려갔을 때 빛나는 뚝심을 발휘했다. 광인처럼 방방 뛰는 못난 임금 앞에서 시종일관 꿋꿋했다.

"네가 충성하는 쪽이 누구더냐? 세자냐, 대군이냐? ……대답해!"

여기서 세자라고 대답하면 거짓말로 몰아갈 것이고, 명원대군이라고 대답하면 죽은 목숨이었다. 함정을 파 두고 대답할 수 없는 질문만 던지는 왕의 비열한 수법을 모를 리 없었다.

재헌은 대답을 삼가고 넙죽 엎드리기만 했다. 이쪽에서 겁먹은 반응을 보이지 않으면 왕도 흥이 금방 꺼진다는 걸 간파하고 있었다.

몇 대 얻어맞고 말지, 뭐.

빨리 집에 가서 쉬고 싶다.

다른 생각을 하다 보면 시간은 금방 흘렀다. 간혹 몸살이 나 미친 왕을 상대하기 버거운 날에도 재헌은 끝까지 이를 악물고 고비를 넘겼다.

그날도 그런 날이었다. 신음을 토할 뻔한, 매우 위험한 순간이 한 번 있었으나 강단 있게 꾹 참고 넘겼다. 그러자 왕도 금방 힘이 빠져 자리를 떠났다.

오래된 정자에 홀로 남은 재헌은 깊은숨과 함께 차림새를 정돈했다. 눈앞이 어질어질해 늙은 상궁과 내관이 기다리는 곳으로 터덜터덜 걸어갔다. 후미진 곳의 정원에서 꽤 멀어졌을 때쯤 붉은 색감의 어떤 물체가 언뜻 시야에 들어왔다. 버려진 전각이 즐비한 이곳에 웬일인가 싶어 쫓아가 보니 한 여자아이가 길을 잃고 헤매는 중이었다.

방향이라도 가르쳐 줄까 하다가 제 꼴을 상기하고 일단 지나쳤다. 소문이라도 잘못 나는 날엔 삶이 더 피곤해질 뿐이었다.

재헌은 왕의 수족인 무표정한 상궁과 내관 앞에 이르러 간접적
으로나마 도움을 주었다.

"저쪽에 웬 여자아이가 홀로 헤매고 있습니다. 궁녀는 아닌
것 같았어요."

재헌은 주어진 역할에 책임을 다하며 성장했다. 지긋지긋
했던 왕의 학대는 정당한 실력으로 당당히 출사해 무사히 벗
어났다. 뒤로는 개인적인 일탈도 즐기고 하루하루 견디며 살
다 보니, 목을 죄었던 왕이 붕어하고 세자께서 새로이 등극
했다.

그렇다고 바뀌는 건 없었다. 변덕스러운 왕에게 불려 다니
며 별별 꼴을 다 마주하다가 급기야 혜명 윤문 본가에도 발
을 들여놓았다. 거기서 재헌은 그들의 삐뚤어진 탐욕을 목격
했다.

곤전께서 버젓이 살아 계신 이때, 전하께 딸을 선보이다니!

달 밝은 밤, 어둠 속에서 나타나 왕이 계신 방으로 들어가는
여인의 뒷모습을 차가운 눈길로 바라보았다. 윤이환의 딸이 어
떻게 생겼는지 보지도 못했고 관심도 없었다. 그리하여 몇 달
뒤, 길을 지나다 빗속에 선 그녀를 한눈에 알아보았을 땐 스스
로도 놀라고 당혹스러웠다.

어떻게……?

머릿속에 의문이 일면서도 끌리듯 그녀에게로 향하는 발길
을 멈추지 못했다. 눈가가 따갑고 귀가 먹먹했다. 휙 돌아선
그녀의 검은 눈동자와 시선이 마주치자 숨이 멎었다. 주체할

수 없을 만큼 거대한 그리움이 폭발해 삭막했던 가슴속에 웅크리고 있던 붉은 꽃이 활짝 피어났다.

〈동백꽃 핀 자리〉 끝